«NARRATIVA»

Dello stesso autore

Lo sfascio
L'intrigo
Il regime
I bugiardi
L'anno dei barbari
Ma l'amore no
Siamo stati così felici
I nostri giorni proibiti

GIAMPAOLO PANSA

LA BAMBINA DALLE MANI SPORCHE

SPERLING & KUPFER EDITORI
MILANO

LA BAMBINA DALLE MANI SPORCHE

ISBN 88-200-2511-6
86-I-97

Finito di stampare nell'ottobre 1997
da Milanostampa - Farigliano (CN)
Printed in Italy

Avvertenza

Alcuni dei personaggi che compaiono nel romanzo possono sembrare ispirati a figure della storia italiana di questi anni. Anche non pochi degli avvenimenti politici e giudiziari qui descritti assomigliano a fatti realmente accaduti. Tuttavia è importante ricordare che questo è un racconto di fantasia e che i protagonisti, le loro azioni e le parole che pronunciano non hanno alcun rapporto con la realtà.

G.P.

«Oggi ho compiuto sessant'anni d'infanzia».

MOULOUDJI, grande chansonnier, nel giorno del suo sessantesimo compleanno.

Parte prima

Il desiderio

«Ma tu sei Wanda!» esclamò lui. «Già, e tu sei Giulio», sbuffò lei, sorpresa e quasi infastidita.

Sino a un istante prima, nel tardo pomeriggio di quel giovedì 27 giugno 1991, Giulio Guala era stato tenuto sulle spine da un pensiero solo: il Segretario stava per morire. Nel binocolo lo scorgeva sciogliersi in una pozza di sudore, il petto squassato da un respiro via via più pesante, il faccione da luna malata più terreo del solito, la lingua spessa ormai incapace di alleviare la secchezza delle labbra.

Non l'aveva mai visto così frollo, il Segretario della Rosa, così esausto, un pupazzo in grado soltanto di rammollirsi e, insieme, di dilatarsi. Nel gigantesco forno del congresso, convocato chissà perché a Bari e schiacciato da un'afa che rendeva faticosa ogni parola, il Gran Capo sembrava lievitare attimo dopo attimo. Il gonfiore straripava dal camiciotto bianco, di un tessuto così sottile da lasciar intravedere la canottiera infradiciata. E questo indumento, una casalinga, innocua canotta, subito immortalato da dieci, venti, cento fotografi, era divenuto all'istante il simbolo del congresso. Un simbolo imprevisto e poco gradito, poiché giudicato di una grossolanità pacioccona, da festa paesana, per niente consona alla convention di un partito post-moderno, tecnologico, mediatico, tutto proiettato verso il futuro.

Giulio aveva pensato che il Segretario, per quanto fosse un uomo esageratamente burbero e spesso astioso, non meritava di tirare le cuoia in pubblico. E in quell'ambiente, poi: spiato da una selva di telecamere, dentro un baraccone di cartapesta, fra colonne di finto granito che sostenevano un archetto di tubi al neon con i colori dell'arcobaleno, una scenografia da luna park. E tanto meno meritava di lasciare la pelle al centro di quel palco gremito dall'intera nomenklatura della Rosa. Un palco scamiciato, anch'esso sudaticcio, colante i cattivi umori di un mondo partitico ancora potente, ma che già avvertiva nell'aria i presagi di una fine vicina.

Giulio mise a fuoco il binocolo e passò in rassegna la tribuna dei capi, esplorando quei volti a lui ben noti, eppure tanto estranei alla sua vita.

Il Delfino, di una bellezza quasi angelica sfregiata da un sorriso cattivo, il dirigente sempre giovane che occupava la poltrona di lusso nel cuore del Segretario e poteva ardire di consigliarlo e, spesso, parlava per lui, osando quel che il Gran Capo riteneva per sé inosabile.

Il Cassiere, munito di uno sguardo furbo che faceva da schermo a un carattere mite e apprensivo, forse il personaggio più umano nel sinedrio dei capi, obbligato a giocare col fuoco dei finanziamenti al partito, un frate cercone, un parafulmine, un santo peccatore.

Il Monaco, che compilava il giornale per i militanti, il più devoto al Segretario, ma animato da un fanatismo capace di superare la stessa figura del Capo per trovare alimento nella pulsione profonda che presiedeva all'esistenza della Rosa: la lotta senza quartiere ai cugini della Quercia post-comunista.

Capelli Unti, chiamato dai più perfidi Avanzo di Balera, il ministerialista a oltranza, inchiodato alla convinzione che non si dovesse mai, in nessun caso, lasciare il governo, però anche capace di godersi la vita, formidabile esperto di night club e discoteche, che lui frequentava circondato da bellone superpoppute.

L'Islamico, chiomoso, tuonante, impallato, dall'intelligenza sulfurea e dalla tripposità lardosa, un pachiderma bretelluto con occhi velati da un'ombra che, giurava qualcuno, non era nient'altro che il terrore della morte.

Il Trotzkista di Bari, padrone di casa in quel congresso, un tempo giovane cicala rivoluzionaria e adesso adulta formica riformista, di un'astuzia asfissiante, disincantato, realista, ancora in possesso di un acido buonsenso dissimulato da un'ironia feroce.

E infine Topolino, detto per brevità il Topo, il sagace giurista che, un giorno, aveva deciso di darsi alla politica e che sembrava saperne più di tutti, acuto e preveggente, destinato a durare nel tempo, anche quando il ciclo del Segretario si fosse concluso.

L'unico ad apparire estraneo al gruppo era l'uomo che, nell'istante dell'incontro tra Wanda e Giulio, stava parlando al congresso: Mario Cucchi, un bolognese appena al di là dei cinquant'anni, ministro dei Lavori pubblici. Costui veniva chiamato, semplicemente, l'Onorevole, e talvolta il Piccolo Capo poiché, da qualche tempo, si era messo nella zucca il proposito di contrastare il Segretario, che, a sentir lui, stava conducendo il partito verso il disastro.

Cucchi era l'unico a non sudare dentro la caldaia del luna park. Giulio lo studiò con scrupolo, mantenendo il binocolo puntato sulla sua figura. Lungo lungo, tanto da essere sempre un po' curvo, i capelli tagliati all'umberta come una sottile spazzola grigia, una faccia spaziosa, l'aria da cagnaccio leale. Insomma, un saraccone magro, quasi snodato, una fascina mal legata, tenuta insieme da un doppiopetto grigio ministeriale dotato di una cravatta color tubo di stufa, un look da sposalizio, quasi assurdo in quel baraccone dissolto dall'afa.

Anche il suo discorso sembrava recitato in un altro luogo e per un altro pubblico. Con una calata emiliana pastosa, grassoccia, fitta di esse sibilanti, ma dal passo sicuro che non concedeva scampo, Cucchi stava rinfacciando al Segretario e al palco dei capi di avere in gran disprezzo la famosa questione morale: «... La gente non è più disposta a farsi prevaricare, ricattare, taglieggiare. Non ho alcuna simpatia per i moralisti e per il loro settarismo fondamentalista. Ma credo molto in una serena moralità della politica. Non possiamo limitarci a una difesa ringhiosa dell'onore del nostro partito. Dobbiamo, piuttosto...».

Wanda reggeva una pila di fascicoli e ne posò uno sopra il banco di Giulio, nel settore della stampa: era il testo del discorso di Cucchi. «Lavori per quel brodoso lì?» domandò lui. Wanda rise: «Parli come scrivi. Comunque, sì: lavoro per il ministro». «Fai la segretaria?». «No». «La portaborse?». Lei scosse la testa: «Qualcosa di più. Se però ti va di pensarmi così, mi sta bene: faccio la portaborse». «Allora ti spolpetti sempre roba uguale a questa», osservò lui, accennando al ministro che trombonava dal podio. «Ti riferisci al discorso di Cucchi? Ma dai, che non è male!» esclamò lei, incoraggiante. Lui alzò le spalle: «Sì, è come succhiare un chiodo. E per di più bugiardo».

Giulio la esaminò. Da quanti anni non la vedeva? Da

una ventina. Wanda ne compiva diciannove quando aveva lasciato la casa di ringhiera in via Corte d'Appello, nel centro di Casale Monferrato, dov'era arrivata da piccola. Erano cresciuti su quella ringhiera, lei e Giulio, poi Wanda si era trasferita a Pavia per l'università, e anche la madre, la famosa signora Giusy, aveva fatto trasloco. Giulio era rimasto solo, per tantissimo tempo. Sino a quel pomeriggio di caldo africano nel baraccone del congresso.

«Hai quarant'anni, vero?» domandò Giulio. «Sì, ne farò quarantuno a novembre. E tu hai sempre un anno meno di me. E siccome sei nato di novembre anche tu, ne compirai quaranta», conteggiò lei con finta pignoleria. «Sei uguale a quando sei partita: bella come allora», azzardò lui. «Che esagerato! Allora ero una ragazza», arrossì lei.

E invece, sì, a Giulio sembrò subito bellissima questa Wanda di quarant'anni. Alta, non magra, non lo era stata mai, il bel seno robusto, ben piantata sulle gambe forti e dalle caviglie snelle, lo sguardo sempre altero, il naso lievemente aquilino, la bocca lunga e sottile, un volto dai tratti marcati, persino un po' maschile, e con un sorriso da assassina che esplodeva di colpo... Uffa, quante cose era capace di osservare in pochi istanti quel curioso di Giulio, macché curioso!, avido, goloso, insaziabile divoratore di corpi, di volti, di sguardi, persino di trasalimenti del viso.

«Porti sempre i tacchi alti», notò Giulio. Lei gli diede un colpetto sulla spalla: «E tu non hai perso l'abitudine di sbirciare le gambe delle donne». Ma lui non la sentì, stava completando l'esplorazione: «Infine, ecco i tuoi meravigliosi capelli rossi». Già, Wanda offriva al mondo una gran massa di capelli di un bel rosso tendente al fulvo, raccolti all'indietro e tenuti insieme da un nastro blu. E da vera rossa aveva la pelle bianchissima e, sul viso, le lentiggini giuste.

Giulio le sfiorò il volto con un dito, una carezza osata a metà. «Rossa, bianca e lentigginosa», mormorò. Wanda non si ritrasse: «Ricordi che cosa diceva tua nonna Caterina? Sot la lentia, a j'è na bela fia, sotto le lentiggini c'è sempre una bella ragazza. Io non ci credevo mai, mi sembrava d'essere una bruttona!».

Lui la interruppe: «Dobbiamo vederci stasera, quando avrò finito il mio articolo». Lei lo squadrò: «Ah, il signore impartisce gli ordini!». Poi si negò, dubbiosa: «Non credo di poterlo fare. Ho un sacco di lavoro, sono qui per il ministro e non per un vecchio compagno d'infanzia». «E dai, non fare la preziosa: dopo vent'anni!» la incitò Giulio.

Wanda finse di riflettere per qualche secondo. Quindi decise, rapida: «Sta bene. Ma non in città. Tu non sei amato nel partito e purtroppo sono in tanti a conoscerti. Se mi vedono in tua compagnia, mi danno uno di quei caffè! Hai un'auto?». «No, sono venuto da Roma in aereo». «Fa niente, c'è la mia. Vediamoci alle nove, davanti al teatro Petruzzelli. Sarò lì con un'Audi 80. Ti porterò dove so io, bambino della ringhiera».

La ringhiera! Giulio si domandò quanti sapessero ancora che cosa fosse una ringhiera, in quell'Italia di condomìni dal lusso finto, di boccheggianti villette a schiera, di quartieri satellite generati dalla bizzarria volgare di palazzinari interessati soltanto al miliardo. Mentre l'eccellenza Cucchi seguitava a squaquarare la sua predica di inverosimile moralizzatore, lui si lasciò afferrare da un ricordo. E il ricordo lo strappò via dall'impurità rovente del congresso, lo sollevò nel cielo e, come una mongolfiera allegra, lo condusse in direzione del passato, verso un orizzonte limpido e felice.

La ringhiera era un lungo balcone che percorreva il perimetro interno del palazzo di via Corte d'Appello, una passerella abbastanza larga sulla quale si aprivano gli alloggi. E ogni alloggio, grazie alla propria porzione di ringhiera, sembrava un piccolo palcoscenico affacciato sul cortile e pronto per la recita. Giulio mise a fuoco il ricordo del suo palco e spiegò a un pubblico inesistente: immaginate una ringhiera fatta a elle maiuscola, sul lato corto ci abitavo io, e appena dopo l'angolo che conduceva al tratto lungo si apriva la casa di Wanda.

Lei comparve sulla ringhiera un pomeriggio di ottobre del 1960. Sole pallido, cielo azzurrino, una bava di vento freschetto che portava dentro il cortile il buon odore del Po, il fiumore, lo chiamavano in città, e, dai giardini pubblici, il profumo stanco degli ippocastani già ridipinti di marrone chiaro. Wanda stava per compiere dieci anni e, il giorno prima, con la mamma Giusy aveva fatto San Michele, il trasloco da un centro vicino, Asti. Giulio di anni ne aveva quasi nove, e si lasciò sorprendere aggrappato alla ringhiera con la testa in giù, a contemplare il cortile dove un gatto andava all'assalto di ben tre piccioni. Così non si accorse della bambina che aveva già iniziato a esaminarlo con uno sguardo di divertito compatimento.

Allora lei gli parlò: «Io mi chiamo Wanda. E tu?». Lui alzò gli occhi e si presentò, con un balbettio intimidito: «Io mi chiamo Giulio». «Sono contenta di conoscerti, Giulio», sospirò lei. Lui rimase a bocca aperta, da vero minchione. Lei gli chiese: «Posso venire a casa tua?». Lui seguitò a fare il muto, nato e sputato. Sbuffando, lei si mosse, aprì il cancelletto che segnava il confine tra le due ringhiere, si piazzò di fronte a Giulio e gli tese la mano, una manotta paffuta e un po' sporca: «Ciao, come stai?».

In quel momento, s'affacciò sulla ringhiera la mamma di Giulio. Squadrò il figlio e rise: «Che fai lì impalato? Sei proprio un tontolini!». Poi considerò Wanda: «Tu sei la bambina del trasloco. Fatti guardare: come sei bellina!, una vera puciunota. E sei persino rossa di capelli».

Era davvero bellina, Wanda da piccola. Un volto rotondo, una faccia da mocciosa picchiettata di lentiggini, occhi malandrini, allegri, curiosi, e poi quel sorriso da rapina che avrebbe conservato nell'età adulta, le trecce rosse legate con gli elastici, una gonna corta, gambe robustotte, scarpe da ginnastica, cicciottella, abbastanza alta per la sua età...

Com'era preciso il ricordo di Giulio da lassù, nel volo sulla mongolfiera! Si rivide imbabbiato, prigioniero di un impaccio scemo, incapace di rispondere al primo saluto di Wanda. La madre lo incitò: «Dille almeno ciao, sciocchino che sei!». Lui si diede coraggio e, per mostrare che non era un tardocco, bofonchiò: «Ciao, che sei venuta a fare sulla mia ringhiera?». Lei alzò le spalle e gli replicò, altera: «Lo so io che cosa ci vengo a fare».

La mongolfiera riportò Giulio nel bivacco del congresso. Stava parlando il Topo e, con una vocettina di naso, spiegava come il partito della Rosa avrebbe tentato di salvare l'Italia. Ma lui non riuscì a seguirlo. Dal passato erano sbarcati anche un bel po' di ricordi dell'infanzia con Wanda e adesso lo distraevano, saltellando da folletti dispettosi sul quaderno degli appunti.

Giulio li conosceva bene, questi pisiga miniga un pochettino strambi, poiché gli era capitato di incontrarli spesso lungo il trascorrere degli anni. E ogni volta ne era rimasto imbarazzato, dal momento che le immagini generate dalla memoria lo conducevano, immancabilmente, a una scoperta antica e soltanto ad essa: l'emergere dei primi desideri e l'incontro con l'ombra di un piacere sconosciuto, ancora di là da venire.

Si trattava di un limite irritante, capace di farlo sentire in colpa verso il bambino che era stato. Tuttavia, Giulio non riusciva a superare questa barriera di cui un po' si vergognava. E così la memoria gli appariva pilotata da uno spiritello bizzarro, una specie di capo folletto, che con un bastoncino aguzzo andava a cincionare dentro le anse più lontane del suo inconscio.

Il giorno successivo, la bambina gli entrò in casa come se fosse sempre vissuta lì, borbottando un distratto: «Permesso? Ciao, Giulio, grazie». Poi gli chiese subito: «Posso andare di là a guardare via Corte d'Appello? Dal nostro alloggio non si vede». Senza attendere risposte, si infilò nella stanza della nonna che dava sulla strada, avvicinò una sedia alla finestra, vi salì con un balzo e s'affacciò, con i gomiti appoggiati al davanzale. Non diceva niente, ma sospirava di soddisfazione esagerata.

In piedi alle sue spalle, Giulio incassava i sospiri e si chiedeva che cosa ci fosse di tanto straordinario in quella via, lui c'era passato un milione di volte senza mai notare nulla che lo entusiasmasse. «Mi dici quello che vedi?» le domandò. «La strada d'alto». «E ti sembra così speciale?». «Sì, perché è bella, con dei palazzi grandi, molto più grandi di quelli di Asti. Non mi ero accorta di aver traslocato in una strada così importante». Poi recitò, lentamente: «Via-Cor-te-d'Ap-pel-lo!».

Fu in quel momento, così gli suggerivano i folletti della memoria, che lui si accorse delle mutandine. E si mise a ridere. «Perché ridi?» chiese la bambina, senza voltarsi. «Perché lasci vedere le mutande!» strillò lui. «E tu non guardarle, stupido!» gli intimò lei, secca. «Come faccio?, sono proprio davanti ai miei occhi», gorgogliò il tontolini, soddisfatto. Allora Wanda saltò giù dalla sedia e ordinò: «Facciamo un gioco». «Quale gioco?» indagò Giulio, subito sospettoso. «Quello del dottore: io mi abbasso le mutandine e tu fai lo stesso, prima ti visito io e poi mi visiti tu». Lui diventò rosso come il fuoco: «Neanche per sogno!» ansimò. E scappò vergognoso sulla ringhiera.

Ma Wanda era cocciuta, una vera testa quadra. Due giorni dopo andò a cercare Giulio: «Devo prendere un po' di legna in cantina per la nostra cucina economica. Vieni che mi aiuti, e poi ho troppa paura dei topi per andarci da sola». Scesero la stretta scala di mattoni sbrecciati, nel chiarore fioco di una lampadina in agonia. Il sole del pomeriggio di novembre filtrava dalla grata al livello della strada. Lei si piazzò sotto la lama di luce dove vibravano granellini di polvere, abbassò le mutande, sollevò la gonna, poi incitò il bambino: «Dai, guardami».

Ipnotizzato, lui si chinò a osservare, con le gambe che gli facevano giacomo giacomo. «Dimmi quello che vedi», comandò Wanda con malizia annoiata. «Una piccola fessura», ansimò lui. «Toccala con un dito, ma piano, come se fossi una farfalla», ordinò lei. Giulio eseguì. «Di che cosa sa?» lo interrogò Wanda. Il bambino si annusò la punta dell'indice: «Sa di pipì». «Bene, adesso è il tuo turno. Tirati giù i calzoncini, che guardo io». «Non voglio», implorò lui. «E perché?» si meravigliò lei. «Perché... Perché non mi oso!». «Ma dai!, obbedisci, polentone». Giulio si arrese. «Che bel pisellino!» constatò Wanda. «Vorrei averlo io». «Sul serio?» si stupì lui. «Chi ha il pisello comanda», spiegò lei, con il tono della donna che non ammette repliche.

Adesso nella sauna del congresso parlava il Delfino del Segretario. Anche lui non sudava, però s'era rimboccato con cura le maniche della camicia di seta azzurra, dopo averla aperta a mostrare il torace moderatamente villoso. La sua eloquenza era fervida, le citazioni sorprendenti, gli orizzonti spalancati sul futuro della sinistra europea, anzi dell'intera umanità.

L'orizzonte di Giulio, invece, era assai più ristretto e rimaneva tenacemente rivolto al passato. Lui e Wanda avevano giocato altre volte al dottore, alla mamma e al papà, alla gabbia dell'uccellino, alla gatta pelosa. Era lei a sapere i nomi dei giochi, che poi erano un unico gioco innocente, ancora senza malizia, ma capace d'imprimersi per sempre nella memoria del bambino.

Giocavano in casa di lei, quando la signora Giusy partiva per certi viaggi misteriosi che duravano tre, quattro giorni. Oppure nell'alloggio di Giulio, quando la mamma Luisa stava al lavoro in negozio e la nonna Caterina a trovare la sorella all'ospizio dei vecchi in piazza Battisti, dove lui non voleva mai andare, perché tutte quelle persone allineate nei cameroni ad attendere la morte gli incutevano paura. E, nel giocare, Wanda interrogava Giulio con domande che lo facevano avvampare.

«Hai mai visto tua mamma svestita?». Oppure: «Lo sai che cosa fanno tua mamma e tuo papà quando vanno a dormire?». E ancora: «Tu ti tocchi?». «Dove?» annaspava lui. «Lì, dove hai il pisello». «No, non mi tocco mai. È peccato». «Ma chi lo dice?». «La nonna». Lei ghignava, la vigliacca: «Tua nonna è una contacucche. Toccati». Lui, malvolentieri, obbediva. Wanda lo osservava con la fronte aggrottata, poi sospirava, perplessa: «Non succede niente, sei ancora troppo piccolo».

Giulio si arrabbiava. E prendeva a fare il dispettoso con Wanda. Le combinava scherzi stupidotti, le scioglieva le trecce con dei tironi che la obbligavano a strillare, la rinchiudeva nello stanzino dei barlafus, delle robe vecchie, le nascondeva il quaderno del compito a casa. Ogni volta sembrava l'inizio di una guerra. Invece erano i preliminari di una faccenda che, da adulti, avrebbero chiamato amore.

Andarono verso Trani, in una serata di stelle chiare e di vento caldo. Guidava lei e Giulio osservò: «Non è rischioso portare la macchina con quei tacchi alti?». Wanda rise: «Non sei cambiato, anche da bambino eri un meticoloso pieno di timori. Io invece vivo in un giro di superficiali, dove nessuno si sognerebbe di farmi una domanda come la tua. Ma ormai siamo agli ultimi».

«Che cosa vuoi dire?» indagò lui. «Che il mio mondo, quello dei partiti, sta crollando. Non so quanto dureremo ancora, però sento che la fine è lì, a due, tre passi. Del resto, lo hai scritto anche tu, nell'articolo di stamattina. Posso citartelo, sai?, il tuo ritratto del congresso: un gigantesco bagno turco dove i boss della Rosa stanno nudi a specchiarsi nelle loro bruttezze fradicie, a rinfacciarsi gli stessi peccati... Non dovrei ammetterlo con uno come te, ma temo sia la verità».

«Anche il tuo ministro è così?». Wanda non rispose

subito, come se cercasse le parole adatte. Poi spiegò, con cauta avarizia: «Tua madre avrebbe detto che sembra un rabadàn, una persona da poco, un mezzo cervello, e invece è meglio di quel che appare. Ad ogni modo, anche Cucchi fa parte della stessa compagnia, e quando lo spettacolo finirà...».

«Come sei arrivata a lavorare per lui?» si azzardò a chiedere Giulio. Ma Wanda lo mandò in bianco: «Se ci rivedremo ancora, te lo spiegherò. Per adesso ti dico che mi occupo della sua segreteria particolare, sono una specie di governante dell'ufficio privato. Non mi sbottono di più, devo stare attenta a come parlo con te. È meglio che butti la berta nel sacco!» concluse ridendo.

«E perché?» si stupì Giulio. «Perché tu nel partito hai una pessima fama: quella del guardone che osserva la politica come se fosse a teatro e la scena che vede lo disgusta sempre. I miei dicono che stai al mondo soltanto per mostrare il tuo livore contro di noi, l'hanno scritto anche sul giornale del partito, l'avrai letto, no? Il Segretario ce l'ha amara con te. Ripete sempre: 'Guala lo credevo un amico, ma adesso s'è incarognito, pretende ogni volta di farci la lezione'. Grazioso come i rovi, e un po' esagerato», ammise Wanda, «però non completamente. Non ribattere, perché io so tutto sul conto tuo. Non ti ho mai perso di vista. Da quando la tua firma è comparsa sui giornali, ti ho seguito passo dopo passo. Ti ho anche visto alla tivù, e così non ho avuto la sensazione che tu invecchiassi». «Però non mi hai cercato», le rimproverò lui. Wanda lo assalì: «Perché avrei dovuto farlo?». «Già, perché?» mormorò Giulio.

Prima delle dieci s'immersero nel bianco lunare di Trani e parcheggiarono accanto alla cattedrale, davanti a un mare viola. Wanda prese dalla borsa un telefonino. «Mi lasci chiamare una persona?» domandò a Giulio. Lui si allontanò di qualche passo, poi si permise di osservarla mentre parlava nel cellullare: bisbigliava parole dolci, faceva domande un po' ansiose, ma aveva un volto radioso. Wanda tornò verso di lui e chiese: «Hai fame?». «No, ho mangiato tre panini mentre scrivevo». «Allora ti offrirò un gelato».

Lo condusse alla parte antica di Trani, lungo la via Larga, sino al bar Turenum. Si sedettero all'aperto, attorno c'era una gran folla, ma loro non se ne accorsero. Giulio la interrogò: «Ti sei sposata?». «No». «Come mai?». «Non ho incontrato quello giusto. Piuttosto che ritrovarmi malmaritata, sono rimasta zitella. E tu?». «Anch'io sono signorino», sorrise lui. La guardò mangiare il gelato: «Sei mancina, non me lo ricordavo». Wanda si meravigliò: «Possibile? Tua nonna mi prendeva in giro dicendo: sette mancini non sono stati capaci di pulirsi il sedere con un lenzuolo!».

Giulio la esaminò ancora: «Sei davvero uguale alla ragazza che ha lasciato la ringhiera per andare all'università». «E tu hai sempre la tua bella faccia attenta da secchione diciottenne, sei magro come uno steccadenti e hai le dita lunghe. Sai che cosa ammiravo di più in te?» lo inzigò Wanda. «Le tue mani, con quelle dita agili e forti. E a te, che cosa piaceva della Wanda di allora?».

Lui ci pensò sopra, poi rispose: «Quello che mi piace ancora adesso, dall'istante che ti ho rivista: il mistero. Sì, l'aria di mistero che c'era attorno a te, a tua madre, alla vostra casa». «Ma cosa t'inventi, sciocco?» lo contraddisse Wanda. «Per quanto tempo siamo stati sulla medesima ringhiera? Per nove anni! E ci siamo visti tutti i giorni, proprio tutti. Non poteva esserci nessun mistero».

In quella casa gli alloggi erano poveri, anche se grandi. Niente riscaldamento, nessun bagno, il cesso alla fine di ogni ringhiera, qualche stufa per l'inverno, il prete nel letto. Già, si metteva il prete anche nei primi anni Sessanta, e in piena città, fuori c'erano quei bei freddi che spaccavano le piante e disegnavano fiori di gelo sui vetri, una nebbia sciassa, spessa come il brodo dei gnocchi. E tante stanze dai soffitti alti e un po' scrostati, il camerone delle robe vecchie, che la mamma di Giulio chiamava la raccolta dei gratacù, dove loro giocavano facendo un ghetto del diavolo e la nonna Caterina gli dava delle girate! Era stato lì, nel camerone pervaso dal profumo forte della naftalina, che Wanda, a quindici anni, aveva mostrato a Giulio come si baciava alla francese, così sosteneva lei: il bacio più peccaminoso di tutti, con la lingua dentro la bocca.

Nel biancore di Trani, Wanda provò di ricordarlo bene Giulio bambino. Era timido, un piaghino, un permalosetto che prendeva tutto in punta di forchetta, noioso come la pioggia. Di ogni busca faceva un carro di fieno. Se non vinceva a carte, s'offendeva, quella piattola in calzoncini corti, un piangiulento, un piccolo caragnone.

Quando aveva il muso storto, Wanda lo prendeva in giro recitando una vecchia tiritera: la rabbia, la stizza, la vegna tre volt al dì, / la sira, la matena e l'ura del mesdì! Ma poi Giulio si era un po' raddrizzato, arrivava sempre con calma, titic e titoc, al piccolo trotto. A volte era così instancabile che la mamma sbraitava: sei il mio straccapadroni! Altre volte gli strillava spolmonandosi: tontolini!, stupido come una seppa del Po, sei capace di romperti l'osso del collo inciampando in un filo di paglia, un vero bambino di Varallo, furbo come Garibuja che andava a nascondere i suoi soldi nelle tasche degli altri e mordeva il sedere a sua mamma per farla ridere.

Era così buono, Giulio, che quando la domenica il papà gli dava il pret, la paghetta, lui la mostrava a Wanda, proclamando: per oggi siamo ricchi! Così bisognava perdonarlo di essere smorbio come il cavallo del colonnello, viziato, un vero figlio unico, un lunatico. Difatti s'incantava sempre a studiare la luna e chiedeva: che cosa ci sarà dall'altra parte, quella che non si vede?, e la mamma ribatteva: i droli, i tipi strambi come te, balengo 'd fioca! Ma Giulio domandava ancora: e dove vanno a finire le lune calanti quando sono calate del tutto? Paziente, la mamma replicava: Iddio le spacca e con i pezzi rattoppa le stelle che si sono rotte oppure ne fabbrica di nuove.

Wanda bambina era sempre affamata, e con delle sgaiose! Mentre Giulio mangiava pochissimo, come un ciribibi, diceva sua madre apprensiva, lei si pappava delle sleppe di qualunque cosa. Quando la nonna metteva in tavola la polenta, alla piccinina bisognava darne un quadrello grande quanto un mattone, perché era un tipo che mandava giù per quattordici anche se aveva il dono di non ingrassare mai. Eh, la Wanda consuma!, la scusava la mamma di Giulio, e visto che l'abbiamo quasi adottata dobbiamo mantenerla, questa paciarota agitata, spaccatutto, turbolenta, un maschiaccio fatto e finito.

E come un maschiaccio era la più brava in tutto. Lei andava da campionessa sui pattini a rotelle e Giulio cascava sempre. Lei saltava con la corda e Giulio non ci riusciva neanche a pregare sant'Evasio, patrono della città. Lei si arrampicava sugli alberi e Giulio restava imbabbiato di sotto. Lei in educazione fisica aveva nove e Giulio pretendeva di essere esonerato, il polentone. Se faceva dei lembu per terra, la sua bianchissima pelle nemmeno si arrossava. E mai che piangesse. Era tutto il contrario della gatamorgna schizzinosa, però se le prendevano gli sghiribizzi per qualche motivo misterioso (e anni dopo scoprì che tra questi c'era sempre, ma proprio sempre, il terrore di essere abbandonata da sua mamma Giusy), allora diventava capricciosa, le venivano tante balle in testa da far invidia a una mula.

L'altra faccenda che la mandava in furia era un sentimento che soltanto più tardi avrebbe svelato per intero a se stessa: l'invidia per il pisello di Giulio e per tutti gli annessi e i connessi, ossia i privilegi che spettano ai padroni di quell'affare lì. Era la mamma di Giulio che, senza saperlo, innescava l'invidia. Se il piccolo piattolone non voleva preparare la tavola, la signora Luisa borbottava alla Wanda: pazienza!, lui è un uomo, aiutami tu, facciamo prima noi femmine. Giulio si rifiutava di rifare il letto? La Luisa, innamorata pazza di questo suo bambino padrone, accorreva in soccorso: dai, Wanda, pensiamoci noi che è un lavoro da donne. Ah, quanto vorrei essere un maschio!, strillava a quel punto la Wandina. E diventava ancora più caparbia, ribelle, una prendingiro di tutte le manie e le paure di Giulio.

Lui aveva fifa soprattutto dei rumori nella notte. A volte, quando la signora Giusy partiva, capitava che loro due dormissero nella medesima stanza a casa di Giulio. Al primo scricchiolare di qualche vecchia tavola di legno, il tontolini strillava: c'è un morto che mi chiama, ho dei frisson!, Wanda fai qualcosa! Allora lei, ridacchiando, recitava: se sei dalla parte di Dio, parla;

se sei dalla parte del Diavolo, va' via! Ma il cric-cric seguitava e Giulio, da sotto le coperte, riprendeva a miagolare: Wanda, il morto è ancora qui. E va bene, sospirava lei, alzandosi in piedi sul letto, dentro la camiciona da notte. Si metteva le mani al petto, in croce, e mezza ghignante, la disgraziata!, scandiva con solennità: acqua santa che mi bagna, Spirito Santo che mi accompagna, brutta bestia va' via di lì, angel custode sta vsin a mi!

«E la nonna, te la ricordi?» domandò Giulio. Che satanasso la nonna Caterina, una donnina di ferro, nata chissà quanti anni prima a Pavia, a Porta Calcinara. Aveva fatto la lavandaia sul Ticino, al Borgo, un mestiere da schiave: d'estate tra le zanzare, sotto il sole che disfaceva le ossa e arrostiva il cervello, d'inverno condannata al palchetto che si alzava in mezzo alla neve gelata, in uno scenario da ritirata di Russia. Siccome su quel patibolo non era morta, aveva deciso di campare il più a lungo possibile, e governava lei la casa quando la mamma andava al negozio.

La Wanda era stata subito presa sotto custodia e per la nonna stava alla pari di Giulio, che tuttavia rimaneva il suo pantuflon preferito. La nonna Caterina pretendeva che quei due malnat andassero d'accordo, mica come le campane di San Lanfranco, quelle all'imbocco di Pavia, che suonano sempre una contro l'altra. E se litigavano gli appioppava delle sberlone, smettendo di paternostrare col rosario in mano per tirar giù delle polche madosche da far venire rossa l'intera Calcinara. Dava dei raus! e gridava: ma andate in Paludria dove s'insacca la nebbia!, adesso v'impomato con una dose di botte che basterà per l'annata.

La nonna sapeva tutto dell'oltretomba. Vuoi parlare col diavolo? Prendi un ramo di felce, mettilo sotto i piedi a mezzanotte quando c'è il chiaro di luna, e il diavolo uscirà dall'inferno soltanto per te. Vuoi incontrare le streghe? Cerca un albero di noce, è il loro ritrovo preferito, ma devi stare attento a non dormirci sotto: questa notte ho dormito / all'ombra del noce, / non posso più cantar, / non ho più voce. Anche i tarocchi non avevano misteri per lei. La morte era la Grisa, la temperanza la Gobba, il diavolo Braghe blu, la torre il Proibito, l'asso di bastoni l'Asciugamano delle serve. E per contare le carte, aveva una cantilena preferita: non l'avrei mai più creduto, / non l'avrei mai più pensato, / che la serva del curato / si facesse toccare il sedici, il diciassette, il diciotto...

Anche la mamma di Giulio era nata a Pavia, poi aveva sposato un monferrino, operaio dalle mani d'oro, traslocando a Casale con la poca roba che possedeva, in primis la nonna Caterina. Al tempo dell'arrivo di Wandina, la signora Luisa stava nel fiore dell'età, trent'anni giusti, aveva un carattere da comprare a occhi chiusi, allegra, generosa, piena di fiducia nel mondo, entrante con tutti, e non soltanto perché glielo imponeva la legge di chi sta in negozio. E il personale, poi! Un volto da madonna furba e carnale, bionda naturale, due tette sempre in lotta col reggipetto, un cicinino sfrontata da girare quasi nuda per l'appartamento.

Tra casa e negozio, era di continuo indaffarata, e sospirava di sé: non mi avanza neanche il tempo per pisciare! Eppure l'aveva scovato subito il tempo di prendersi una cotta per la Wanda, lei che una bambina l'aveva sempre voluta senza essere capace di farla. Così la Wandina s'era trovata un'altra mamma, che quando la signora Giusy spariva per restare infrascata chissà dove, se la ricoverava in casa. E, punto primo!, la metteva in ordine, perché la Wanda aveva d'abitudine la vestina strafugnata, le trecce pronte a disfarsi, l'aria della sblunciona che ha bisogno di essere sgurata col sapone di Marsiglia, soprattutto nelle mani che mostrava di continuo impataccate. La Luisa sospirava: sei uguale a Calimero, non sei nera, sei solo sporca, così ti scambiano per una napoli, per una terrona, e quando da grande dovrai sposarti ci vorrà il bacialè, il sensale dei matrimoni, per pescarti uno straccio di marito.

La mamma di Giulio si armava di santa pazienza e la metteva in ordine, la puciunota. Stai ferma!, hai le formiche rosse che ti escono dal didietro?, lavati queste mani sporche, non è mica vero che il sudicio ingrassa. Ho letto su «Annabella» che ci sono dei virus terribili, fanno crescere la coda alle bambine restie a tenersi pulite. E adesso a questi capelli gli facciamo un bello shampoo, sono meravigliosi i tuoi capelli rossi, gli uomini ti correranno dietro e nessuno avrà mai il tupè di dirti: il più buono dei rossi ha ammazzato sua mamma e sua zia nei fossi.

La madre di Wanda, invece, era un enigma, un rebus, un tarocco coperto. Non possedeva un marito e, dunque, la puciunota non possedeva un padre, e difatti portava il cognome materno, Rosso. Chi è tuo papà?, gli aveva chiesto Giulio, uno dei primi giorni sulla ringhiera. E lei: io non ho papà, sono nata da mia mamma e basta. Impossibile, aveva replicato lui, tutti i bambini hanno una mamma e un papà, dunque ce l'hai anche tu, sarà morto o scappato di casa. Ma lei, cocciuta: no, mi ha fatto mia mamma da sola. E lui: dai che non è vero! Sì che è vero, aveva tagliato corto Wanda, e per convincerlo a stare zitto gli aveva mollato un calcione in uno stinco.

Comunque, la mamma c'era. Aveva due anni più della signora Luisa, e le differenze non si fermavano qui. La signora Giusy era una donna magra, ma ben sistemata nei punti giusti, un viso da lupa intrigante, lo sguardo freddo di chi deve controllare i passi dentro la propria vita, capelli neri lisci e lunghi, portati alla schiaffo, trucco sempre perfetto, unghie dipinte, vestiti di sartoria, calze costose, anche lei i tacchi alti, tac-tac faceva scendendo le scale con uno scatto veloce e altero, un tipo alla Lauren Bacall, come aveva stabilito la mamma di Giulio che stravedeva per i film americani.

Su questa misteriosa Giusy la mamma diceva anche dell'altro, per la verità. Lo diceva alla nonna sottovoce, affinché Giulio non sentisse. E difatti non si trattava mica di belle cose, perché si era appreso che la Giusy Rosso faceva quasi la vita, nel senso che aveva tre o quattro amanti in altre città, a Vercelli, a Torino, a Milano. Signori di mezz'età e facoltosi, lei andava a trovarli a turno, e se li spupazzava con il garbo che era facile immaginare. Uno dei fortunati, il più giovane, un notaio di Torino, aveva perso i sentimenti dietro il sex-appeal di madamina, e si era anche offerto di sposarla, ma senza risultato. La Giusy, infatti, reputava più conveniente tenere quella cosa in scarpe diverse, una scelta che rendeva e non la obbligava a un matrimonio per interesse.

E così la mamma di Wanda era stata presto catalogata come una vedova allegra, una slandretta, una squillo in piena forma e col vigore della trentaduenne. Una squillo riservata, prudente, ben coperta, e anche una bella furbona perché, se non avesse scelto quel mestiere, le sarebbe toccato di andare a mangiare sui ghiaioni del Po, lei e la sua Wandina. La quale, visto che certe persone la Provvidenza le fa nascere con la camicia della Madonna, adesso aveva trovato sulla ringhiera una madre e una nonna a ore, e anche un fratellino, che se l'erano presa a pensione gratis et amore Dei, poiché non è giusto che le colpe delle madri un po' puttane ricadano sulle loro bambinette innocenti.

Che scorpacciata di ricordi, a Trani! Quando furono tornati a Bari e stavano ancora nell'Audi, Giulio chiese a Wanda: «Ci sarai domani al congresso?». «No, il ministro vuole ripartire subito per Roma e dovrò andare con lui». Giulio mugugnò: «Io sono costretto a restare fino all'ultimo giorno, non posso smettere il servizio, purtroppo».

Si scrutarono sotto la lucetta dell'auto. Lui domandò: «Ti piacerebbe rivedermi?». «Forse», rispose lei. «Come forse? Sì o no?». E Wanda: «Più no che sì».

Uguale al bambino della ringhiera, Giulio si spazientì: «Perché più no che sì? Non mi va questa risposta. Io non voglio perderti di vista». Lei gli fece l'elemosina di una carezza e tagliò corto: «Vattene a dormire, che stai cadendo dall'albero per il sonno. Ti cercherò al tuo giornale, quando sarai tornato a Roma».

Wanda si guardò bene dal chiamarlo, e allora fu Giulio a cercarla. Un pomeriggio dei primi di luglio telefonò all'ufficio privato del ministro, alle Coppelle, una piazzetta nella Roma occupata dai partiti, tra via della Scrofa e il palazzo di Montecitorio. Si presentò da bizzarro: «Sono un compagno di Bari, ho conosciuto la dottoressa Rosso al congresso e devo inoltrarle una supplica urgente». Una segretaria gli fece la grazia di ascoltarlo con diffidenza, poi lasciò sgocciolare una risposta vaga: «Non credo che la dottoressa sia in sede, comunque vedo».

Venne al telefono Wanda, aveva già capito, mica era tonta. Rise: «Ah, tu saresti il compagno del dibattito di Trani. Qual è la tua supplica?». «Vorrei invitarti a cena, compagna Rosso». «Quando?». «Stasera, al ristorante del Ciuti». «Neanche morta, ci va mezzo Parlamento». «Non parlo di quello in piazza del Pantheon, ma dell'altro, la Ciambella di via dei Coronari».

«Non so che cosa risponderti», brontolò Wanda. «Ti sento incerta. E un po' rognosa», si angustiò Giulio. «Non credo di far bene a rivederti: le vecchie ringhiere non esistono più e le minestre riscaldate non mi piacciono», spiegò lei. «Ti fai di nuovo pregare, come a Bari: questa sì che è una sbobba già bollita», replicò lui. Poi concluse: «A stasera, alle nove, alla Ciambella. Dirò al Ciuti di metterci nell'angolo più nascosto».

Era una serata di scirocco, soffiava un vento africano che prometteva pioggia, e difatti nella notte sarebbe venuto giù un acquarone zeppo di sabbia gialla del deserto. Stormi di gabbiani spaventati volavano in direzione del Tevere, emettendo lamenti da anime torturate. Roma puzzava e il grande padre fiume era una fogna. Aveva del fantastico la notizia che, in città, si fossero visti dei cormorani intenti a pescare il cibo in quel nastro d'acqua giallastra e melmosa, la diarrea di un gigante.

Livornese e vecchio amico di Giulio, Carlo Ciuti era

un cinquantenne bassotto e secco, di pelle scura, le mani fortissime e coperte di peli, la faccia di certi attori francesi che fanno sempre la parte del bandito buono. Aveva lavorato per anni nel mercato del pesce e alla fine si era deciso a tentare l'avventura nel cuore di Roma: un ristorante, poi un secondo più piccolo, ecco le basi della sua fortuna. Il Ciuti se l'era costruita da solo e senza mutare l'idea che portava nel cuore: un'idea rossa, di un rosso così acceso da risultare irreale, un sogno a cui aggrapparsi per non essere risucchiato dalla grande cloaca di una politica priva di slanci e nemica di ogni candore.

Il Ciuti li mise a un tavolo accanto alla cucina, prese le ordinazioni e se ne andò. «Mi avrà riconosciuta?» domandò Wanda. Giulio rise: «Ma chi credi di essere?, la regina Taitù?». Lei si stizzì: «Scemo, qui ci sono venuta altre volte, in compagnia del ministro e di qualcuno del suo giro». Lui alzò le spalle: «Ma che t'importa? Il Ciuti è un fratello per me e non dirà all'Eccellenza che la sua dottoressa Rosso ha avuto una cena confidenziale con un nemico del partito. E poi non voglio parlare del ministro, ma di noi».

«Ancora?» esclamò lei, fingendosi stupita. «Sì, la serata di Trani per me è stata terribile, come offrire del whisky a un alcolista in astinenza». «E stasera che cosa vorresti bere?». «La nostra adolescenza», decretò Giulio, allegro. «E da dove vuole che inizi, o mio signore? Dalla mia o dalla sua?» lo interpellò lei, ironica. «Dalla tua, Wanda».

«E va bene. La mia adolescenza è cominciata quando mi sono accorta che volevo essere uguale a mia madre». Wanda si fermò subito, aveva uno sguardo indifeso e le labbra che tremavano. Avvertì Giulio: «Guarda che ti racconto cose che non ho mai detto a nessuno.

E per me non sarà facile... Spasimavo di diventare come lei: bella, magra, sicura, sfrontata, così forte che mi sembrava una divinità onnipotente, qualche volta ho anche immaginato che poteva essere Dio. Conoscevo la vita che faceva, era stata lei a rivelarmelo quando ho avuto l'età giusta per capire, lo riteneva un mestiere come un altro. Credi che fosse di un'immoralità assoluta? Io non l'ho mai pensato, dovevamo pur vivere, in fondo lei offriva soltanto il suo corpo. Intorno a me, oggi, qui a Roma, vedo dei mercati enormemente più schifosi, e non parlo del giro di donne che vaga attorno ai politici. Avevo quindici anni, ero talmente presa dalla voglia di assomigliarle che, un giorno, mi sono scoperta il desiderio di conoscerli questi suoi amici, e di andarli a trovare, di propormi e di scoprire se valevo quanto la signora Giusy. Non possedevo un padre e così fantasticavo di tradirla con quegli zii sconosciuti, mi lasciavo andare al gioco di portarglieli via, era il mio modo di staccarmi da lei».

«Sei stupito del mio racconto?» indagò Wanda. Lui mormorò: «No, anche se non mi ero accorto di quello che ti accadeva». Lei rise: «Ma come potevi intagliartene? Questa guerra con la mamma stava tutta dentro la mia testa. Quegli sconosciuti, erano tre, sono i primi uomini che ho desiderato. Mi sono persino accarezzata, immaginando di stare con loro al posto di mia madre. Però mi sono accorta quasi subito che il trucco non funzionava. Io non ero bella come la signora Giusy. Mi vedevo pallida, slavata, con queste lentiggini che odiavo. Anche i capelli rossi non potevo soffrirli. Me li scompigliavo e ripetevo: pelo rosso, bestia grama! Intanto mi erano spuntati i seni. Tua mamma diceva: che bei colombotti ti stanno crescendo! Io li controllavo nello specchio e mi sembravano sempre più grossi, un davanzale esagerato. Alta com'ero, e con quelle poppe, pensavo che sarei stata presto un donnone, un cardinson, e nessuno mi avrebbe voluta. Mi suonava nella testa una cantilena di tua nonna: gli spinaci puliscono le budella, ma gli spinaci li pulisce la zitella. Ecco che cos'ero destinata a diventare: una zitellona senza amori».

«Così, di punto in bianco, ho deciso che non volevo piacere a nessun uomo. Mi sono messa a guardare le ragazze, le mie compagne di liceo, le commesse dei negozi che frequentavo, nella speranza di scoprire che ero capace di desiderarle. Ho anche immaginato di essere un uomo alto, magro e con gli occhi blu. Tu gli occhi non li hai blu, ma castani scuri, però eri smilzo, lo sei ancora, per questo il tuo tipo mi piace. Da piccola volevo avere il tuo pisellino, ma poi ho preso a invidiarti perché non dovevi sopportare della ciccia inutile: niente seni, niente fianchi, niente natiche sporgenti. E pensare che tu sbavavi per me proprio perché ero fatta così. È vero?».

«Sì, ho sbavato per te tanto di quel tempo!, speravo che tu lo capissi e mi dicessi: eccomi, Giulio», ammise lui. Wanda lo scrutò intenerita, ma non voleva dargli troppa corda e allora sbuffò, da bruscona: «Certo che avevo capito, però mi veniva la ridarola quando pensavo di fare per davvero i nostri giochi da bambini. Eri così inamidato! Attendevo che tu mi tirassi il rocco, che ci provassi, e mi interrogavo: se lo fa, gli dirò di sì, oppure gli spiegherò che cerco di farmi piacere le ragazze e gli darò uno di quei palotti, di quei rifiuti che non si scordano più? Ero indecisa, e ti ho tenuto un bel po' sotto osservazione. Avevo diciassette anni e tu sedici, ti ricordo come un palanchino dal collo lungo, gli occhiali da miope, l'aria svagata, eppure mi sembravi il meglio del meglio. I tuoi amici erano dei paesani quadri, dei merendoni, tu li sfalsavi tutti di una spanna, un gran merlo, il contrario del posapiano, le fantasie ti venivano a sette per volta, con i tuoi occhi da ficcanaso frugavi dappertutto, e per le cose pratiche eri un impiastro. Di pomeriggio ti piaceva pigriziare a letto con un libro in mano, fingevi di plucare e invece leggevi e leggevi, io mi sentivo una zuccona anche se al liceo avevo voti più alti dei tuoi».

«Certo, potevi essere il mio principe azzurro. Però non ti sei mai dichiarato. Morivi dalla voglia, ma non ti esponevi. Anzi, con me eri gentile come un carciofo e mi davi dei nespoli! Allora mi sono convinta a non scaldarmi i ferri per nessuno, né uomo né donna. Volevo cercare la mia strada e andarmene al più presto, perché una ragazza non è merce da lasciare invecchiare in casa, diceva tua mamma, dunque alla larga dai maschi e dalle femmine! Ho cominciato a fare la sfacciata con tutti, a darmi un tono, me ne infischiavo persino dell'Olanda, mi presentavo da smorfiosa, una vera madama Putput».

«Non mi sembravi tanto smorfiosa quando ti guardava il signor Bruno», osservò Giulio. Questo mister Bruno era uno del cortile, un tronchetto d'uomo ben costruito, stempiato quasi da socio della confraternita di Santa Pelagia, riservato, silenzioso, impiegato al municipio e allocato in un quartierino al pianterreno, dove viveva tutto solo. Era stato un partigiano con fama di sparatore preciso e senza esitazioni, poi il dopoguerra a poco a poco l'aveva calmato. Faceva chilometri sulla bici da corsa, giocava al tamburello in piazza, d'estate nuotava ogni giorno nel Po, che ancora non era la fogna regina d'Italia.

«Me lo ricordo come andava in tilt quando, nel cortile, s'imbatteva nella Wandina», precisò Giulio, sfottente. «Sembrava ti mangiasse con gli occhi, ti spediva dei sorrisi che erano inviti un po' laidi. Tu avevi l'aria d'impipartene, però non era vero. Confessa che ti piaceva, il vecchione!».

«Vecchione?, ma se aveva appena qualche anno più dei tuoi di adesso», finse di stizzirsi lei, «e poi era così premuroso: signorina Wanda qui, signorina Rosso là». «Certo, era gentile come una madama», sogghignò Giulio, «difatti ho scoperto dopo che il tamburellista lo giudicavano un giacofumna, una mezza donna».

«Ne sei convinto?» domandò Wanda con un sorriso sghembo. «Io non sarei così perentoria». «Che cosa ne sai tu?» indagò lui. «Lasciamo perdere, parlami dei tuoi amori», ingiunse lei.

«Io non ho una storia complicata quanto la tua», raccontò Giulio. «Prima mi sono innamorato di mia mamma. Avevo dodici anni e lei trentatré. Mi sembrava la donna più eccitante del mondo: cosce robuste, un didietro alto, il seno placido di una giovane regina soddisfatta. Tante sere mi sono addormentato fantasticando di fare l'amore con lei. E puoi immaginare che cosa mi accadeva. Era una fantasia tranquilla, ma con un nocciolo che mi atterriva e che allora non sapevo spiegarmi. Poi ho cominciato a pensare a tua madre, proprio a lei. Mi vedevo entrare di soppiatto in casa vostra, quando tu non c'eri: la signora Giusy mi aspettava, mi portava sul letto e facevamo delle cosacce».

«Quali?» lo provocò Wanda. Giulio arrossì: «Non posso dirtelo, mi sentirei ridicolo. In seguito, ormai avevo quindici anni, il mio desiderio si è rivolto alla Magda, la nostra vicina di casa; stava sulla ringhiera di fronte, te la ricordi?».

Anche la Magda aveva passato da poco la trentina.

Era piccola, rotondetta, una tortora con le tette che esplodevano da un golfino striminzito, lo sguardo umido, un marito che lavorava da operaio nella fabbrica dell'amianto, la fabbrica della morte, tornava la sera tardi e la mattina presto ripartiva. Giulio sbirciava la Magda dalla ringhiera e sognava di fare con lei degli atti impuri di suprema sfrenatezza.

Avvenne tutto con semplicità, Giulio aveva compiuto da poco i sedici anni. Lui andò a bussare alla sua porta. Magda gli aprì come se lo aspettasse. «Che cosa vuoi?» chiese. Il ragazzo non riuscì a rispondere. «Ho capito», sospirò lei. Sbarrò l'uscio con la catenella e andò verso la camera da letto. Sul matrimoniale c'era una bella coperta di pizzo, Magda la ripiegò con cura: «Non voglio che me la sciupi, siete dei faruson voi giovanotti». Due bamboline sul comò li fissavano con occhi vuoti. Lei si tolse la sottoveste, poi le calze e le mutande, quindi si abbandonò sul letto con un respiro di clemente sopportazione. «Me lo dai un bacio?» domandò a Giulio. Lui si chinò e s'accorse che le labbra di Magda erano livide, e la fronte s'imperlava di sudore. Non stette lì a chiedersi il perché, ma lei si sentiva intimorita da quella visita e sorpresa dalla propria immediata sottomissione. «Spogliati anche tu», ordinò a Giulio. «È la prima volta? Mi dai una bella responsabilità. Adesso ti guido io, fammi sentire a che punto sei». Senza guardare, con una mano andò in cerca di quel che doveva ed esclamò: «Sei prontissimo!». Poi lo condusse con dolcezza delicata fino all'ingresso del proprio corpo, ansimando: «Adesso spingi, ma adagino, per piacere!».

«Ci sei andato altre volte dalla Magda?» indagò Wanda. «Sì, per qualche mese. La devo ringraziare: mi ha insegnato a non avere paura delle donne». Lei rise: «Ecco perché, a quell'epoca, non mi hai guardato più. Comunque, l'avevo capito. Un pomeriggio che pioveva, ti ho visto entrare nel cortile di corsa, eri bagnato da torcere, ma invece di salire sulla ringhiera, ti sei infilato da lei».

«E tu che cos'hai provato?» domandò Giulio. «Un po' di rabbia e un po' di invidia. Mi dicevo: ma perché quel tontolini non si è rivolto a me?». «Non ne sono stato capace. Ti consideravo troppo in alto, una regina intoccabile, o forse mi frenavano tutti gli anni passati insieme come fratello e sorella. Eri una ragazza bellissima da strafugnare soltanto con lo sguardo. Mi sentivo così inferiore!, mentre la Magda, alla fine, si metteva sotto di me come se la pagassi ed era lei a disporsi per qualsiasi cosa: fammi questo, fai quest'altro, prova da una posizione che adesso ti mostro... Tu mi apparivi irraggiungibile, mi lanciavi occhiate da filona, ogni tanto ti saltava la matta e sembravi pronta a invitarmi, però non sapevo da che parte prenderti. Ho passato delle ore nella mia camera, con le gelosie avvicinate, a immaginare la tua pelliccetta rossa al centro delle cosce bianche. Ce l'hai ancora rossa?».

Lei lo zittì, imbarazzata: «Adesso basta, non sapevo di essere andata a cena con un poetico sporcaccione».

Erano al gelato quando Giulio domandò: «Mi spieghi che cosa fai di preciso nell'ufficio di Cucchi?». Wanda sbuffò annoiata: «Mi occupo della sua agenda, gli appuntamenti, le visite, gli incontri con i compagni. E poi delle raccomandazioni. Ce ne piovono addosso a centinaia. Mezza Italia cerca un impiego e molti pensano che il ministro dei Lavori pubblici sia l'uomo giusto per trovartelo».

«Soltanto di questo ti occupi?» investigò lui. «Che cosa cerchi di sapere?» ribatté lei, subito sospettosa. «Se ti curi anche degli affari di Cucchi, sì, insomma, delle tangenti». Wanda scoppiò in una risata: «Sei un giornalista perfetto: malfidato e dietrologo. E ce l'hai a morte con il partito del ministro. Pensi che sia l'unico partito di ladri in Italia. Ma non è così».

«Non hai risposto alla mia domanda», le contestò Giulio. Lei gli sferrò un piccolo pugno sulla spalla: «Lo vedi che sei rimasto un tontolini? Credi che se mi occupassi di certe faccende verrei a raccontarlo proprio a te? Ad ogni modo, no, non ho mai voluto saperne. E comunque penso che Cucchi sia uno dei pochissimi puliti. Non mi ha chiesto di fare da coprimagagne per lui, né mi risulta che abbia magagne del genere di quelle che immagini. Vedi, Cucchi è tanto ingenuo che ha deciso di compiere un passo di cui tu non sai ancora nulla, giornalista superinformato! Te lo racconto se mi giuri che non scriverai niente. Però devi giurarmelo su una cosa sacra: noi due bambini sulla ringhiera».

«Bisogna partire dal personaggio del Segretario», spiegò Wanda. «Tu l'hai visto a Bari: come capo è più di là che di qua, e non controlla il marasma che c'è nella Rosa, dove ogni ras fa quello che gli gira per la testa. C'è chi pensa di pugnalarlo per rubargli il posto, come il Delfino. Ma è un calcolo sbagliato. Nella sua debolezza, il Segretario ha ancora in mano il settebello: conosce vita, morte e miracoli di tutti, sa da che piede zoppicano, ed è quasi sempre il piede dei quattrini. In questo modo, lui conserva il boccino, però il partito sta tirando le cuoia dentro una palude dove tutto va lentamente a fondo».

«In questa melma, Cucchi si è messo in mente di fare un gesto, purtroppo!» seguitò Wanda, e nelle sue parole Giulio avvertì un rammarico allarmato. «Per anni lui e il Segretario sono stati molto amici, ma da un pezzo non si annusano più il fiato. Cucchi gli rinfaccia di preferire la paralisi pur di non avere rogne, e così ha deciso di rompere i piatti. Quando l'ho saputo da lui, lì per lì non ci ho creduto. Cucchi è sempre stato un padre abate seduto in poltrona, un uomo acuto, scaltro, però un adagiato, non adatto alla battaglia. Ma adesso ha deciso che è meglio essere testa di lucertola che coda di drago. Una volta fatta questa scoperta, si è come ammattito: vuole buttarsi contro il drago con un gesto clamoroso, per spingere i compagni a rifiutare una morte lenta. Ti ho ripetuto le sue parole», precisò Wanda, con un fastidio intristito, «me le sento cantare e ricantare da settimane, e più le ascolto e meno ci credo: il drago, il gesto, la morte lenta... A me sembra roba frusta, cianfrusaglia buona per lo stanzone dei barlafus della tua vecchia casa».

«E quale sarebbe il fatto clamoroso?» domandò Giulio, persino più scettico di Wanda. Ma lei si sottrasse: «Non lo so, forse un appello al Segretario perché riprenda in mano il partito e tagli le gambe ai ras, oppure una denuncia minuziosa dello sfacelo nella Rosa. Ho detto a Cucchi di pensarci cento volte, lo vedo come una mosca che voglia attaccare un bue. Però temo che non mi darà retta: ha le orecchie per ascoltare, ma non la testa per capire. Mi sembra un kamikaze deciso a gettarsi sulla portaerei, anche se ha la certezza di morire. Nel partito ha un seguito piccolo, non ha mai voluto arruolare gente e si troverà di fronte delle bande da guerra. Lo accusano già di mettere la rogna tra le preghiere, di voler spaccare l'unità della Rosa stretta attorno al Gran Capo. Non so in che modo finirà», concluse Wanda, preoccupata.

Giulio sbadigliò: «Io invece so dove andrà a parare Cucchi: in niente. Ne ho visti degli altri uguali a lui, velleitari che promettono sfracelli e non si muovono mai dalla tana. E poi il suo partito è un moribondo pronto per l'olio santo, il gesto clamoroso di Cucchi farebbe soltanto ridere: sarebbe come suonare le campane dell'allarme quando la tempesta c'è già stata. Tutto questo il tuo ministro lo sa e, dopo un po' di bla bla, tirerà a campare. È anche la filosofia del capo del governo, il Vecchio Mandarino: meglio tirare a campare che tirare le cuoia. Mettiti il cuore in pace, non succederà nulla».

«E invece qualcosa succederà, me lo sento addosso», replicò Wanda sottovoce.

La mattina di lunedì 15 luglio era tirata a lucido, la Camera dei deputati. I parquet profumavano di cera, i cristalli rilucevano scintillanti, i velluti mostravano un'opacità lussuosa. Eppure l'insieme emanava un fetore orrendo, di fossa comune male interrata, di cimitero continuamente profanato. Il Transatlantico risuonava come un'immensa tomba vuota. E pochi parlamentari vi deambulavano storditi da quell'ora bislacca per i ritmi della politica, che di solito cominciava all'alba delle mosche, ovvero non prima del mezzodì.

La scena indusse Giulio a pensare che stava assistendo a uno struscio di cadaveri viventi. E gli riportò alla memoria il giudizio tetro del suo vecchio amico Oscar, deputato dei repubblicani: «È orribile il clima mortuario di questo corridoio dei Passi perduti. Siamo davvero alla fine, anzi, siamo già dentro la fine. E nessuno di noi se n'è accorto».

In realtà, a puzzare di morte era l'intero universo delle eccellenze partitiche. Il loro numero uno, l'uomo accettato da tutti quale simbolo di una repubblica in coma, il Vecchio Mandarino che guidava il paese, stava dimostrando che il resistere a un'agonia poteva essere l'unico, realistico programma di governo: resistere per esistere, per durare nel tempo, per sequestrare il potere al solo scopo di rimanere abbarbicati al potere.

Questo capo mummioso, e tanti dei politici che lo sostenevano o fingevano di osteggiarlo, erano già potenti quando Giulio, poco più che ventenne, aveva iniziato il mestiere del giornalista. Anno dopo anno, li aveva visti invecchiare, e loro più invecchiavano e meno pensavano di ritirarsi. Adesso lui osservava, senza più stupirsi, il trionfo della decrepitezza partitica, reso ancora più grande da un'astuta capacità di non credere in nulla e di fare professione di fede in questo cinismo pieno di bugie e di ombre.

Il Mandarino, poi, regnando su di un paese snervato da tutte le possibili malattie, era stato così scaltro da concretare a proprio vantaggio un paradosso storico: quello del capo di un governo debole che, personalmente, diventava sempre più forte. E grazie a questa forza, poteva permettersi di filosofare, con sprezzante saggezza, sui vantaggi inestimabili del tirare a campare.

Fu a quel punto della riflessione che Giulio, lasciando vagare lo sguardo sul fondo del Transatlantico, scorse Wanda. Era ferma di fronte a una donna più giovane, anche lei con i tacchi alti, e le parlava con foga, quasi la stesse rimproverando, mentre questa ascoltava a testa china, un po' contrita.

«Stai puntando quelle due?» si sentì chiedere Giulio. Si voltò e scoprì alle spalle il numero uno dei cronisti parlamentari, una carogna instancabile, capace di arrivare sempre, con il suo passo da faina, dove gli altri giornalisti non andavano mai. «Sì, guardo quelle due ragazze. Le conosci?» domandò Giulio. La Faina sogghignò: «Ragazze non direi. Sono due zoccolone che lavorano per il partito della Rosa. La più alta è la portaborse di Cucchi, dicono che sia anche la sua ganza. L'altra si chiama Gloria e lavora nell'amministrazione del partito. È senese come me, ha la fama di essere una passerona sveltoccia, una bella quagliotta con due pocce di ghisa. Vuoi che te la presenti?». «No, grazie», rifiutò Giulio, infastidito.

Fu Wanda, qualche istante dopo, a presentargli Gloria. Giulio piombò su di loro senza che se ne accorgessero. Tanto che lei, sorpresa, gli chiese: «Ma che ci fai di mattina presto in questo mercato dei bugiardi?». «Sono venuto perché speravo d'incontrarti, lo faccio sempre, tutti i giorni», avrebbe dovuto rispondere Giulio. E invece, come il tontolini della ringhiera, non ebbe il coraggio di dichiararsi. Così, indicando Gloria, si sforzò di sembrare spavaldo e buttò lì: «Sono venuto per conoscere la tua amica».

«E allora eccotela!» rise Wanda. «Gloria Guerrini, 31 anni, nubile, toscana di Siena, collaboratrice del segretario amministrativo del nostro grande partito, quello che tu chiami con un po' di disprezzo il Cassiere, ufficio in corso Vittorio, abitazione in piazza Rondanini al numero 33».

Gloria era meno alta di Wanda, una falsa magra florida e ben allombata, carnagione bruna, capelli neri corti e ricci. Aveva un viso da giovane gatta nervosa, l'aria spigliata, lo sguardo allegro e un po' svampito della ragazza ben disposta verso il prossimo, pronta agli amori giocosi, s'immaginò Giulio, e ben decisa a tenere lontane le passioni drammatiche. E difatti lei gli sparò un sorriso ammiccante, esclamando: «Ah, tu saresti il famoso Guala!». «Perché famoso?» chiese quel candidone di Giulio. «Perché ogni volta che scrivi fai uscire dai gangheri Sua Maestà il Segretario. A Bari il capo ci ha sciaborditi tutti con le urla per i tuoi articoli. Sei stato un infamone con la faccenda della canottiera. Scommetto che la porti anche tu». «Certo, la vuoi vedere?» ribatté Giulio. «Ti invito a casa mia per farti l'esame. Ci stai?» lo provocò lei, maliziosa.

«Ohi!, fermati, che vai cercando?» ringhiò Wanda, fingendosi allarmata. «È proprio vero quello che mi hai detto un giorno: donna di Siena, faccia d'angelo e bocca d'inferno». Gloria strizzò l'occhio a Giulio: «Non badarci, mi comporto sempre maluccio. In realtà sono una donna di costumi severi. Al partito ci vogliono tutte così: vergini e sante, oppure niente!».

Giulio le osservò: erano eleganti, suagnate, lucenti, stavano lavorando eppure sembravano pronte per una festa, due vere tigri da cocktail. «Ci stai ammirando?» domandò Gloria, che era sul serio una sveltona. «Sì, per come siete in tiro tutte e due». «A noi piace aghingherarci e non fare le cenderacchiole...».

«Che significa?». «Scusa: le cenerentole, le trascurate nel vestire. Io sono nata a Montalcino e ho passato la giovinezza a Siena, qui a Roma mi sento una sradicata, e per me è un punto d'onore parlare come se stessi ancora in Salicotto, sotto la Torre del Mangia. Così ci sarà qualcosa che non avrò perduto. Sei mai stato a Siena?».

«No», ammise Giulio. «Allora non hai visto niente! Fatti portare lì da Wanda, lei conosce la mia città e sa dove mettersi con uno come te». Wanda fece per protestare, ma Gloria non si lasciò zittire: «So che vi siete conosciuti da piccoli, però non so se oggi vi praticate e fate le cosacce. Comunque sta' attento a com'è adesso: ha una bell'aria da fattoressa calma, ma sotto sotto è una baldoriona...».

«Basta, che mi rovini la reputazione!» l'interruppe Wanda. «Andiamocene da questo posto, vi invito in piazza Navona a prendere un caffè». Dopo poco si ritrovarono seduti ai Tre Scalini, al centro di una meraviglia ancora deserta, dato che la piazza diventava un mercato di zingari soltanto verso il mezzogiorno, per poi trasformarsi, sul far della sera, in una suburra urlante, illuminata dalle fiammate dei mangiatori di fuoco.

«Io li leggo i tuoi articoli», disse Gloria a Giulio, seguitando il discorso cominciato a Montecitorio, «e in parte li condivido. Però c'è un punto che voi non trattate mai perché lo conoscete poco, o perché siete dei maschi e, dunque, dei complici».

«E qual è questo punto?» indagò Giulio. «Siamo noi il punto!» strillò lei, indicando se stessa e Wanda. «Sono le donne che lavorano dentro i partiti, parlo un po' di tutti, perché tutti stanno morendo dopo che li hanno trasformati in un troiaio. Vedi, io non sono sdegnosa come una ghiandaia, e neppure una boccabella schifiltosa, ma non sono nemmeno una di quelle avemarie infilate che vedi girare attorno agli hotel dei politici. Mi sento una donna normale che, se mi va, mi va, e se non mi va faccio presto: attenzione che oggi mi trovate fumina, nervosa, statemi lontani che mi girano i santissimi! Ma questa mia libertà non viene accettata da molti che hanno scoperto il potere della politica e si sono montati la testa».

«Questi pensano soltanto a due cose», spiegò Gloria, col puntiglio di chi debba tenere una lezione, «a sgraffignare i soldi e ad andare a gatta. E sanno solo attaccare dei perdio se non trovano i primi e la seconda. Ti fanno l'occhio pio, ti vengono addosso, confondono subito il culo con le Quarantore e si dicono: ecco un tòcco di passera che mi farò gratis! E quando non ci riescono, questi beduini leccafiche, si vendicano in tanti modi, il più semplice è sparlare di te. Scommetto che ha fatto così quel tuo collega che ti spalleggiava a Montecitorio, io l'ho visto, sai? Ci sono in giro certi sudicioni che a chiacchiere sono padroni di tutte le femmine del mondo. E più li rifiuti, più moltiplicano le rospaggini. Perché non le raccontate queste cose, invece di parlare soltanto delle tangenti che sono diventate la vostra ossessione, la tua in particolare? Guarda che il nostro non è un problema da poco, una fisima da passere matte, da zitelle inacidite, anche perché noi siamo ancora lontane, come età, dall'essere delle cinquantacce. I partiti hanno bisogno di soldi per campare, se no che democrazia è? Ma che almeno campino con modi garbati!».

«Tu con le donne sei garbato o un villan rifatto?» domandò Gloria, insinuante. Giulio buttò lì: «Non so, penso di essere un uomo normale». «E difatti non hai l'aria del baron fottuto», constatò lei. «Anzi, adesso che ti esamino bene, hai l'aspetto del bel bordellotto, con un naso importante, uomo nasuto di rado cornuto. E in più mi dicono che sul lavoro sei un nusolino, uno che curiosa dappertutto. Sei così anche con le ragazze? Mi piacerebbe conoscerti meglio. Puoi andare tranquillo: io non sono una straccavizi e non pretendo la carrozza del re. L'indirizzo lo conosci, te l'ha detto Wanda, che imprudenza la sua!».

Ma Wanda s'era già stufata, prima della tiritera sulle donne, poi di questo taroccamento sfacciato. Si rivolse a Gloria e le sibilò, metà per scherzo e metà sul serio: «Ma che fai? La menatorrone? Dovresti parlare solo quando pisciano le galline. Invece sei noiosa come una mosca culera. Questo qui lo conosco da bambino, è stato il mio morosetto di ringhiera, dunque molla l'osso!».

Gloria decise di mostrarsi stizzita. Strillò: «Fai la boccasaputa perché hai la laurea!». Poi si alzò di scatto, salutò Giulio e baciò Wanda sulla bocca. E nel baciarla, le soffiò in un orecchio: «Quando avrà capito bene chi sei, sarà lui a mollare l'osso».

Sette giorni dopo, Giulio telefonò di nuovo a Wanda, nell'ufficio di piazza delle Coppelle. «Perché mi cerchi?» domandò subito lei. «Perché da quando ti ho ritrovata, la tua amicizia è l'unica cosa che m'importa», confessò lui, senza esitare. «E poi ho molta nostalgia di noi due sulla ringhiera della nostra vecchia casa».

Wanda sembrò innervosita: «Te l'ho già detto a Trani: le vecchie ringhiere non ci sono più. E ti ripeto che non mi piacciono le minestre riscaldate. Anzi, a dir la verità, tra noi due la minestra non è mai stata messa a bollire, nemmeno quando eravamo nell'età giusta». «Potremmo tentare di farlo oggi», osò Giulio. «Aiutami a capire meglio», lo invitò lei, sul freddino.

Lui si diede coraggio e sparò nel telefono: «Mi piacerebbe morosare con te». A questa dichiarazione impegnativa, seguirono lunghi istanti di silenzio. Il candidone pensò: «Adesso mi manda a tirare le pietre al sole!». E invece Wanda si fece una risataccia: «È da quando studiavo a Pavia che non incontro più questa parola! Che cosa intendi per morosare? Sentiamo un po'».

Giulio scoprì d'essere impreparato alla domanda e s'impappinò: «Non saprei: frequentarsi, parlare di noi due, flirtare, con tutto quello che di solito viene dopo». Lei rise ancora: «Parlare di noi due? Ma se ci siamo inciorgniti a vicenda con l'album dei ricordi! E poi flirtare oggi che abbiamo quarant'anni? Con quel che viene dopo, come lo chiami tu? Mi sembra troppo impegnativo».

«Proviamoci lo stesso. Che cosa ti costa?» la incitò Giulio, incoraggiante, ma spiccio. Wanda rispose a se stessa: «Certo, che cosa mi costa?». Poi concluse, inaspettatamente allegra: «Vediamoci stasera alle nove, in piazza Navona, davanti ai Tre Scalini. Però non pretendere troppo da me». «In che senso?» indagò Giulio, cauteloso. «Nel senso di non farmi andare fuori dai fogli con richieste eccessive, altrimenti ti darò un can per mano e non vorrò più rivederti».

Quella sera il cielo sopra piazza Navona era una lastra di pietra scura che, attimo dopo attimo, si abbassava su Roma per soffocarla sotto la coltre di veleni che la città secerneva contro se stessa. Odori di fogna che s'insinuavano nelle case. Ossido di carbonio diffuso da uno sterminio di motori. E poi gli infiniti miasmi che componevano il bouquet fetenziale del centro capitolino. Pipì dei gatti, cacche di cane, hamburger, pesce fritto, pizza al taglio, formaggio rancido, birra cattiva, spazzatura non raccolta, topi morti, piccioni schiacciati da qualche ruota, e infine aglio, aglio, aglio.

Come accadeva tutte le sere, la Roma attorno a piazza Navona era di nuovo scomparsa sotto una marea umana impegnata a sfregiare la città, a sputacchiarla, a coprirla di cicche, a lordarla di piscio e di vomito, a ferirla con un miliardo di cocci di bottiglia. Sopra questa discarica di universale notorietà, l'unico immondezzaio del pianeta decantato da tutte le guide turistiche, volteggiavano di sovente migliaia di storni. Erano uccellacci cattivi, dallo stridore metallico, che tutti insieme producevano il ticchettio feroce di un'immensa mitragliatrice. La mattina gli storni trasmigravano nel Lazio alla ricerca di cibo, e al pomeriggio calavano sull'Urbe a ricoprirla del loro guano scivoloso. Durante certi tramonti rosso fuoco, davano vita a uno spettacolo da fine del mondo, degno in tutto di una metropoli irrispettosa di se stessa, volgare, sporca, cupa.

Piazza Navona era una cittadella invasa e stuprata. Dentro le mura si aggiravano, da conquistatori, mercanti di frutta, di scarpe, di magliette da football, di giochi in plastica, di bambole orribili, di pitture dozzinali, di pannocchie abbrustolite, di collane, pendagli, monili, anelli, bracciali che anche gli ultimi selvaggi della terra avrebbero rifiutato. Tra la piazza e il palazzo del Senato, nella Corsia Agonale, avevano alzato le tende cartomanti, tarocchisti, lettori di mani, maghi con la palla di vetro, streghe moderne dal trucco pesante, le labbra viola, le unghie verdi, le occhiaie gialle e una carnagione dal pallore mortuario. Neri dall'aria losca o dallo sguardo disperato esponevano le loro merci sotto il breve porticato della Corsia. E dentro questa casbah irrompeva di continuo altra umanità, scaricata in corso Rinascimento da orde di motorette urlanti, le vere padrone di Roma, le uniche capaci di soffocare il baccano che scaturiva da un'esposizione di televisori a pila dove Alba Parietti, in guêpière nera, cantava da scalmanata «Cuore selvaggio».

«Stiamo alla larga da quest'inferno», suggerì Giulio. Comprarono due gelati enormi e si avviarono lungo il rettilineo più quieto di via dei Coronari, lasciandosi alle spalle il tananai gonfio di lordume che da via Tor Millina, via della Pace, piazza del Fico, vicolo delle Vacche stava per sfondare anche le chiese di Santa Maria della Pace e di Santa Maria dell'Anima. Erano davvero un mondo pacificato, i Coronari, la prima strada diritta aperta da un papa del Rinascimento nel labirinto di casupole della Roma medioevale. E nell'oscurità di quella serata che attendeva il temporale, invitavano a non avere fretta, a non temere il diluvio in arrivo, a camminare con calma, riflettendo sui casi della propria vita.

Il primo a parlare fu Giulio: «Mi ha stupito Gloria, non mi aspettavo un taroccamento così esplicito». Wanda sorrise: «Tu non la conosci. Era un assalto diretto a me, per dirmi: hai di nuovo incontrato il tuo bambino della ringhiera, datti da fare e, stavolta, non lasciarlo più. Vorrebbe che pescassi un marito o un compagno per non invecchiare da sola, e pensa che tu sia l'uomo giusto, mandato dal destino. Ti conosceva già dai miei racconti e, quando ti ha visto a Montecitorio, è partita alla carica».

«E tu che cosa pensi dell'idea di Gloria?» la interrogò lui. Wanda scosse il capo: «Non ne penso niente. E forse non ne penserò mai nulla. Oggi, almeno, la vedo così. Non lo so se m'interessi. Sono stata chiara?». «Sì, chiarissima», ammise Giulio.

Lei lo scrutò: «Che cane bastonato! È solo la quarta volta che ci frequentiamo e già ti deprimi. Ad ogni modo, tu trattami bene e io giudicherò. Tutta la solfa di Gloria sui politici e le donne ti sarà sembrata un po' fuori posto, ma stavolta era indirizzata a te. Ha voluto mandarti un messaggio: non fare il pascià violento con la mia amica Wanda, altrimenti te la vedrai con me».

«Un pascià violento io? Neanche se lo volessi, ci riuscirei. E poi voi siete due ragazze strambe, non mi capita spesso d'incontrarne di uguali», confessò Giulio.

Wanda strillò: «Ahi, ahi, dottor Guala!, lei è un giornalista di grido, non scopra così il suo lato ingenuo. Non siamo noi a essere strambe, è storto il mondo nel quale viviamo. La politica è come questa città: un miraggio per molti, ma sporca e priva di speranze. Roma è destinata a imbruttire, non ha scampo. Lo stesso accadrà dei partiti. Io li conosco bene, ci sguazzo dentro da più di dieci anni, molti dei capi di oggi, quelli che trionfano sui giornali o alla tivù, li ho visti all'inizio della carriera, con le tasche vuote, case da poco, mogli qualsiasi che non sapevano neanche vestirsi. Adesso sembrano pronti per le copertine di 'Capital', hanno case di lusso, auto potenti, barche, conti nelle banche di chissà quali paesi. La politica li ha fatti ricchi. E arricchirsi con la politica è ormai lo scopo della loro vita, non gli importa nient'altro. Cucchi è rimasto uno dei pochi a pensare che i quattrini, ammesso che se ne trovino, servono per far vivere i partiti e non il contrario. Di questo passo non ci sarà scampo: la politica sarà uccisa da se stessa, dallo schifo che è diventata».

«Dici più o meno le cose che scrivo io», osservò Giulio, «non me l'aspettavo da una che fa il tuo lavoro». Wanda s'era incupita: «Mi manda in bestia quello che vedo. Ogni giorno scopro di averne le tasche piene. E non parlo soltanto del mio partito. Tu non hai idea della genoria che incontro! Ignoranti, smargiassoni, spazzapollai, muffe fredde così micragnose che non sputerebbero in bocca neppure a uno che muore di sete, bugiardi che credono di poter dire qualunque balordaggine gli giri per la testa, pisciano nel letto e poi giurano di aver sudato. Un tempo predicavano quella che tua nonna Caterina chiamava la legge falsa: dicevano bene e facevano male. Ma oggi non predicano più niente. E questi pidocchi rinvenuti sono convinti di durare in eterno, delle salamandre resistenti a ogni fuoco. Però la salamandra muore subito se viene spolverata di sale. E, prima o poi, qualcuno farà così».

«Che cosa ti aspetti?» domandò Giulio. Allora lei gli raccontò la leggenda del palazzo Trucchi di Levaldigi, situato nel centro di Torino, sull'angolo tra via Alfieri e via XX Settembre, dove, alla fine del Settecento, era collocata la Real fabbrica dei tarocchi. Una notte si tenne nel palazzo un ballo infernale, con maschi e femmine ignudi, che diedero mostra di conoscere ogni lascivia. All'alba, quando la folla dei lussuriosi stava per rivestirsi, scoppiò un furiosissimo uragano, con orrendi fragori. E le sale del palazzo sprofondarono di colpo su se stesse, tra vortici di fiamme, e tutti scomparvero in un baratro rovente che li condusse, diritti filati, all'inferno.

«Qualche volta penso che anche il mio mondo finirà di colpo, in un vortice infernale», mormorò Wanda. «Del resto, questo sistema è già scoppiato. Siete voi dei giornali che lo fate sembrare vivo, con le cronache, le interviste, i titoloni...».

«Ma se la faccenda sta così, perché non te ne vieni via subito?» domandò Giulio. «Che cosa aspetti?, di finire anche tu dentro il vortice di fuoco, come le signore di palazzo Levaldigi?». Lei s'intristì: «Non sono in grado di andarmene. Ci sono molti legami che mi trattengono. Tu non puoi saperlo, non conosci ancora tutta la mia storia. E non farmi domande su questo, ti prego!» lo implorò, con malinconia imbruschita.

In silenzio, dal fondo dei Coronari risalirono via di Panico in direzione di palazzo Taverna, collocato su una piccola altura. «Giulio, tu sai che cosa c'era qui un tempo?» lo interrogò Wanda. «No, io non so quasi nulla di Roma, ci vivo da anni come un provvisorio, sempre con la valigia pronta, per andare non so dove, poi», confessò lui. «Allora posso farti da cicerone, anche se non conosco molto. Nel Medioevo qui c'era la fortezza degli Orsini, una famiglia strapotente, tracotante, sempre pronta a usare le mani, come certi partiti di oggi. Era un castello vero, con le mura, le torri, il ponte levatoio, dominava su di un formicaio di casupole e sorvegliava l'accesso al ponte Sant'Angelo. Adesso è un palazzone per inquilini ricchi». Si fermarono a sbirciare attraverso il grande cancello: «Guarda la fontana con le quattro vasche sovrapposte e poi il giardino di lauri».

Mentre osservavano l'interno del palazzo, da via di Monte Giordano sbucò una zingara, una delle tante che battevano quello spazio di Roma, da via dei Coronari sino alla piazza del Pantheon. Era una donna giovane, alta, dal seno matronale, la gonna lunga a spazzare la strada, i capelli neri raccolti a crocchia. L'espressione del volto era ambiguamente mutevole: malvagia, ammiccante, imperiosa, da donna ribalda, consapevole che il cuore umano va assalito con armi diverse, prime fra tutte la paura e il piacere.

Wanda restò paralizzata dall'apparizione. Ma Giulio non si lasciò turbare. Allontanò la zingara con un gesto secco: «Non abbiamo bisogno di niente, grazie!». Però lei si fece sotto, afferrò un braccio di Wanda e le soffiò, rauca: «Non voglio soldi, perché il mio destino è di fare una profezia a questa bella signora». Allora Giulio s'infuriò: «Ti ho detto di andartene!» e la spinse contro il cancello di palazzo Taverna. Poi strinse una mano di Wanda: «Vieni con me in piazza dell'Orologio».

Corsero lungo la breve discesa di via degli Orsini e si ritrovarono in un quadrato perfetto, chiamato un tempo la piazza dei Rigattieri. Wanda sembrava ancora turbata e allora Giulio la portò a sedere sotto l'edicola che sorgeva sull'angolo con via del Governo Vecchio: un baldacchino color ruggine, una Madonna con il bambino, due angeli di stucco e poi una grande pietra bianca quasi ovale, un sedile perfetto per una sosta.

Stavano lì, sotto un cielo sempre più basso che affaticava il respiro, quando vennero raggiunti dalla zingara. Questa volta la donna fu più rapida di Giulio. Afferrò una mano di Wanda e se la portò al petto, premendola con forza contro la mammella sinistra. «Lo senti come mi batte il cuore? Guardami negli occhi», ordinò.

Wanda, un manichino senza volontà, obbedì. E la zingara recitò, con tono cattivo e raschiante: «Questa sera, nella piazza di Navona, mi è calato sulla groppa un uccellaccio blu. Aveva un grande becco e dentro teneva un biglietto con un messaggio scritto in colore rosso, come i tuoi capelli. Quel messaggio era per te. Vuoi sapere che cosa raccontava?». «Sì», rispose Wanda con un filo di voce. «Raccontava: mia bella signora, tu morirai giovane, ma subito tornerai a vivere sotto un'altra forma».

Il viso di Wanda divenne terreo. E lei avvertì

un'onda di calore che la infiacchì all'istante. Pazzo di rabbia, Giulio afferrò la zingara per respingerla, ma lei cominciò a dimenarsi e gli andò addosso. Si strusciava contro il suo corpo, quasi offrendosi, e lui ne sentiva il ventre forte e il seno dai capezzoli induriti. Wanda la fermò, balbettando: «Non fare così, questo signore non ti vuole mandare via. Però devi offrire una profezia anche a lui».

La zingara afferrò la mano sinistra di Giulio e se la schiacciò sul petto. Indugiava a rispondere, come se il pensiero incontrasse qualche ostacolo. Alla fine parlò, questa volta con voce chioccia, da sanforgna pettegola: «Per lui è più difficile, perché è come un bambino che si nasconde. Ha gli occhi velati di pagliuzze d'oro e non leggo bene tutto quello che esiste nel suo futuro. Tranne un fatto: che diventerà ricco e vivrà con te, signora dai capelli rossi, anche se tu non ci sarai più».

«Vattene, lasciaci passare!» abbaiò Giulio. Poi afferrò Wanda e la costrinse di nuovo a correre, per sfuggire alla zingara e anche all'acquarone che si stava scatenando dopo aver vagato per ore sull'immondezzaio di Roma. In un attimo furono dinanzi al portoncino di Wanda, all'inizio del Governo Vecchio, quasi in piazza Pasquino. Lei lo aprì con mani che tremavano e si ripararono nel piccolo androne semibuio.

«Che schifo!» imprecò lui. «Ho addosso l'odore della zingara: carne sudata e un profumo d'incenso». Chiese a Wanda: «Spero che non ti sia spaventata. Non crederai alle profezie!».

Lei aveva uno sguardo spento, da persona rassegnata ad accettare una rivelazione attesa. Ma si riscosse quasi subito: «Certo che non ci credo», spiegò con voce lenta, «siamo nel 1991 e non al tempo del vortice di fuoco a palazzo Levaldigi».

Si trovarono l'uno di fronte all'altra, i volti quasi si sfioravano, tanto che, pur nell'oscurità, Giulio scorgeva le lentiggini di Wanda. Lei constatò: «Scommetto che vorresti baciarmi». «Sì», ammise lui. «Ti prego di non farlo, anche se mi stai sbramando con gli occhi». «È vero, ti divoro con lo sguardo, ma vedo nel tuo una luce nera, di paura».

«Paura nei miei occhi? Ma va', tontolini!» farfugliò lei, sempre più snervata. «La zingara la sto già dimenticando. Adesso lasciami andare a nanna. In cambio ti farò un regalo: un invito a cena, qui, in casa mia, tra una settimana esatta».

Parte seconda

L'arroganza

Si presentò un agosto sciroccoso e balordo, con lo sbarco degli albanesi a Bari e il macello tra Serbia e Croazia, un diluvio di sangue. Per questo apparvero inezie, e passarono subito nel dimenticatoio, le prime sassate tra il ministro Cucchi e il Segretario della Rosa, colpi d'assaggio, incursioni verbali compiute da uomini delle seconde e delle terze file, cauti quelli di Cucchi, già nervosi i replicanti del Gran Capo.

Mentre attendeva di entrare nella casa del Governo Vecchio con un'inquietudine non più provata dall'adolescenza, Giulio andò a trovare il Ciuti. Gli aveva domandato di raccogliere qualche notizia sul ministro e su Wanda Rosso, e mentre lo chiedeva s'era scoperto a disagio, come gli capitava quando compiva una cattiva azione. Poi aveva prevalso quello che Giulio riteneva un riflesso del suo mestiere: la curiosità, il bisogno di conoscere il terreno sul quale poggi il piede. Era, invece, la paura dell'incognito, la sua antica insicurezza, il timore di dover scoprire che il volto di una persona può essere soltanto una maschera, e spesso nasconde un'anima tutta diversa.

Giulio passò di buon'ora dal ristorante del Ciuti al

Pantheon, quando la cucina era ancora inattiva e la saracinesca stava abbassata sulla piazza della Rotonda, quasi a non vederne lo scempio mattutino: il risveglio dei senzacasa sotto il pronao del tempio, trasformato in dormitorio, orinatoio, luogo di spidocchiamento e, infine, base di partenza per accattonaggi già rissosi, sotto l'occhio cieco di una pattuglia di vigili barricati nella loro auto a leggere il «Messaggero».

Spiccio e chiaro come sempre, il Ciuti gli riversò il molto che già sapeva e il poco di più che era riuscito a raccattare, davvero pochino perché le sue principali fonti di informazione erano i clienti. Con loro doveva stare attento anche ai piccoli passi, specialmente con quelli che tutte le sere andavano da lui a far ribotta. Tavolate di dieci, quindici persone, e a pagare era il politico con il grado più alto. Costui cavava dalla tasca un rotolo di centomila e ne toglieva il bastante per quel cenone, da mettere in carico a chissà quale tangente o regalia od offerta.

Secondo queste fonti, la dottoressa Rosso era davvero l'amante del ministro, anche se non viveva sotto il suo tetto: lei abitava in un piccolo attico al Governo Vecchio, lui aveva messo insieme casa e bottega, e da monaco della politica dormiva in una stanzuccia con bagno ricavata nell'uffico di piazza delle Coppelle. I due erano intimi da più di dieci anni, da quando Cucchi faceva il segretario regionale del suo partito in Emilia e Wanda aveva cominciato a lavorare per lui a Bologna, per poi andargli al seguito il giorno che la carriera l'aveva condotto sotto il sole di Roma.

Il Ciuti se lo rammentava bene Cucchi al suo arrivo nel rosso dell'uovo: un pennellone coriaceo di carattere e asciutto nel tratto, ma accompagnato da quella valchiria capace di far subito gola a molti, con la sua pelle candida, le ondate di capelli fulvi e le puppallegre che, quando camminava, offrivano alla vista del prossimo un movimento da obbligare tutti a voltarsi.

La Rosso era stata subito messa nel mirino della chiacchiera politica. Per niente schizzinosa, e lontanissima dal tipo ceccotóccami, non era soltanto una segretaria, sia pure con qualifica di ganza, bensì qualcosa di più interno e decisivo per il lavoro di Cucchi. Le voci giuravano che era lei a dirigere gli affari nascosti dell'onorevole presto diventato ministro, a curare la raccolta delle tangenti e il loro occultamento in qualche conto estero. Si trattava di malloppi, bustone, dazioni cospicue racchiusi in cartelle da vecchio scolaro o in piccole sacche sportive, abbandonate lì, sul pavimento delle Coppelle, come un bagaglio dimenticato da un visitatore distratto. La dottoressa le incassava da un bel numero di imprese, così ben conosciute che lei e quei capi d'azienda erano ormai amici per la pelle e si davano dei ciuccioni con du' metri di lingua in gola. L'eccellenza dei Lavori pubblici, infatti, era sì uno dei pochi che blateravano di etica nella politica e dipingevano il Segretario e i suoi centurioni, con tanto di razzumaglia al seguito, come una banda di grassatori, però zoppicava anche lui dallo stesso piede. E rufolava con furbizia, sapendo dove dorme il polipo da prendere. Sia pure con l'alibi di usare il denaro, e qui il Ciuti si diffuse in uno sghignazzo beffardo, per scacciare i mercanti dal tempio della Rosa.

Nella ditta Cucchi & Rosso era Wanda il socio più forte, tanto che senza di lei l'onorevole si sarebbe rivelato un gazzosina da niente. Ciuti la dipinse come l'avevano dipinta a lui: un bel cervello, una capoccia dura, spregiudicata, bravissima nel concludere quando una trattativa s'arenava, una furbona capace di mangiare in testa a qualsiasi marpione incontrasse sulla propria strada. Anzi, sulla strada della carriera di Cucchi, l'unica cosa al mondo che sembrava interessarle. Certo, la Rosso teneva in pugno il suo ministro poiché gli era diventata indispensabile, ma pareva non avere altro scopo che aiutarlo nella scalata politica, forse sino al vertice del partito.

Già sbalordito da quel racconto che gli presentava una Wanda tutta diversa dalla donna che lui andava scoprendo incontro dopo incontro, Giulio sgranò gli occhi per la sorpresa sul finale del ritratto: aiutare Cucchi nella scalata al vertice del partito! «Wanda non mi ha parlato di questo progetto», borbottò al Ciuti. «Se davvero Cucchi pensa di sostituirsi al Segretario, è un cane morto».

Ma il livornese si strinse nelle spalle: «Io ti riferisco quel che ho sentito. Sono balle? E chi lo sa. Per l'idea che me ne sono fatto io, Cucchi è un velleitario del tipo testardo. Dunque è pericoloso a se stesso prima che agli altri. Può darsi che voglia cimentarsi nella prova della vita, anche se il suo è l'azzardo di chi pretende di avere tutto e, in più, il culo incartato nel foglio. E la tua dottoressa Rosso forse lo sostiene perché non può farne a meno».

Giulio s'incantò a fissare le pentole che luccicavano dentro la penombra della cucina. E nel contarle e ricontarle mise a fuoco la domanda conclusiva: «Wanda mi ha spiegato di avere paura che Cucchi si scontri davvero con il Segretario. Tu, invece, mi dici che lei quasi lo spinge a questa pazzia e che sembra costretta a sostenerlo. Perché?, che cosa la obbliga?».

Il Ciuti, un fascio di nervi che si muoveva a scatti da un angolo all'altro della cucina, allargò le braccia con affetto crucciato: «Tu pretendi troppo da me e io non so come risponderti. Posso aggiungere soltanto un dettaglio. Non te l'avrei neppure riferito, tanto è vago. Però ti conosco, sei un ansioso e anche un vero buco spellato, curioso come pochi».

Si attardò in un sospirone ruvido, tossì, scatarrò, accese una sigaretta di quelle forti, poi eruttò il dettaglio: «Tra il ministro e la Rosso sembra esserci un puzziterio, una robaccia più intima che un amorazzo. È un punto interrogativo di cui qualcuno ha avvertito la presenza, però senza venirne a capo».

«Qualcuno chi?» lo incalzò Giulio. Il Ciuti si stropicciò il viso, imbarazzato: «Dovrei risponderti: più di uno e nessuno, perché si tratta di una sensazione incerta, ma probabilmente fondata. Succede, no? Vedi una coppia e vieni folgorato da un sospetto: tra quei due c'è un legame eccentrico, che crea un vincolo di ferro, eppure non sai dire di quale accidente si tratta. Di una cosa soltanto mi sento sicuro: che il segreto tra la Rosso e il suo ganzo non è di oggi, è una faccenda che risale a prima della loro venuta a Roma. Come avrai capito, non so un cavolo», concluse il Ciuti. «E arrivati a questo punto è come aver dormito sul marciapiede con il culo scoperto, ci si alza poco soddisfatti e irritati, come vedo te adesso».

Giulio andò al giornale pensieroso. E per la prima volta nella vita si scoprì alle prese con un'angoscia da gelosia.

La casa di Wanda al Governo Vecchio gli apparve sommersa da un disordine maschile, un piccolo caos che gli venne incontro appena ebbe varcata la soglia.

Ma lei lo stoppò subito: «Non fare un passo in più. Sono rientrata dall'ufficio un istante fa, lasciami il tempo di dare una sistemata alle stanze. Così sembra la casa di Pilato e ti ricorderebbe che tua madre diceva di me: Wandina, non sarai mai una buona reggiora!».

Obbediente, attese nell'ingresso, seduto di fronte a un minuscolo televisore acceso su di un tigì qualunque. Il macello jugoslavo riempiva lo schermo di boati, di spari, di sangue, ma subito dopo apparvero stangone in body supersexy con le lunghe gambe in stivaloni alla «Pretty woman», e l'umanità straziata della Bosnia venne cancellata da un plotone di divinità lunari, forse donne inesistenti, che sfilavano a Parigi portando altere i loro celebri nomi: Linda Evangelista, Naomi Campbell, Claudia Schiffer... «Ecco, adesso puoi venire!» gli urlò Wanda dalla cucina e lui se la trovò di fronte in maglietta da jogging, pantaloncini di felpa leggera e scarpe da corsa.

«Giacca e cravatta per una cena da una vecchia amica e in quest'agosto!» lo sbeffeggiò lei. «Togliti l'armatura e vieni che ti faccio visitare la mia tana». Sulla destra dell'ingresso c'erano il bagno, la cucina e un soggiorno rettangolare con un balcone che dava sul Governo Vecchio e una finestrella ovale aperta verso il Gianicolo. A sinistra un corridoio conduceva allo studio e alla camera da letto. Dappertutto si vedevano libri, CD, videocassette, raccolte di riviste e faldoni con ritagli di giornali. Nel passare da una stanza all'altra, Giulio cercò con lo sguardo qualche fotografia in cornice collocata sui mobili o alle pareti, ma non ne scoprì, come se il passato di Wanda non avesse lasciato tracce.

«Adesso vedrai la parte più bella», annunciò lei, e lo condusse sul terrazzino, piccolo, ma a due livelli, circondato da vasi di gerani rossi e rosa. Giulio si trovò sulla prua di una nave, alta sopra il mare di Roma. La cupola della chiesa di Sant'Agnese in Agone si erse all'improvviso davanti a lui, un'apparizione al di là dei tetti grigi di via dell'Anima. Da quella nave, Giulio scorse una miriade di case che gli sembrarono povere, una distesa di tegole rappezzate, di muri in apparenza eretti con uno sgretolabile terriccio scuro, di falansteri gremiti di finestre, ma privi di ringhiere e di cortili. E su ogni tetto l'ossessionante selva delle antenne tivù, i capelli ritti di un gigante colpito da un elettrochoc. Alle spalle di Sant'Agnese sfavillavano le luci di piazza Navona. Più lontano, quel compattume era sormontato dal profilo bianco del vecchio palazzo di giustizia. Il tutto giaceva sotto un cielo che dal blu trascolorava nel viola, solcato da formazioni di gabbiani che andavano e tornavano stridendo, una processione di anime in pena.

«Come stai?» domandò lui. «Sei ancora spaventata dall'incontro di piazza dell'Orologio?». «Perché me lo chiedi?» ribatté lei, sorpresa. «Perché ci ho pensato: le due profezie non mi vanno via dalla mente». «Io, invece, le ho dimenticate. E poi non sono superstiziosa e non ho mai creduto agli oroscopi delle zingare». Giulio la guardò: «Non è vero, hai le labbra che tremano». Wanda s'indispettì: «Sei venuto qui per menarmela con la storia del 'tu cara signora morirai e lui vivrà', o per qualche altro motivo?».

No, Giulio era lì soprattutto per raccontarle quello che aveva saputo dal Ciuti. Lei lo ascoltò mentre preparava una piccola tavola sulla terrazza. Alla fine, non sembrò per nulla turbata e sospirò paziente, come se avesse sopportato il racconto confuso di un bambino che riferisce alla mamma una chiacchiera ascoltata da un compagno di scuola.

«Che cosa ne dici?» la interrogò lui. Wanda sbuffò: «Quel che direbbe tua nonna: è come in tempo di guerra, ci sono più balle che terra. Il tuo Ciuti non fa che travasarti le minchionate dei suoi clienti, roba da mercato delle nespole, nient'altro. Io non me la prendo, perché le parole non rompono le ossa. Ma siccome tu gli hai dato tanto peso da portarle fin su questa terrazza, ti spiegherò come stanno davvero le cose».

«Sì, ho avuto una relazione con Cucchi», ammise, «però è una storia così vecchia che non merita di farci sopra un romanzo. Mi sono laureata in economia, stavo a Pavia e lavoravo da qualche anno nello studio di un commercialista. Un giorno è arrivato Cucchi, era un amico del principale, ha visto quel che facevo, s'è informato e, dopo un paio di mesi, è tornato e mi ha proposto di occuparmi di lui a Bologna. Allora era il segretario regionale della Rosa, aveva bisogno di qualcuno che gli creasse dal niente un ufficio privato, un'agenda, un sistema di controllo dei suoi impegni. Ho detto di sì, a Bologna ho campato bene e con Cucchi sono stata io a cominciare. Non conoscevo anima viva, stavo tutto il giorno nello studio, in via dei Poeti, la sera tornavo al mio bilocale in via San Petronio Vecchio a stirarmi le camicie. In pratica l'ho sedotto per paura della solitudine. Era un terrore che mi aveva preso dopo la morte della mamma, ancora giovane, a cinquantun anni. È stato allora che mi sono resa conto di non possedere più nessuno, non una zia, un cugino, un avanzo di parente. E mi sono ricordata di aver già provato quest'angoscia da bambina, ad Asti, poco prima di venire nella tua città. La mamma si era ammalata e io pensavo che, se lei fosse scomparsa, sarei diventata una bambina sola».

«Ad ogni modo, con Cucchi è durata poco», continuò Wanda. «Era premuroso, però non gli importava nulla dell'amore. S'era già bevuto il cervello per la politica e per il partito. Sotto quest'aspetto, ho scoperto che era un vero maniaco. Ma per il resto è un uomo dolcissimo. Lo so che ha un'immagine da campagnolo ruvido come il pan giallo, a volte ha il garbo di un asino che sbuccia le castagne cotte, però con me è sempre stato leale. E se lo conosci bene capisci che non è un don Niente, ma una lima dal taglio bastardo, né grosso né fino».

«Insomma, tra noi due è finita abbastanza presto, molto tempo fa. Il resto sono bugiardate da Transatlantico, non mi fanno più effetto. Da un pezzo sono una vera zitella. I maschi m'interessano così poco che qualche volta ho pensato quel che pensavo a diciotto anni: forse mi piacciono le ragazze, Gloria per esempio, che è di una sensualità semplice, senza fisime per la testa. A te piace Gloria?» domandò Wanda, all'improvviso.

Giulio scosse il capo: «No, io voglio te». Lei rise: «Alt!, ogni cosa a suo tempo, adesso devo risponderti sulle tangenti».

«Di queste storie non so niente», dichiarò Wanda, con freddezza improvvisa. «Non sono il mio affare, non capirei neppure da che parte cominciare. Il marcio è molto più grande di quello che immaginate voi giornalisti: ormai la politica è un puttanaio di soldi, tutti si combattono a colpi di miliardi e di ricatti, con trivialate che mi dà il vomito solo a ricordarle. Tu mi ci vedi a governare i traffici di Cucchi in questo inferno, ammesso che lui sia un gancio che smaneggia come gli altri? Te l'ho già detto: io penso che sia pulito, ma ho imparato che nei partiti bisogna fare il diavolo per diventare santo. Incassare denaro sporco è diventato come bere un uovo. Le aziende pagano per avere i loro vantaggi e ci ingrassano sopra. Credi che scucire una tangente alla Fiat sia uguale a scippare una vecchina per la strada? Certo, poi ci sono quelli che pompano quattrini soltanto per le loro tasche, è gente che ruberebbe persino il vitello in pancia alla mucca. Un compagno di Cucchi è diventato ricco pretendendo una taglia sulla carta igienica dei treni. Però lui non è così, te lo giuro!».

Wanda ebbe un gesto di sconforto: «Mi sento sporca a raccontarti queste cose. Non ne posso più di impaciugarmi nella nitta! Ad ogni modo sento che non durerà per molto. La politica è come Pompei che sta per essere sepolta dall'eruzione del Vesuvio. Finirà così, prima di quello che immaginano tanti dei capi partito, convinti di comandare per sempre».

«E il mistero tra te e Cucchi?». Giulio ascoltò stupito la propria voce. E la domanda gli apparve subito di una prepotenza immensa e di una grossolana stupidità.

Wanda lo scrutò con allegria imprevista: «Resto sempre ammirata dal tuo candore! Il Ciuti ha proprio raccolto la spazzatura di tutto il cortile. Adesso ti faccio l'elenco dei segreti che si raccontano su Cucchi e su di me, così quando qualcuno te li svelerà saprai già la rava e la fava: lui e io possediamo un'intera strada di Bologna, con la copertura della sua carica politica ricicliamo i profitti di una famiglia mafiosa, lui è un gay e io una lesbica e organizziamo festini a quattro con il suo amichetto e la mia morosa, io trovo le minorenni per lui, noi due partecipiamo alle orge nell'hotel dove abita il Segretario. Ho persino sentito dire che Cucchi è mio padre, anche se ha soltanto una dozzina di anni più di me... Mettiti il cuore in pace, tontolini!» concluse Wanda. E mostrava il fastidio frettoloso di chi si è stancato di pestare l'acqua nel mortaio o non vuole aprire certe pagine del proprio libro.

La cena si era conclusa da un pezzo e la cupola di Sant'Agnese navigava nel buio. Wanda fu scossa da un brivido: «Fa fresco, rientriamo». Andarono a sedersi nel soggiorno, su un divanetto a due posti. Lei lo squadrò maliziosa: «Mi prudono le labbra, qualcuno vuole baciarmi». «Sono io e sto per farlo», annunciò Giulio. La baciò. Wanda accettò il bacio, ma senza ricambiarlo.

«Ti stai innamorando di me?» domandò lei. «Sì», dichiarò lui. «Dunque, secondo te adesso dovremmo fare come se...». «Come se che cosa?» la interruppe lui. «Come se anch'io mi stessi innamorando di te», spiegò Wanda, sorpresa.

Giulio tentò di baciarla una seconda volta, però lei lo fermò: «Prima dimmi che cosa ti attrae in me». «Domanda difficile!» protestò Giulio. «Prova a rispondere: la mia faccia?, il mio corpo?».

Lui finse di riflettere: «No, prima di tutto il tuo modo di camminare, a braccia conserte e con la testa alta. Sembri una regina che passi in rassegna i dignitari di corte». «È troppo poco, mi prendi in giro!» rise Wanda.

«Allora ti darò la solita risposta: mi attira il mistero che avverto in te», confessò Giulio. Lei sbuffò: «Di nuovo? Vedo che rimescoli la storia del segreto tra la Wanda e il suo ministro. Sei testardo come un portinaio». «No, non parlo di quel segreto, non me ne importa nulla. Ho sempre avvertito un mistero in te, sin dal giorno che sei arrivata sulla ringhiera. Lo avverto ancora oggi. Ecco: prima di essere invaghito di te, mi sento incuriosito».

«Tutto qua? Incuriosito e basta? Oh, come mi deludi», lo canzonò Wanda. Poi seguitò, con un filo d'imbarazzo: «Ma io sono una donna banale, non ho segreti da offrirti». «No, no, signora Rosso! Se sono attratto in questo modo da lei è perché sento la presenza di qualcosa che non conosco e che, forse, un giorno arriverò a scoprire. Altrimenti non la taroccherei con tanta insistenza e non sarei così eccitato».

Si alzò dal divano e costrinse lei ad alzarsi. Si trovarono uno di fronte all'altra, nel silenzio della piccola casa. Dal Governo Vecchio saliva un acuto odore di fritto. L'antica strada dei cortei papali, dove passava la cavalcata del possesso che da San Pietro andava a San Giovanni in Laterano, adesso era stata conquistata da una pletora di piccole trattorie, bar, pub, pizzerie, enoteche, paninerie che soffocavano le poche botteghe di antiquariato. Ma quel sentore di frittura a Giulio non dispiacque. Gli ricordò, all'improvviso, di quando sua madre preparava le frittelle e lo chiamava: «Corri, che sono belle calde!», e lui diceva alla bambina dalle mani sporche: «Vieni anche tu a mangiarle». Baciò di nuovo Wanda, leccandole le labbra a lungo. Poi le sollevò la maglietta.

Lei sorrise: «Mi vuoi sbiottare? Non ti facevo così ardito, sei un vero gallo della checca!». Lui andò avanti e scoprì un reggiseno bianco, molto ben riempito. «È roba buona», scherzò Wanda. «Non c'è silicone». Giulio sfiorò i capezzoli che subito risposero. Lei lo fissava in silenzio, le braccia abbandonate sui fianchi, quasi sull'attenti. Aveva lo sguardo come strabico, tra l'intimidito e lo scettico. Allora Giulio le abbassò i pantaloni della tuta e si accorse che portava dei boxer di cotone, bianchi con righe rosse verticali, alti di vita e aperti sul davanti.

«Hai delle mutande da maschio», si sorprese lui. «Ho delle mutande comode per i signori dalle mani lunghe come te», lo corresse lei. Giulio la sfiorò in quel punto e la sentì disposta. Lei gli soffiò in faccia: «È lì, volevi esserne sicuro?». Lui fece per approfittarne, però lei lo respinse: «Fermati, non è ancora il momento».

Sveltissima, si rimise la maglietta e sistemò la tuta. «Perché?» domandò lui, stupito. «Perché sì». «Ma se mi desideri!». «Può darsi, presuntuoso. Ma adesso non voglio, caro il mio bambino che insegue la gatta pelosa». «Io inseguo te». «Lo vedo, ma tu devi avere pazienza e aspettare». «Aspettare che cosa?». «Che mi passi la paura di innamorarmi alla mia età». «Alla tua età?» si meravigliò Giulio. «Sì, ho i miei giovedì e tutti insieme fanno quasi quarantun anni. Non ho mica la testa che va a spasso, e mi viene una fifa blu all'idea di cominciare una relazione con te. Mi sento troppo vecchia per fare delle scoperte e leggere una storia nuova».

Giulio le accarezzò il viso: «Vecchia tu? Io ho bisogno di te. E tu, forse, hai bisogno di me. Questo ci rende giovanissimi, come se tornassimo ragazzi nella nostra casa di ringhiera». «Basta con quella ringhiera!» ruggì lei, fingendosi arrabbiata. Poi bisbigliò: «Per stasera è così. Domani chissà».

Lui la squadrò deluso. Lei s'intenerì: «Non ti offendi, vero? Non ti ho mancato di rispetto: ti ho soltanto detto come la penso oggi». Giulio scosse la testa: «Ma no, perché dovrei offendermi?». Lei gli offrì un piccolo bacio sulla punta del naso: «Bene, lo sapevo che non sei più un moscardino. Da piccolo lo eri, un tumistufi tedioso come la pioggia. Ma vedo che l'età ti ha migliorato e rinunci a noiosarmi».

Gli consegnò la giacca e la cravatta, poi lo condusse alla porta: «Ti dispiace se non scendo in strada con te?». «Figurati!» disse lui. E si calò adagio lungo le scale, contando i gradini: erano ottantasei.

L'artiglieria pesante del Segretario cominciò a sparare contro Cucchi verso la metà d'agosto, una scelta di tempo furba, poiché quello era il momento che le chiacchiere politiche si diradavano e i giornali risultavano pronti a schiaffare in pagina qualunque cacchetta di mosca, trasformata, all'istante, in una merda di toro.

Su qualche foglio economico e finanziario comparvero analisi feroci di com'era guidato il ministero dei Lavori pubblici. E anche dell'inefficienza di Cucchi in quanto ministro, attestata da miliardi e miliardi di fondi non spesi, opere in ritardo, progetti assurdi, sospetti di favoritismi alle grandi imprese che la facevano da padrone nel palazzo di Porta Pia. Poi irruppero sulla scena stormi di dichiaratori fedeli al Gran Capo, che mitragliarono con sadismo l'avventatezza di Cucchi nell'opporsi al leader del partito: «È un cane che morde la mano che l'ha nutrito», «Usa parole che rivelano slealtà e viltà», «È uno psicolabile», «Ha i nervi in disordine», «È un gattopardo voltagabbana, un sedicente innovatore che scherza col fuoco».

Ma il veleno più schifoso venne diffuso attraverso settimanali come «Diario 92», «Big Bang», «Supernews». Qui Cucchi venne sbattuto in copertina nei panni di un bolognese godereccio, «il ministro dei Piaceri pubblici», con un solo chiodo in testa: darsi alla bella vita con le donne. Giulio restò di sasso nel vedere su «Big Bang» una foto di Cucchi e di Wanda che uscivano abbracciati dal Red Charlie, un night club molto battuto dai tiratardi del partitismo romano. Lui era in smoking, lei in abito da sera scollatissimo, la chioma rossa scarmigliata, una coppia con l'aria in cimbali di chi ha ballato, bevuto e sniffato l'intera notte.

Dal giornale, Giulio cercò Wanda, ma la segretaria delle Coppelle gli spiegò che stava fuori Roma e non era rintracciabile, anche il suo cellulare risultava spento.

Nell'uscire dalla redazione, davanti all'ascensore incontrò Gloria. «Che ci fai qui?» chiese meravigliato. Lei sospirò: «Quel nafantone del tuo direttore, con la sua voglia di rovistare nel nostro retrobottega, ha chiesto al mio capo il bilancio del partito e l'elenco dei finanziatori più importanti. Il Cassiere ha mandato me a portarglielo, con una letterina mielosa. Adesso me ne vado, perché il posto non mi piace, a parte te, naturalmente», precisò Gloria.

«Hai voglia di bere qualcosa con me?» domandò lui. «Ma sì, oggi c'è una banfa che toglie il respiro, il caldo umido proprio non lo sopporto. E tu non guardarmi, perché nel venire qui ho fatto una sbardellata e adesso sono fradicia di sudore!».

Andarono alla Caffetteria Florian's, che si affacciava su piazza Indipendenza, accanto al palazzo dei Marescialli circondato dalle Thema blu del Consiglio superiore della magistratura. Sugli alberi della piazza, povere piante torturate dal traffico, stavano scendendo in picchiata migliaia di storni. Gli uccellacci avvertivano il temporale in arrivo e stridevano con crudeltà. Presto avrebbero inzaccherato tutto di un guano che, sotto la pioggia, si sarebbe mutato in una orrenda crema scivolosa.

«In queste giornate Roma è da odiare», sospirò Gloria. «Soprattutto quando leggi certa robaccia e vedi certe foto», seguitò Giulio. «Ho visto anch'io, stamane mi ero già alzata di pessimo umore e adesso sono nervosissima, ho i bai al culo! Quella roba Wanda non la merita e nemmeno Cucchi. Lo dico perché credo di conoscerlo abbastanza bene. Quando è arrivato da Bologna», cominciò a raccontare Gloria, inarrestabile come sempre, «mi sembrava un bisteccone mica tanto vispo, e anche un culodiaccio, freddo, scostante. Apriva la bocca poco, ma da noioso, con certe sbrodolate per sentenziare sul partito onesto, la sua idea fissa, figurati un po' che latte alle ginocchia! Così ha cominciato a fare razza a sé, da solitario, a parte l'amicizia col Gran Capo che in quel periodo lo amava all'esasperazione, erano così legati che pisciavano dallo stesso buco. Poi a poco a poco ho capito che era meglio dello scarciume servile, tutti baciabasso!, che mi girava intorno. Cucchi non è una mezzasvanzica, ne avrà fatte anche lui più di un galletto ebreo, però non mi sembra della pregiata ditta Imbrogliapopoli. Ma oggi non lo vedo bene. Da quando s'è messo contro il Segretario, si è come immalignito, fa le cose in modo sgarbato. Deve sentire il pericolo che sta correndo. So che Wanda l'ha avvisato del rischio, però lui non vuol capire: ha il cranio più duro di un cazzo da sposalizio. Adesso questa robaccia gli farà cambiare idea, forse».

«Chi manovra la spazzatura?» domandò Giulio. Lei

rognò un po', quindi si decise: «La fabbrica è nell'ufficio di Carlo Baraldini, un tipo che si spaccia per uomo di fiducia del Segretario, lo chiamano il Corvo e mica per niente. Mi sta sull'anima più del fumo all'occhi, che gli venisse un accidente fatto a ombrello, a lui e alla sua marmaglia! Sono degli specialisti in tiri mancini di ogni calibro, cazzacci dalla faccia invetrinata, capaci di andare in culo anche alla mamma. Mi fanno imbischerire i tipi così!» ringhiò Gloria, scoraggiata. «Però quando tutto il baraccone crollerà, i primi a pagarla saranno il Corvo e la sua teppaglia. Non avranno più borse da portare né doppiopetti da indossare. Ma adesso basta, devo rientrare in ufficio». Si alzò sparando a Giulio un sorriso radioso: «Lasciati dare un bacio sulla bocca, casto però!, perché tu sei un ragazzo specialmente buono».

L'indomani Giulio incontrò Wanda ai Tre Scalini per un caffè. L'aveva scovata in ufficio e si erano dati appuntamento al primo pomeriggio. Il cielo era tornato limpido e piazza Navona scintillava, perché il temporalone l'aveva ripulita in ogni angolo. Ma lei era tesa e con l'aria stremata.

«Dove sei stata ieri?» domandò lui. «A Bologna, per le solite faccende del collegio di Cucchi». «Hai visto quei giornali?». «Sì, è roba del Corvo. Anche la foto di noi due che usciamo dal Red Charlie viene dall'album di famiglia: eravamo andati alla festa di un suo compleanno, un obbligo, non potevamo sottrarci. Tutto questo è un segnale: hanno deciso di sbarazzarsi di Cucchi. Il Segretario è passato dall'amore all'odio, e allora tutti gli danno addosso, perché al cane rognoso le volpi gli sputano in faccia».

Wanda tacque e prese a mordicchiarsi le labbra, lo faceva sempre quando era in preda a un'incertezza nervosa. Poi seguitò a raccontare: «Sai che cosa è accaduto qualche giorno fa a Lisbona, durante una riunione dei partiti di sinistra europei? In un ristorante, il Segretario s'è imbattuto in un capetto della Quercia, lo ha preso in disparte e gli ha abbaiato: di' al tuo principale di non fare nessun conto su Cucchi, di non immaginare con lui dei giochi contro di me, perché Cucchi io lo ridurrò in poltiglia, avete capito? E per essere certo che quello comprendesse bene, gli ha ripetuto, scandendo le sillabe: pol-ti-glia! Adesso il ministro replicherà con delle interviste politiche. Ma prevedo che saranno acqua sulle pietre: non c'è ragionamento che valga contro la malvagità. Ormai Cucchi è un'oca con le zampe legate e diventerà sempre di più il materasso delle botte».

Lui osservò Wanda: «Ti farà invecchiare, questo lavoro. Perché non rinunci? Molla il signor ministro e tutto il resto, poi cercati un impiego normale». Lei gli afferrò il bavero della giacca e, sillabando come il Segretario, mormorò: «Smet-ti-la!, non posso lasciarlo proprio adesso. Anzi, ti annuncio che Cucchi desidera conoscerti. Puoi presentarti in piazza delle Coppelle quando ti pare. Ci verrai?».

«Se proprio me lo chiedi tu, a me di Cucchi non importa niente», brontolò Giulio. «Comunque, andrò in pellegrinaggio al santuario di Sua Eccellenza, è un regalo a te».

Lei sospirò soddisfatta: «Grazie. Fammi sapere il momento che preferisci. Io ti offro una raccomandazione sola: lascialo parlare, ti prego!, dagliela dolce, non contraddirlo com'è il tuo solito. Così capirai meglio che uomo è. E lui comprenderà che tipo sei tu».

«Perché t'importa che Cucchi sappia che tipaccio sono?» la interrogò Giulio. Wanda lo guardò, mite e decisa: «Perché se succederà qualcosa tra me e te, voglio che lui ti abbia già visto in faccia».

«E che c'entra Cucchi tra me e te?» s'inalberò Giulio, subito moschino. «È soltanto un tuo antico moroso, roba dell'altro secolo».

Lei non gli rispose e lo spinse fuori dal bar, con un gesto da giovane madre che non ammette indugi: «Vai e non rompere. Guarda che per convincerlo a riceverti c'è voluto l'organo della Maddalena. E quando l'ho convinto, come fanno tutti quelli che comandano ha deciso che era stato lui a convocarti alle Coppelle».

Stava sopra a un mercatino l'ufficio del ministro Cucchi, proprio all'angolo tra piazza delle Coppelle e via degli Spagnoli. La piazzetta si apriva nel cuore dell'antico pianoro di Campo Marzio e prendeva il nome dai fabbricanti dei piccoli recipienti di legno nei quali, secoli prima, si smerciava l'acqua acetosa e, in seguito, anche il vino e l'aceto. Adesso le Coppelle erano presidiate da un edificio parlamentare e da una schiera di trattorie e di pub; la mattina ospitavano banchi di frutta, di verdura, di fiori e anche una vendita di pesce, poi, dal primo pomeriggio, venivano occupate da un parcheggio eruttante ossido di carbonio grazie agli scatarramenti dei motori in partenza.

Per trovare Cucchi in questo disordine bisognava scoprire tre gradini, quindi un portoncino con la vernice scappata via da chissà quanto tempo, una scala dall'intonaco chiazzato di umidità e, infine, al terzo piano, una porta blindata nuovissima, di legno chiaro, dotata di una targhetta che annunciava, con pomposità prolissa: «Centro studi parlamentari per una sinistra riformista».

L'interno era di un'austerità ingrugnita: un saloncino d'attesa, la stanzetta della segretaria, quella di Wanda, di poco più grande, e l'ufficio del ministro, senza un lusso, ma con un'ultima porta che conduceva al cubicolo con il letto e il bagno. Le pareti offrivano una mostra ingiallita di giornali operai, e tre fotografie incorniciate: una di Cucchi giovanissimo a fianco di Pietro Nenni, la seconda sempre del ministro con Sandro Pertini, mentre la terza ritraeva un gruppo di ragazzi che nel novembre del 1956, in piazza Maggiore a Bologna, raccoglievano viveri e indumenti per gli insorti di Budapest, e quel lungagnone magrissimo, con un volto da adolescente foruncoloso, era il Cucchi.

Il ministro sembrò a Giulio più giovane delle immagini sui giornali. Era alto, quasi atletico, il viso di una cordialità severa e dai tratti marcati, l'aspetto di un uomo piantato sulla terra, pratico e abituato a lavorare molto. Ma a contrastare questo ritratto c'erano gli occhi e le mani. Lo sguardo appariva privo di luce, quasi assente, oppure scheggiato da lampi d'attenzione allarmata. Le mani erano inquiete, piccole, femminee, le dita smilze e corte, la pelle di un delicato color avorio.

Nel tornare dalle mani al viso, Giulio s'accorse che anche le labbra erano sottili e conferivano alla bocca del ministro un'aria tirchia da salvadanaio vuoto. Si ricordò di un detto che aveva sentito da sua madre: laver sutij, facia faôssa, labbra sottili, faccia falsa. E subito si rabbuiò pensando che quel tipo lì era stato capace di ottenere l'amore di Wanda.

Il ministro si presentò in uno stato d'animo che sorprese Giulio. Era convinto di trovare un uomo reso furioso dai colpi bassi del Corvo e pronto a replicare sulla base di una ferrea regola della politica: a brigante, brigante e mezzo. Invece scoprì di avere dinanzi una vittima stanca e dolente, quasi rassegnata alla sconfitta e consapevole di andare incontro a un brutto destino.

Allora gli venne in mente un discorso di Wanda: guarda che Cucchi è lento nelle decisioni, va al passo della formica, e prima di sferrare un attacco ci pensa le mille volte, tanto da sembrare incostante, oggi sul pero, domani sul melo. Ma fa bene a muoversi da cauto, aveva chiosato lei, perché conosce come pochi gli umori dell'uomo che ha deciso di attaccare. Tutte insieme, queste avvertenze convinsero Giulio ad ascoltare il ministro con una disposizione che non aveva pensato di concedergli, un misto di solidarietà umana e, ma sì!, anche di commiserazione.

Cucchi squadernò subito sotto gli occhi di Giulio l'ultimo numero dell'«Espresso». C'era una doppia pagina di fotografie che raccontavano di una mega festa in un palazzo veneziano sul Canal Grande, per i diciotto anni della figlia di un monarca in esilio. Mille invitati, donne truccate e ingioiellate come cortigiane, politici di governo e capitani d'industria, e soprattutto una baronessa tedesca sui trent'anni, bionda, alta e dalle forme sode che, per lo strascico dell'abito da sera impigliatosi in chissà cosa, metteva in mostra un abbagliante sedere nudo, proprio nudo, nudissimo. E l'ospite d'onore di questo bazar lussuoso era un ministro della Rosa, Capelli Unti, che rideva in ogni foto, strizzando gli occhietti da sperimentato volpone, uso a un certo genere di vita.

«Ha visto?» chiese Cucchi, con il tono del monaco depresso. «Eravamo nati come un partito operaio e siamo diventati i cocchi della nobiltà, bazzichiamo soltanto gentildonne dai tre cognomi e i nostri luoghi preferiti sono i night club, le discoteche e i party nelle case dei signori. Adesso capisce, dottor Guala, perché mi sono messo contro il Segretario, che pure è stato un mio intimo, carissimo amico?».

Da qui il ministro prese l'andi per addentrarsi in un'accorata predicona sul declino politico del Gran Capo: un uomo gonfio di potere e ricco di poltrone, però sempre più povero di voti. A sentire Cucchi, il Segretario si trovava prigioniero dei ministerialisti a tutti i costi, come l'ospite d'onore della festa veneziana, uomini che per nulla al mondo avrebbero rinunciato a scavarsi una nicchia dentro un governo qualsiasi. Ma a ingabbiare il Gran Capo esisteva un secondo cerchio, ancora più vasto e più duro da sgretolare: era la corrente trasversale dei malloppieri, formata da coloro che avevano voltato le spalle alla politica per dedicarsi soltanto all'abbuffata di affari e di tangenti. «Il partito affonda dentro questa palude!» sospirò cupo il ministro, «e io voglio scuoterlo perché tenti di uscirne. La robaccia su di me che compare nei giornali non mi convincerà a fermarmi. Devo fare qualcosa, devo!, prima che il sistema crolli e noi...».

«Lei crede che siamo vicini al crollo?» domandò Giulio, soprattutto per stoppare quella requisitoria che minacciava di diventare una lagna interminabile. Cucchi lo squadrò sorpreso: «Ma non si è reso conto che la catastrofe è già iniziata? È cominciata nel novembre di due anni fa, con la caduta del muro di Berlino. Gli unici ad averlo capito sono stati i compagni comunisti. Il loro segretario, quello che lei chiama Baffo di Ferro, si è dimostrato di una grande astuzia nel cambiare le carte in tavola, inventando il partito della Quercia. Gli altri non vedono nulla perché il potere li ha fatti diventare ciechi. I cristiano-democratici vagano nel buio e credono di vivere ancora in un palazzo pieno di luci. Noi della Rosa tiriamo avanti come se questa repubblica dovesse durare nei secoli. E invece io sento che l'edificio si sfarina come certe vecchie case di tufo, e presto si affloscerà su se stesso sotto il peso del nostro costume corrotto. Dopo anni d'inerzia, i giudici si preparano a intervenire. E faranno la loro rivoluzione».

Giulio decise di contraddirlo subito: «Guardi, ministro, che i giudici non vogliono nessuna rivoluzione, intendono soltanto applicare la legge». Cucchi si passò sul volto le dita esili e bianche, poi scosse la testa: «Applicare la legge sarà un'operazione devastante. E fatalmente i magistrati, soprattutto quelli delle procure, diventeranno dei samurai tanto invincibili da prendersi l'Italia. Ciascuno di noi dovrà passare a testa china sotto le loro forche caudine».

«Toccherà anche a lei?» volle domandargli Giulio. Il ministro emise un rantolo, poi prese a tormentarsi le mani, si capiva che era molto a disagio. Infine rangolò: «Io sono pulito, non creda alle infamie messe in circolo dal Corvo e dai suoi bravi. Lo vede come vivo, no? Conosce il mio apparato: ho con me la dottoressa Rosso e un'impiegata, nient'altro. Correnti non ne possiedo, non ne ho mai volute, quindi non debbo mantenere baracche costose. Per la battaglia contro il Segretario non mi occorre molto denaro, basta una grande volontà. Constato che lei mi osserva scettico e forse mi considera un bugiardo», sospirò Cucchi, «però le garantisco che le mie faccende stanno esattamente così. Tuttavia, come capita con i terremoti politici, anche la rivoluzione dei giudici non guarderà per il sottile. Ci saranno delle decimazioni. E dunque può darsi che il ciclone giudiziario lambisca anche un uomo dalle mani nette quale sono io, e soltanto perché faccio il politico di mestiere».

Dalle finestre sulle Coppelle e su via degli Spagnoli filtrava nella stanza la luce impiombata che annunciava un altro temporale gravido di sabbia. Cucchi si levò in piedi con mosse lente, il colloquio era concluso. Anche Giulio si alzò.

Il ministro ruminò un borbottio complice: «Naturalmente, le cose che ci siamo detti restano fra di noi, ho la sua parola». Poi, con un gesto improvviso, posò una mano sulla spalla di Giulio e la strinse. Lui sentì la morsa fredda di quelle dita femminee e, sorpreso, guardò Cucchi.

Il volto del ministro si era indurito di colpo, anche la voce risuonò più secca: «Lei ha una buona fama, dottor Guala, e io sono onorato di averla conosciuta. Però mi deve permettere una sincerità. Lei sta incalzando la signora Rosso, non lo neghi, perché io so. Vi conoscete da molti anni, siete stati amici d'infanzia nella stessa casa, ma questo non l'autorizza ad assediarla. La lasci in pace! È una donna che mi è molto cara, e ha un sacco di problemi».

Giulio si sentì invadere dalla collera. E come sempre accadeva quando qualcuno gli andava contro a gamba tesa per intimidirlo, reagì con asprezza persino eccessiva: «È una storia che non la riguarda, onorevole Cucchi. Se lei mi ha invitato nel suo ufficio per dirmi questo, ha sbagliato. E fa un torto grave sia alla signora Rosso che a me. Anch'io ho il diritto di essere sincero, e allora le spiegherò che lei è...».

Il ministro lo fermò con un gesto davvero da padre abate, quasi teatrale, e biascicò: «Non aggiunga nulla. Non sbagli anche lei!». Poi lo condusse alla porta senza più dir parola.

La grande guerra tra Cucchi e il Segretario finì quasi subito, all'inizio dell'ottobre 1991. Dopo aver tanto dondonato, mostrandosi anche più esitante della sua fama, il ministro andò all'assalto con un paio d'interviste, una stampata dal «Corriere della sera», l'altra affidata all'«Espresso». Giulio vi ritrovò ciò che aveva ascoltato quel pomeriggio nel bunker delle Coppelle. Ma le parole rinchiuse dentro la gabbia delle domande e delle risposte gli suonarono prive di forza, una ratatuja di propositi uno più confuso dell'altro, l'armamentario di chi va a caccia con la doppietta scarica ed è destinato a finire con le balle in aria.

Era quello che aveva previsto Wanda dopo l'incontro fra Cucchi e Giulio. Si fece raccontare il colloquio dal tontolini della ringhiera, poi indagò: «Ti ha parlato di noi due?». «Perché avrebbe dovuto? Tra noi due non c'è niente», osservò lui, con un sorriso da tiraschiaffi. «Semmai poteva chiedermi perché io ti sto taroccando e insidio la reggiora dell'ufficio particolare di Sua Eccellenza...».

«D'accordo, ti ha chiesto di te che tarocchi me?» tornò a domandare lei, innervosita. Giulio perse qualche istante a riflettere, non sapeva come rispondere, poi scelse di dire una bugia, a difesa della tranquillità di Wanda: «No, non mi ha chiesto niente. Non potrebbe essere cafone, il tuo ministro».

Lei sembrò sollevata e lo interrogò ancora: «Hai capito se ce la farà a mandare al tappeto il Segretario?». «Credo proprio di no, è un osso troppo duro per la dentiera di Cucchi», replicò Giulio. «Anch'io la penso così», concluse lei, delusa. «Non ha voluto ascoltarmi, e adesso tutti scopriranno che è un velleitario con i piedi freddi, un vero cicin buij, e lui si sarà scavato la fossa da solo».

Qualche giorno dopo Giulio andò a trovare un vecchio capo cristiano, uomo del Mandarino, uno di quei gangheri intramontabili, attaccati alla politica più che alla vita. Nei giornali lo chiamavano Lingua di Velluto, perché, quando lo reputava conveniente, era capace di scodellarti le verità più merdose avvolgendole in una coltre di parole che non faceva avvertire il veleno delle cose dette o lasciate intuire.

Lingua di Velluto, un omettino secco sempre vestito di abiti grigi dal taglio perfetto, i baffetti curatissimi, le pupille a biglia un po' opache al centro di occhiaie cascanti, era stato colpito da un ictus proprio nel giorno del settantesimo compleanno. Si era ripreso, aveva voluto combattere l'ennesima campagna elettorale, era stato rieletto da trionfatore nella circoscrizione della Ciociaria, e subito dopo era stato raggiunto da un secondo colpo apoplettico. Adesso camminava a fatica, e il portaborse, aiutato dalle due guardie del corpo, lo trasportava a Montecitorio, lo depositava su una poltrona del Transatlantico e lui, da quel trono obbligato, osservava il suo mondo, giudicava, disponeva, mediava. A Giulio sembrava il simbolo di una politica anch'essa folgorata dagli ictus. Un giorno era stato così carogna da spiegarlo a Lingua di Velluto. Ma lui gli aveva risposto con un ghigno: «Ringrazia che sei un simpatico figlio di mignotta. Altrimenti ti farei tagliare la gola da uno dei pecorai che votano per me e che voi disprezzate tanto».

L'ufficio stava a un passo da piazza Venezia, in via di Sant'Eufemia, nel segmento spartito tra via Magnanapoli e via delle Tre Cannelle. Le guardie del corpo, con un tris di gorilla al servizio di altri politici che avevano dimora in quel palazzo, pelandronavano in un vano accanto al portone, discutendo di pensioni di là da venire. E siccome conoscevano Giulio, lo lasciarono passare senza interrogarlo. «Vada pure, l'onorevole l'aspetta», disse il capo scorta, «però non lo faccia parlare troppo, non ha più il fiato di una volta».

Lingua di Velluto lo attendeva nello studio, affondato dentro una poltrona di pelle nera, le gambe ormai inutili coperte da un plaid. Alle pareti c'era uno sbron di quadri, soprattutto della scuola romana, raccolti negli anni dall'onorevole che era un intenditore vero e anche un compratore accorto. Giulio riconobbe tre Mafai, due Scipione, uno Ziveri, poi un Carrà, un Casorati e un acquarello di Morandi. «Guardali tu», lo incitò Lingua di Velluto, «perché io sono diventato anche mezzo orbo e non riesco quasi più a vederli. E siccome non ho figli, quando morirò non saprò neppure a chi lasciarli». La voce era quasi impercettibile, tanto che Giulio pescò una sediolina bassa e si accoccolò di fronte a quell'uomo così segnato dal male, eppure ancora tanto determinato a preservare il proprio rango politico, che era poi la ragione vera della sua ostinazione a vivere.

«Perché sei venuto a trovarmi?» gli soffiò l'onorevole, osservandolo con occhi da pantera esausta. «Avrai certo bisogno di qualche servizio, quelli del tuo stampo non si muovono mai per carità cristiana». «È vero: vorrei capire bene la faccenda del ministro Cucchi e della sua battaglia contro il Segretario della Rosa».

Lingua di Velluto si raschiò la gola, sputacchiò in un fazzoletto di lino, poi con voce da strozzato emise il responso: «C'è poco da capire, è tutto talmente chiaro!

Cucchi è uguale agli altri, al Segretario, al Mandarino, a me. I soldi per fare politica li ha raccattati dove poteva, e figurati quante sono diventate le sue poste da quando è ministro di quel pozzo senza fondo che sono i Lavori pubblici. Ma Cucchi si riempie la bocca con l'onestà, l'etica, la moralità. E allora bisogna dire che è un vero sepolcro imbiancato, un bastardo ipocrita, perché anche lui vive sui soldi sporchi, come li chiamate voi giacobini da pagliaio, sia pure giurando e spergiurando di adoperarli per ragioni nobili, e non dico di più perché ridere mi fa male! È in questa tartuferia bugiarda che sta la radice della sua debolezza e il motivo della sua sconfitta».

«Se voleva davvero mandare con il culo all'aria il Segretario», gracchiò Lingua di Velluto, «Cucchi avrebbe dovuto dire ai giornali: ecco, guardatemi, io mi sono ingrassato di tangenti, ma ho il coraggio di confessarlo, mentre il mio padrone e i suoi parassiti no, loro rifiutano di ammetterlo. Quindi avrebbe dovuto aggiungere: io ho preso i soldi da Tizio, da Caio, dall'impresa A, dal costruttore B, dal gruppo C, siamo tutti marci, cara gente, mandateci a casa! Ecco, se avesse fatto questo discorso, quel ladrone di Cucchi avrebbe innescato un terremoto con un effetto che non c'è bisogno del mago per prevederlo. Il suo partito andava a Patrasso. Lui veniva chiamato da qualche procuratore della repubblica che non poteva fingere di non aver sentito. Davanti alla procura, Cucchi doveva rincarare la dose, mettendo alla finestra le mutande sporche di tutti. L'onda dello scandalo sfasciava anche gli altri partiti. E nel disastro lui, forse, si sarebbe ritagliato la parte del Sansone che muore portandosi all'inferno tutti noi filistei...».

«Per fare questo», seguitò Lingua di Velluto, con

una voce strangolata e sempre più fioca, «il tuo Cucchi dovrebbe essere un gigante. Ma un gigante non lo è per niente. È una ciofeca, uno stronzolillo. Così ha sparato qualche colpo a vuoto e adesso deve soltanto aspettare che le manacce del Segretario lo mandino all'inferno per sempre. Non poteva che finire così. Del resto, Cucchi ha nell'armadio qualche altro scheletruccio di cui non si sa quasi niente, ma che deve legargli non poco la parola e le gambe».

«Di che cosa si tratta?» domandò Giulio. Lingua di Velluto tossì, strabuzzò gli occhi, spalancò la bocca per dare via libera a un rantolo raspante, quindi gracidò: «Penso che riguardi quella donna, la sua segretaria, come si chiama?, Rossi, Russo... È anche la sua amante, e da tanto di quel tempo. Ho sentito giurare che nella loro tresca c'è una faccenda tenuta in ombra, volutamente dimenticata. Immagino non sia una questione da educande, o da persone perbene, almeno secondo la morale corrente. Ma io non so dirti altro».

«Chi può saperne di più?» lo interrogò Giulio, con un nodo in gola. Lingua di Velluto espettorò una risatina rauca, che gli andò subito per traverso e causò nuovi accessi di tosse. Quando si riprese, mugolò: «A questa domanda posso risponderti con sicurezza. Sono in tre al corrente di tutto: Cucchi, la sua amante e il Segretario. Ma nessuno di loro si sbottonerà mai davanti al tuo cazzetto curioso».

Un pomeriggio dell'inizio di novembre, la segreteria del giornale avvertì Giulio: «Ti sta cercando il ministro Cucchi, te lo passiamo». Di malavoglia, lui afferrò il telefono: «Sono Guala, mi dica, onorevole».

La voce di Cucchi gli giunse disturbata e come da molto lontano: «Ho bisogno di vederla, dottor Guala!». «Un'altra volta?» domandò Giulio, con un borbottio scortese. Ma il ministro non si lasciò smontare, anzi rilanciò: «Certo, una seconda volta, e con grande urgenza. La chiamo da Firenze. Lei dovrebbe venire qui domani mattina».

«Posso sapere la ragione del suo invito?» lo interrogò Giulio, nella speranza di scoraggiarlo. Cucchi sbuffò: «Al telefono è meglio non parlare di niente. Si trovi per le undici alla Biblioteca nazionale, a quella di Forte Belvedere, stia attento. Io sarò nella sala di consultazione dei giornali. Mi raccomando, non dica nulla alla dottoressa Rosso, assolutamente!». E qui il ministro chiuse senza riguardi la telefonata, forse nel timore che Giulio rifiutasse quella convocazione fuori Roma e tanto improvvisa.

«Maledetto Cucchi!» imprecò Giulio. «Non avrei dovuto farmi trovare». Ma ormai era tardi. Chissà dove stava quel sinistrato del ministro, già col muso per terra, ma ancora pretenzioso di farsi obbedire, sì Eccellenza!, certo Eccellenza!, gonfio della stessa burbanza spocchiosa di tutti i boss di partito.

L'indomani Giulio prese un Pendolino per Firenze e, dalla stazione di Santa Maria Novella, si fece portare da un taxi a Forte Belvedere. Era una mattinata di vento freddo e di cieli limpidi, la città gli sembrò meno oppressa dallo smog e dalle mandrie di turisti stranieri che, in un caos gassoso, la calpestavano, lasciandosi alle spalle cartacce, sacchetti di plastica, chiazze di gelato, buste vuote di popcorn. Si rammentò di quando l'aveva visitata per la prima volta, tantissimi anni prima, nell'estate della seconda liceo. C'era andato con un compagno di classe per vedere i luoghi di uno scrittore che amava molto, Vasco Pratolini: conservava ancora una foto di loro due in via del Corno, il posto delle «Cronache di poveri amanti». Avevano invitato anche Wanda a quella gita di tre giorni, ma lei si era rifiutata di accompagnarli. Di Pratolini non le importava un fico, e neanche degli altri scrittori italiani che Giulio preferiva, figuriamoci un po'!, quel Fenoglio, quel Moravia, quel Gadda, quel Pavese... Lei doveva ancora finire di leggere Proust, dichiarava con la puzza al naso, e dunque non aveva tempo per gli autori di seconda e di terza fila.

Il taxi attraversò l'Arno sul ponte alle Grazie, a sinistra Giulio scorse subito la macchia bianca e verde di San Miniato al Monte, poi passò per il quartiere di San Nicolò e cominciò a salire una via strettissima, lungo il perimetro delle antiche mura di Firenze. Il forte gli apparve all'improvviso, un gigante spazzato dal vento, al centro di un paesaggio ancora verde e fitto di ulivi e di cipressi. La sede della Nazionale stava dentro la vecchia casermetta, dovevi suonare un campanello, i commessi ti aprivano e, dopo una rampa di scale, c'era la grande porta a vetri della sala dei giornali.

Giulio volle sostare al di qua della vetrata per rendersi conto se Cucchi si fosse già presentato all'appuntamento. E difatti il ministro era lì, seduto a uno dei lunghi tavoli, intento a sfogliare un pacco di carta ingiallita, il cappotto indosso, il viso illividito dal freddo, gli occhi gonfi e flosci, le mani ancora più ceree del solito. Oltre a lui, nello stanzone c'erano soltanto un paio di impiegate anche loro intirizzite, invano protette da maglioni, scialletti e guanti di lana. Il tutto era immerso in un silenzio un po' lugubre, da cimitero di fogli smangiati dal tempo, testimoni sempre più fragili di storie dimenticate e di esseri umani ormai ridotti in polvere.

La tetraggine della sala era però contraddetta dalla luce gloriosa che la inondava attraverso quattro grandi finestre. «Ha visto che paesaggio paradisiaco?» mormorò il ministro quando s'accorse di Giulio ritto davanti a lui. «Venga che lo osserviamo insieme». Cucchi si alzò un po' a fatica, come se la lettura dei giornali lo avesse sfiancato, e andò verso quel fulgore a passi ondeggianti, quasi da ubriaco, pensò subito Giulio, in grado soltanto di muoversi a tentoni, o da prigioniero impaurito, alla ricerca di una via di fuga.

«A destra lei scorge San Miniato al Monte», cominciò a spiegare Cucchi, con la pignoleria di una guida. «Al centro c'è la torre del Gallo, però mi hanno spiegato che si tratta di un falso neomedievale, costruito dall'antiquario Stefano Bardini con le macerie delle vecchie case di Firenze. A sinistra trova Arcetri, se lei ha gli occhi buoni individua la cupola dell'osservatorio astrofisico. In asse sotto la torre, vede la chiesa di San Leonardo. Non valeva la pena di venire fin qui?» domandò il ministro, beffardo. «Ho letto da qualche parte che a metà degli anni Trenta, quando si stabilì in questo paradiso, Ottone Rosai cambiò modo di dipingere, sopraffatto dalla luminosità tanto intensa... Comunque, grazie per aver risposto al mio invito, dottor Guala. Lei ha il malumore scolpito in faccia, ce l'avrei anch'io se fossi stato convocato con maniere tanto spicce. Ma adesso le spiegherò tutto e lei mi perdonerà».

Uscirono dalla casermetta e si diressero verso una grande spianata ricoperta di ghiaia. La percorsero tutta e si affacciarono su Firenze: una visione dalla bellezza assurda, il fantasma perfetto di una città che, forse, non esisteva più. «Anche la politica vista dall'alto può sembrare perfetta», borbottò il ministro. «Poi ci si addentra nelle sue strade, nei vicoli, nelle stanze segrete, e allora lo spettacolo cambia, diventa ributtante. Non è il caso di Firenze, naturalmente», volle precisare Cucchi, cauto come se parlasse a un giornalista arrivato sin lì per intervistarlo. «Questa città mi commuove sempre, persino i suoni attutiti che salgono dal basso hanno il potere di...».

Innervosito, Giulio lo bloccò: «Che cosa è venuto a fare quassù?». Il ministro si voltò a guardarlo: «Mi scusi, dottor Guala, stavo divagando. Già, perché sono qui: è la prima spiegazione che debbo darle. Forse scriverò qualcosa sulla mia vicenda politica, una vicenda che si sta concludendo, lei l'avrà capito. E allora ho pensato di rileggermi certi vecchi fatti sui giornali della mia città. Ma non era il caso che andassi in una biblioteca di Bologna, lì mi conoscono tutti e non avrei potuto lavorare in pace».

«Perché dice che la sua vicenda sta per concludersi?» domandò Giulio. Il ministro non rispose subito, cercò nella tasca del cappotto la scatola dei mezzi toscani, ne accese uno e prese a ciucciarlo, vagando lungo lo spalto, sempre con un passo privo di energia. Poi si girò, aveva gli occhi acquosi e un tic nervoso a un labbro. Bofonchiò: «Lo dico perché lo sento. Ormai sono arrivato al tempo delle rape raccolte. La battaglia contro il Segretario l'ho persa e la mia carriera finisce qui. Sono un condannato a morte, alla morte politica s'intende», precisò con un ghigno impaurito e un po' cattivo. «Nel vertice del partito, mi considerano la pecora matta, da sgozzare appena possibile. Accadrà presto. E in un modo che forse lei non immagina. Vuole che glielo spieghi?».

Tormentato dal vento che assaliva gli spalti del forte, Giulio sbanfò: «Mi ha fatto venire apposta da Roma, no?». Il ministro gli artigliò un braccio: «Fa bene a ricordarmi la fatica che le ho imposto, ma la ragione del suo viaggio è un'altra e la conoscerà tra poco. Ora voglio concludere la previsione su di me. Si rammenta del nostro incontro di settembre, quando le ho parlato della rivoluzione che i giudici faranno? Bene, oggi posso aggiungerle che, quando cominceranno a muoversi, non li fermerà nessuno. Alzeranno una ghigliottina su tutte le piazze d'Italia e la gente applaudirà a ogni testa di uomo politico che vedrà rotolare nel paniere. Noi della partitocrazia, per usare il termine spregiativo che oggi piace a voi dei giornali, non faremo nulla per fermarli, perché non saremo in grado di muoverci. I partiti non hanno più forze. Voi ci considerate ancora potenti, ma il nostro potere si è consumato tutto, ce lo siamo speso nell'arraffare il denaro. Dunque, politica kaputt! Quando qualcuno deciderà di metterci le mani addosso, io sarò soltanto il primo di tantissimi...».

«Ma che cosa sta dicendo?» lo interruppe Giulio, infastidito. «Lei è un politico importante, un ministro, un parlamentare sperimentato, ha fatto una lunga gavetta e sa dove stanno i serpenti sotto le foglie. Proprio lei vuole atteggiarsi a vittima? Andiamo, non venga a raccontarlo a me!».

Cucchi non gli rispose. Si fermò ai bordi dello spalto e si sporse in avanti, come se volesse spiccare il volo sopra Firenze o individuare qualche dettaglio nella distesa compatta della città. Si riscosse soltanto quando dal basso salirono i rintocchi delle campane di mezzogiorno. Il ministro si voltò di nuovo a fissare Giulio e precisò, con un sorriso agro: «Lei ha usato la parola esatta, dottor Guala: vittima. Io aggiungo: designata, vittima designata. Dopo il peccato d'orgoglio che ho commesso attaccando il Segretario, me la faranno pagare. Alle prossime elezioni, mancano pochi mesi, non verrò ricandidato. A quel punto non sarò più niente di tutto ciò che sono stato. E siccome mi mancherà lo scudo dell'immunità parlamentare, potrà accadermi qualunque cosa».

«Ma poi verrà il turno degli altri», sogghignò Cucchi, sempre più fosco. «Anche il Segretario non resisterà per molto. Lui non ha compreso che cosa sta per avvenire. Crede ancora di poter diventare presidente della Repubblica oppure di guidare un governo. Sì, gli riuscirà quando ci sarà il mare a Marzabotto! Povero illuso. Ha perso il senso della realtà, anche perché non ha più amici né consiglieri che lo aiutino a capire. Attorno a lui ci sono soltanto dei cortigiani o dei profittatori. Mi dispiace: era il migliore di tutti noi. Resterà senza parola quando verrà esposto al ludibrio della folla, dentro la gogna costruita dai magistrati e da voi giornalisti».

«Quando tutto questo accadrà, lei, Guala, avrà un impegno da assolvere. È una preghiera che le sto rivolgendo», continuò il ministro, senza alcun imbarazzo. «L'ho costretta a venire sino a Forte Belvedere, lontano da orecchie e occhi indiscreti, per chiederle di stare vicino alla dottoressa Rosso, anzi a Wanda, posso permettermi di chiamarla così. In piazza delle Coppelle ho messo in mostra una volgarità imperdonabile, parlando come se fossi il padrone della sua vecchia amica d'infanzia. Si scordi di quel pomeriggio. Adesso le domando di farmi una promessa: quando io cadrò, Wanda si troverà in un grande pericolo, e a quel punto lei, Guala, resterà la sua unica difesa. Non lo dimentichi mai! Anche se Wanda dovesse garantirle di non aver bisogno dell'aiuto di nessuno, non le creda, sarà proprio quello il momento di maggior rischio per una donna che è tanto cara sia a me che a lei. E la prego: non le racconti di questo nostro bizzarro colloquio a Forte Belvedere!».

Giulio squadrò il ministro, sbalordito: «Non capisco questa richiesta. Wanda è una signora qualunque, non ha cariche politiche, non ha maneggiato i denari che ha certo maneggiato lei, onorevole Cucchi, non ha neppure tramato contro nessuno. E allora perché dovrebbe trovarsi in pericolo?». Ma il ministro non rispose e si limitò a riprendere l'ennesimo giro dello spalto, ciucciando sempre il suo toscano fumigante.

Giulio lo incalzò con rabbia: «A Wanda penserò io, non si dia pena per questo. Lei però ha il dovere di essere chiaro. So che Wanda è stata la sua amica, ma mi pare che si tratti di una storia conclusa. Mi hanno parlato di un legame tra voi, una vicenda che nessuno conosce e che va al di là di una relazione abbastanza banale. E a questo punto debbo dirle che lei, onorevole Cucchi, nella battaglia contro il Segretario si è fermato quasi subito, come se lui fosse in grado di ricattarla. È un'impressione che hanno avuto in molti. C'è Wanda all'origine di questo ricatto e dell'impossibilità di realizzare il suo piano sino in fondo?».

Cucchi fu colto da un fremito di acida allegria: strizzava il toscano fra i denti, eppure riusciva a ridere. Oh, come rideva!, sembrava aver ritrovato tutte le energie per concentrarle in quella sghignazzata. E mentre sussultava con mosse quasi sconce, borbogliò, rifacendo il verso a Giulio: «Banale! Una relazione abbastanza banale, dice lei...». Poi seguitò a squittire e la sua risata adesso era metallica, da pupazzo meccanico: il ghigno di chi non ha più nulla da perdere e può decidere di rivelare una verità sepolta da anni, oppure può scegliere di mentire ancora una volta per una ragione assolutamente forte.

Alla fine, il ministro parlò, con voce incolore: «Lei è più fantasioso dei suoi articoli, sempre precisi, razionali. Sì, lei fantastica, caro Guala. Le garantisco che non esistono ricatti contro di me, né possibili motivi di ricatto che riguardino Wanda. Lo capirà quando verranno i giorni che temo. Ma sono sicuro che manterrà la promessa fatta sugli spalti di questa fortezza, in una mattinata che io, lo giuro, non dimenticherò».

Dopo l'incontro di Forte Belvedere, Giulio decise di non cercare Wanda per qualche tempo, e fu aiutato dal silenzio di lei, che sembrava aver captato questo proposito.

Giulio aveva bisogno di comprendere perché il corso della propria vita stesse mutando così in fretta. Prima l'incontro con la bambina della ringhiera, poi la passione che aveva sentito nascere dentro di sé, quindi la scoperta di quanto fosse inafferrabile la figura di Wanda, quasi che nella stessa persona convivessero tante donne diverse, fantasmi che si presentavano a lui in forme capaci ogni volta di turbarlo. Infine esisteva il rebus del legame oscuro tra il passato di Wanda e quello del ministro Cucchi, una tagliola che lo imprigionava e dalla quale nessuno lo aiutava a uscire. E come se tutto questo non bastasse, aveva dovuto imbattersi nelle profezie della zingara.

Le parole ascoltate in piazza dell'Orologio, sotto il cielo sporco di quella serata di luglio, Giulio le aveva cacciate sul fondo della memoria, ma di lì affioravano sempre nei momenti di incertezza allarmata per il futuro di Wanda. Allora udiva la zingara riproporre gli enigmi. Lui tentava di risolverli e loro lo respingevano, con l'impassibile crudeltà di uno scoglio che impedisca al naufrago di toccare la riva.

Se sommava il tutto, Giulio si scopriva stordito. Dal pomeriggio di Bari, quando Wanda gli era riapparsa dopo anni e anni di eclisse, la sua esistenza sembrava diventata quella di un altro, di un estraneo chiamato per caso Giulio Guala, che lui, il vero Giulio, osservava stranito e senza capirci molto. L'unico mutamento chiaro riguardava il lavoro al giornale, ed era che il piacere di raccontare i fatti della politica diminuiva giorno dopo giorno. Quella recita non lo interessava quasi più, e meno che mai gli attori. A parte l'amletico Cucchi, il Segretario che ne aveva decretato la fine, e Wanda, naturalmente, anche se il suo ruolo era soltanto quello di una figura sul fondo della scena.

Fu dunque di malavoglia che, all'inizio di dicembre, Giulio andò a Milano per seguire il Consiglio nazionale della Rosa. Un evento importante, così ritenevano i capi del suo giornale, per comprendere le mosse che il Segretario avrebbe deciso nei primi mesi del 1992, una fase che si prevedeva cruciale per il partitismo moribondo.

Arrivò a Milano che stava nevicando. La città gli apparve fiabesca, le luci dei tram a solcare le strade già tutte bianche, le vetrine dei negozi simili a presepi lussuosi e sfacciati, dove centinaia di Re Magi avevano deposto, con anticipo molto astuto, oro, argento e diamanti.

Il Consiglio della Rosa si teneva in una grande fabbrica in disuso, nella prima periferia della città. Gli architetti del partito l'avevano trasformata in una cattedrale d'acciaio, rivestita di specchi che moltiplicavano qualunque immagine e dilatavano all'infinito ogni spazio. Al centro di questo tempio degli inganni sorgeva un marchingegno definito pomposamente la Piramide Telematica e costituito di grandi schermi televisivi su ognuno dei quali si poteva seguire un aspetto dell'assemblea: il podio degli oratori, la figura del Segretario, il parterre degli invitati, il settore del pubblico. Ruotando con lentezza, la piramide offriva uno spettacolo nello spettacolo e accentuava, questa almeno era la speranza degli arredatori, le caratteristiche di grintosa modernità che il Gran Capo aveva voluto imprimere all'adunata del suo antico partito.

Giulio vide subito Cucchi. Nell'osservarlo con il binocolo, si accorse che camminava tanto impettito da spaccare l'aria con le chiappe, eppure gli sembrò rimpicciolito, con le gambe diventate corte, un mezzo scagnetto. Poi si rese conto che il ministro era così suonato che non avrebbe scorto neppure un bue nero dentro la neve di Milano. Difatti il suo discorso risultò un pastrocchio scialbo, grondante elogi imprevisti alla figura del Segretario e alla sua politica, la catastrofica marcia indietro dello sconfitto costretto a inginocchiarsi di fronte a chi lo ha battuto.

Cercò Wanda nel settore dei vip e la individuò grazie ai suoi fluenti capelli rossi. Era elegantissima, vestita e truccata come per una festa, coperta di monili che sembrava la Madonna di Crea. Poi s'avvide di quanto fosse terrea, con gli occhi spenti. E sulla bella faccia aveva dipinto un disgusto angosciato per la miserabile resa di Cucchi.

A questo punto, Giulio stabilì che lo spettacolo della cattedrale d'acciaio, con gli specchi magici e le piramidi ruotanti, era buono per il guardaroba dei cani. Doveva scaraventarla lì, quella raccolta di nobili incipriati e imparruccati, tanto superbi da non comprendere di essere alla fine della loro epoca e all'inizio di una ribellione che li avrebbe cacciati dai castelli.

Il Segretario gli sembrò un Re Sole tumefatto, circondato da una corte che i suoi stessi compagni di partito chiamavano la Sacra Famiglia: figli, cognati, amici, un gruppo ancora convinto di essere intoccabile e, dunque, altezzoso e ridanciano. Alle spalle stavano i dignitari del giro più intimo, e a Giulio apparvero anch'essi enfiati e tripposi, come l'acquisto più recente, l'Islamico, che aveva già incontrato a Bari: un eroe della televisione promosso deputato, irruente, sferzante, collerico, un vero ayatollah della Rosa, capace di conquistarsi un terremoto d'applausi tanto possente da scuotere le campate d'acciaio.

Sopraffatto dall'oratoria limacciosa dell'Islamico, Giulio uscì dalla cattedrale: voleva pestare la neve e farsi una fumata tranquilla in quel biancore silenzioso. Stava ripensando alle nevicate che aveva visto da bambino, quando qualcuno lo toccò sulla spalla. Si voltò: era Baraldini, il famoso Corvo. Giulio ricordò all'istante ciò che aveva ascoltato da Wanda e, soprattutto, da Gloria. Quel bellastro sui quarant'anni, magrissimo, nero di capelli e di pelo, l'aria cortese e scaltra, di dentro doveva essere tutto il contrario di ciò che appariva di fuori: malsagomato, dall'anima storta, brutto come il peccato e dal fiato volpino. Forse era questa la verità che si celava sotto l'involucro da figurino azzimato e tirato a lucido. Un corvo abbigliato da pavone, pensò Giulio nauseato. Oppure, più che un corvaccio, un milordo, quel tipo di serpente che ti addenta e non ti molla più. Alle sue spalle, ma un po' alla larga, stazionavano un paio di aiutanti, facce da menarrosti, così scoperti nella loro sgarbatezza manesca da non fare onore al motto del capo: coltello in tasca, miele sulle labbra. Che cos'aveva detto di lui, il Ciuti? Cià una ghigna che ci si ribatte l'acciaini, ha una faccia così tosta da ribattere i perni che fissano le ruote ai mozzi.

«Mi lasci accendere, Guala?» intimò il Corvo, andandogli sotto con la sigaretta pendula. Aspirò una boccata, poi domandò: «Che ti pare di questa assemblea e del posto scelto dal Gran Capo?». «Mah!» bofonchiò Giulio, per fargli comprendere che di tutto poteva aver voglia tranne che di parlare con lui. Però il Corvo aveva una missione da compiere, e figuriamoci se un borbottio di una sillaba l'avrebbe fermato.

Difatti, con un gesto improvviso, prese Giulio sottobraccio e gli parlottò sornione: «Posso darti un consiglio? Tu sei uno dei più bravi a scrivere di politica, ti leggiamo tutti i giorni con viva attenzione. Però frequenti troppo i nemici del Segretario: il nostro vecchio Cucchi, per esempio».

«E allora?» domandò Giulio, subito imbizzito. «E allora dimenticalo, quello lì, ha la sorte segnata», spiegò il Corvo, paterno. «Dopo la sciocchezza di aggredire il Gran Capo, conta meno di uno zero, e domani non farà più neppure il parlamentare. E anche la sua donna, quella Wanda Rosso, che cosa t'importa di lei? So che siete cresciuti nella stessa casa, però non ti conviene correrle dietro. Il servizio da Cucchi l'ha infettata, è come se avesse l'Aids, nessuno vuole più scopare con lei, nel senso di averci a che fare, sia chiaro. Quando il suo padrone sarà scaraventato fuori dalla scena, la prenderanno tutti a calci, come succedeva alle concubine di un vassallo in disgrazia».

«Lasciami perdere!» s'incollerì Giulio. E il Corvo,

sorpreso: «Ma come? Ti ho regalato un consiglio d'oro e tu fai lo schizzinoso? Andiamo, non ti riconosco più». Adesso rideva così forte che il miele, nel colargli dalla bocca, lasciava scoperto il coltello.

Giulio gli ringhiò: «Gira alla larga da me, altrimenti mi obbligherai a occuparmi del tuo vero lavoro, e a quel punto camminerai gobbo per le strade». «Oh, sempre esagerati, voi squadristi della carta stampata!» sospirò il Corvo. «Scrivi pure quello che ti pare. I quattro gatti che vi leggono sono già voti perduti per noi. Non è grazie a loro che la Rosa camperà altri cent'anni».

Una mattina di metà dicembre, sotto un cielo dall'azzurro gelido, Giulio andò a correre sui viali di Villa Borghese. Lo faceva sempre quando si scopriva invaso dall'ansia. La corsa gli restituiva tranquillità e lo metteva al riparo dalle sue troppe paure.

La paura più forte che la corsa scacciava era quella di morire. Lui era ancora giovane e non pensava di continuo alla morte, come gli confessavano i colleghi più anziani. E tuttavia la scelta di correre e, specialmente, la vestizione necessaria, si mutavano sempre in una sfida al terrore che gli incuteva la signora con la falce, una visitatrice bizzarra capace di bussare alla porta in qualunque istante.

Una notte era rimasto impigliato in un sogno bislacco, che nella prima parte si era presentato con la forza maligna di un incubo. Stava nel suo box al giornale, davanti al computer, quando una delle segretarie gli annunciò: «C'è una signora che ti cerca». «Non aspetto nessuno. E non ho tempo per una visita, devo finire il mio pezzo», replicò lui, un po' nervoso. La segretaria gli ribatté: «Ma la signora è già qui, non puoi non riceverla!». Irruppe nel box una giovane donna, alta, magra, di una pallida bellezza ombrosa, i corti capelli neri, un abito violetto che ne metteva in risalto le forme ancora acerbe, le calze bianche, le scarpe rosse e dal tacco altissimo. «Si accomodi», mormorò Giulio. «Posso sapere il suo nome?». Con un sorriso di rammarico, la sconosciuta gli rispose: «Sono la signora Morte e sono venuta a prenderla, dottor Guala». Lui allibì: «A prendere me? E proprio adesso? Ma sto lavorando! Devo finire il mio articolo». «Mi dispiace», sussurrò lei, «ma mi hanno affidato questa missione e io devo compierla. La prego di alzarsi e di seguirmi». «Dove debbo seguirla?» farfugliò Giulio. La donna rise piano: «Ma che domanda! Nell'aldilà». «Questo significa che io sto per morire?» s'incupì lui. «Sì, tra qualche istante lei morirà», precisò lei. Giulio si sentì perso, con la testa vuota, le gambe di cera. Alla ricerca di una via di salvezza, borbottò con affanno: «Prima di venire via con lei, posso esprimere un ultimo desiderio? È sempre concesso ai condannati a morte». La donna si mise a scrutarlo incerta: «La sua domanda è singolare, nessuno mi fa mai una richiesta del genere. Comunque, sta bene: esprima il desiderio e io aspetterò che sia soddisfatto». «Vediamo...» boccheggiò Giulio, atterrito. «Ecco, prima di morire vorrei rivivere la mia infanzia». La Morte si alzò di scatto, assai nervosa: «Ma il rivivere un'infanzia comporta, per me, anni e anni di attesa! Lei mi ha teso un tranello perfetto, dottor Guala. Non mi resta che andarmene, ci rivedremo soltanto fra molto tempo».

Era anche per questo sogno che Giulio rinnovava di

continuo la sfida, da vero guerriero. Una felpa a fare da corazza, una tuta, gambali di spugna, un berretto di lana ben calcato sulla fronte, ossia l'elmo da combattimento. Correva all'alba attraverso il centro di Roma, a testa bassa e con gli occhi a terra per schivare siringhe, cartacce, lattine, cacche di cane, preservativi, giornali stracciati, fogliame fradicio portato dal vento. Sentiva il cuore battere a un ritmo giusto, i polmoni pompare aria nella dose esatta, il corpo rispondere come un vecchio compagno di gara. E si scopriva tranquillo, al sicuro. La signora vestita di viola si sarebbe fermata di fronte al soldato che, combattendola, la rispettava.

Quella mattina, mentre percorreva il galoppatoio di piazza di Siena, Giulio si vide superare da una figura snella, una donna che andava più veloce di lui. La sconosciuta gli diede un piccolo distacco, poi si fermò ad aspettarlo. E nell'attesa si tolse il berretto di lana, lasciando liberi i bei capelli rossi. Era Wanda, che subito lo rimproverò, beffarda: «Ti fai battere da una signora di quarantun anni!».

Si baciarono, sfiorandosi le labbra. Poi Giulio disse: «Non ci siamo più cercati, che peccato!». «Già, e nel frattempo sono accadute molte cose», osservò lei. «Quali, per esempio?». «Ti hanno visto a Milano mentre ti accapigliavi con il Corvo. È vero?». «Uhm, accapigliarmi no, qualcosa di simile. Sai anche quello che ci siamo detti?». «Questo no». Allora lui le rifece la scena, mimando in modo grottesco il Corvo che gl'intimava: non frequenti più la malafemmina rossa che ha l'Aids politico, quando Cucchi sarà morto e sepolto verrà lapidata sulla piazza di Montecitorio...

Wanda rise: «Quando il ministro andrà al tappeto anche più di oggi, tu mi assumerai come segretaria. Sono bravissima. Terrò in ordine perfetto l'archivio, leggerò i giornali per te, magari ti passerò delle notizie: potrei farti fare degli scoop che nemmeno t'immagini. Ti costerò poco. Mi pagherai in nero. O con prestazioni personali».

«Prestazioni di che tipo?» la inquisì Giulio, malizioso. E lei, sfacciata: «Potresti prenderti cura di me per davvero, e non limitarti agli inviti a cena dal Ciuti o al gelato in piazza Navona. A quel punto io dovrei ricambiare». «E come?» domandò lui, fingendosi un pierino pignolo. «Sei fradicio di sudore. Se comincio a spiegartelo, ti beccherai una polmonite», obiettò lei, ridendo. «Non ti preoccupare, spiega!». «Sta bene: immagina di tornare alla nostra serata in via del Governo Vecchio, quando hai cominciato a pastrugnarmi e io ti ho fermato. Facciamo l'ipotesi che io decida di non fermarti più...».

Lei si zittì, imbarazzata. Per trarla d'impaccio, Giulio osservò: «Ti vedo allegra». «Oh, sì, la va d'incanto, una barca in un pozzo. E io sono allegra quanto un asino bastonato di fresco». E lì Wanda storse la bocca, arricciò il naso e cominciò a tirar su come una bambina che voglia frenare le lacrime. Ma le lacrime ebbero la meglio e lei attaccò a piangere, con dei singhiozzi e, poi, dei goccioloni!

«Che ti succede?» domandò Giulio, allarmato. «Niente, un momento di stupidera, lasciami perdere che adesso mi calmo. Era da troppo tempo che non ti sentivo. Poi mi sono ricordata che, di mattino presto, venivi a correre qui. Per due settimane ti ho fatto la posta a vuoto. Oggi sono stata fortunata». «Non potevi telefonarmi?». «Volevo farti una sorpresa. E volevo farla anche a me. D'ora in poi cercami tu, dove ti torna più comodo, a piazza delle Coppelle o, di sera, al Governo Vecchio».

Si diressero verso via Veneto, Giulio accompagnò Wanda al posteggio dei taxi, poi corse a casa, in via Emilia, per cambiarsi e andare al giornale. La sera stessa la chiamò: «Tra qualche giorno sarà Natale, perché non lo passiamo insieme? Io sono solo e tu pure. Potremmo lasciare Roma e scappare in qualche posto».

Lei rifiutò: «Non posso stare con te a Natale». «Devi farlo con Cucchi?» domandò lui, già insicuro. «Ma no!» rise lei. «Vado a trovare una persona». «Un parente?». «Sì, diciamo che è un parente». «È tua madre, la signora Giusy?». «Ti ho già raccontato che la mamma non c'è più, lo vedi che non mi ascolti?». «E chi è allora?». «Non ha importanza che te lo dica, però mi sono già impegnata». «E in quale città passerai il Natale con questo Mister X?». «Lontano di qui. Adesso basta con le domande! Sei il cocciuto di sempre. Ma siccome ti voglio bene, ti farò un regalo: il Capodanno con me, tu e io da soli. Ti va?».

«Certo che mi va!» ruggì Giulio. «Sarà bellissimo. E dove andremo?». «A Siena, ho una casa in città, me l'ha fatta comprare Gloria qualche anno fa. Vediamoci la mattina del 31 dicembre alla stazione di Siena, ore undici. Ci sarai?». «Ci sarò», garantì Giulio, con il cuore che gli batteva, alla faccia dei suoi quarant'anni.

Per raggiungere la casa di Wanda dovevi andare dentro il cuore di Siena, in piazza del Campo, lì prendevi via del Porrione, t'inoltravi in via di San Martino e dopo poco c'eri arrivato: il portoncino si apriva quasi all'incrocio con via dei Pagliaresi, detta anche Cane e Gatto. A quel punto bisognava avere la pazienza di salire settantasei gradini, di quelli stroncagambe, e alla fine trovavi un piccolo alloggio che si affacciava da un lato su San Martino e dall'altro sul vicolo dell'Oro.

Era una casa povera, riscaldata da una stufa a gas e con il bagnetto che dava sul pianerottolo, però nascondeva una sorpresa. Al centro del corridoio interno cominciava un altro pezzo di scala, ancora più ripido, di dodici gradini, che conduceva alla cucina. Qui scoprivi il terrazzino, altissimo sul teatro della città. Siena si offriva quasi tutta a chi la osservava da questo posto di vedetta: la snellezza del campanile dei Servi, sullo sfondo la dorsale azzurra del monte Amiata, quindi il grande presepe color terra delle case che accompagnavano lo sguardo verso il Facciatone a righe bianche e verdi, la cupola e il campanile del Duomo, e infine, sull'estremità destra, la gigantesca, pacifica sentinella della Torre del Mangia.

Ristagnava ancora un pochino di nebbia che, dalla valle di Porta Giustizia, saliva verso la piazza del mercato coperto e s'inerpicava sul retro del Palazzo pubblico. Ma poi il sole ebbe la meglio e Siena si accese dentro uno strizzo davvero da Capodanno, un freddo acuto e asciutto. Wanda impiegò un po' di tempo a mettere in ordine la casa, quindi trascinò Giulio in via di Città. Voleva perlustrare le vetrine dei negozi, una per una, e fare delle compere, per cominciare la vacanza bighellonando senza una mèta, e già questo le sembrava un regalo rispetto alla monotonia frenetica delle giornate di Roma.

Quando stava per scendere il buio, Wanda annunciò a Giulio: «Adesso ti porterò a vedere quello che una volta era il ghetto degli ebrei». «Perché?» domandò lui. «Tu vieni con me, del perché parleremo dopo. Cominciamo dal vicolo dell'Oro, che è il punto più lontano da piazza del Campo».

Il vicolo dell'Oro, in realtà, era una strada nemmeno tanto stretta, fiancheggiata da case alte anche quattro piani, alcune ben tenute, altre malandate e con un gran bisogno che qualcuno ci mettesse mano. «Ogni tanto guarda in direzione della torre», ordinò lei. «La vedrai quasi sempre. E fa' attenzione ai nomi delle vie, ciascuno racconta una storia». Passarono in via del Rialto, anch'essa delimitata da case di quattro e cinque piani, con i muri possenti, vecchie fortezze scure che il calar della sera rivestiva di ombre. Verso la metà della strada incontrarono il vicolo di Coda, in ripida discesa contro il verde ormai invisibile della valle di Porta Giustizia. «Ho letto che un tempo si chiamava via di Coda Rimessa», spiegò Wanda, con pignoleria maliziosa, «il nome giusto per un luogo destinato alle meretrici. E non era l'unica strada abitata dalle squillo dell'epoca. Esisteva anche un vicolo delle Porchettaie, signore allegre che avevano invaso altre vie della contrada. Il ghetto venne stabilito qui nella seconda metà del Cinquecento perché il posto era facile da chiudere, ma soprattutto perché le case costavano poco dato che erano occupate da quelle donnine».

Passarono per il vicolo del Contradino, poi per via della Manna, una trincea che aveva ospitato il forno del pane azzimo e il locale dove le bestie venivano macellate secondo il rito ebraico. Di qui presero per il lungo vicolo della Fortuna e il vicolo del Luparello, coperto quasi per intero da voltoni e archi di contrappeso, con le case altissime che lasciavano intravedere soltanto una fettina di cielo. Dal Luparello sbucarono in via del Porrione e, attraverso una breve discesa che era poi il vicolo delle Scotte, si trovarono di fronte alla sinagoga.

Il portone del tempio si presentava sbarrato, ma non era l'interno che Wanda voleva mostrare a Giulio. Gli indicò una lapide affissa sulla sinistra dell'ingresso, in memoria degli ebrei senesi uccisi nei campi di sterminio nazisti. Sulla lastra di marmo erano incisi quattordici nomi e Wanda lesse a voce alta il penultimo: Valech Ferruccio, anni 13. Poi raccontò: «Questo ragazzino era nato a Siena il 14 novembre 1930, aveva un padre che si chiamava Mosè Davide, una mamma di nome Livia Forti, una sorella di nome Morosina e detta Mosi, più grande di lui, sui vent'anni, e uno zio paterno, Michele Valech, ci sono anche loro sulla lapide. Ho visto una foto di Ferruccio, scattata quando doveva avere meno di tredici anni: un bambino dagli occhi grandi, lo sguardo intenso e un po' triste, il disegno perfetto della bocca, il bell'ovale del viso, le orecchie a sventola che avevi tu quando stavi sulla ringhiera. La famiglia Valech abitava in una villetta appena fuori Siena, il padre faceva l'orefice e aveva il negozio in piazza Tolomei. Una mattina dell'autunno 1943 andò a prenderli un reparto di tedeschi, accompagnato da una squadra di fascisti italiani, forse della polizia. Era il 6 novembre. I Valech rimasero un giorno o due nel carcere cittadino, poi furono portati a Bologna. Lì, il 9 novembre, i tre maschi vennero fatti salire su di un convoglio che partì subito per il campo di Auschwitz. Il viaggio durò cinque giorni e, come il treno arrivò dentro il lager, iniziò la selezione tra i deportati. Ferruccio, suo padre e lo zio li avviarono subito alle camere a gas. Era il 14 novembre 1943, proprio il giorno in cui Ferruccio compiva tredici anni».

Wanda era slavata, il volto color della cenere, e aveva raccontato la breve vita del ragazzo Valech con un groppo in gola e la voce rauca. Giulio fece per domandarle qualcosa, ma entrambi furono costretti ad addossarsi al portone della sinagoga perché da via del Porrione due motorette stavano scendendo a tutta velocità lungo il budello delle Scotte.

Lei ringhiò, infuriata: «Ci sono dei divieti grandi così, però i motorini se ne fottono e nessuno fa niente». Le motorette sfiorarono il tempio, quasi volessero ferirlo con il loro stridore spetezzante e le zaffate di fumo oleoso, poi percorsero via degli Archi e di qui si scaraventarono lungo la corta discesa che conduceva in via di Salicotto.

Quando ritornò il silenzio, lui chiese a Wanda: «Perché mi hai parlato di questo Ferruccio Valech?». Lei lo scrutò con un sorriso inquieto, poi balbettò: «Perché era nato nel 1930 e, se fosse scampato ad Auschwitz, avrebbe potuto essere mio padre».

«Tuo padre?» esclamò Giulio, sbalordito. Wanda gli afferrò una mano: «Vieni con me che te lo spiegherò».

Andarono al Bistrot, un locale di via del Rialto, si sedettero e ordinarono qualcosa da bere.

Poi Wanda cominciò a raccontare: «Mia madre Giusy era del 1928, anche lei di novembre come me. Viveva ad Asti, dov'era nata, e faceva la commessa in un negozio di tessuti, non aveva voluto studiare, però era una ragazza bellissima e per questo motivo non faticava a trovare lavoro. Nel dicembre del 1948, quando aveva compiuto da poco i vent'anni, in una sala da ballo incontrò un ragazzo più giovane di lei, un bel figlio di diciotto anni, alto, magro, l'espressione un po' chiusa, i capelli rossi, le lentiggini e l'aria più adulta dell'età che aveva, così me lo descrisse lei molto tempo dopo. Questo ragazzo si chiamava Ferruccio, come il ragazzino della lapide, e anche lui era ebreo. Quale cognome avesse non lo so, la mamma non ha mai voluto dirmelo: gliel'ho chiesto tanto!, però non c'è stato verso di tirarglielo fuori. Dopo quella prima sera si rividero, una volta, due, tre, presero a frequentarsi e scoprirono di essere innamorati. Anche Ferruccio veniva da una tragedia uguale a quella dei Valech: all'inizio del 1944 era stato preso a Torino con i genitori, da un reparto tedesco che dava la caccia agli ebrei. Li avevano portati tutti al seminario di Asti, che era stato requisito, di qui al campo di Fossoli e poi ad Auschwitz. Il padre e la madre erano subito finiti nelle camere a gas, mentre Ferruccio, che già allora sembrava più grande dei suoi tredici anni appena compiuti, ce l'aveva fatta a superare la selezione e a scamparla. Come sia riuscito a sopravvivere nella terra dei morti non so dirtelo, lui l'avrà di sicuro spiegato alla mamma, ma lei mi ha giurato di non saperlo. Una volta ritornato in Italia, Ferruccio non aveva voluto riprendere gli studi e si era messo a lavorare con dei parenti che commerciavano all'ingrosso».

«La mamma e lui diventarono morosi, s'incontravano di domenica a Torino, ad Asti, dove capitava, lei era povera, invece Ferruccio qualche soldo ce l'aveva. Dal racconto della mamma, non sono riuscita a capire se avessero pensato di sposarsi, lei ha sempre sostenuto di no, però io credo che lo sperasse. Poi, un giorno del marzo o dell'aprile 1950, la mamma si accorse di essere incinta. Lo disse a Ferruccio e lui non ne fu per niente contento. Era spaventato, ripeteva di avere soltanto vent'anni, un'età troppo giovane per assumersi la responsabilità di una famiglia. Continuarono a frequentarsi, però senza l'entusiasmo di prima».

«Un sabato che avevano l'appuntamento ad Asti lui non si fece vivo. Il lunedì la mamma gli telefonò in ditta, ma si sentì rispondere che non l'avevano visto. Lei lo aspettò il sabato successivo, però anche quella volta lui non comparve. Insomma, Ferruccio era sparito di colpo, come svaporato nell'aria, dissolto nel nulla. La mamma andò a cercarlo a Torino, ma seppe soltanto che si era trasferito a Livorno presso un'altra azienda. Lei si spinse anche là nella speranza d'incontrarlo, però fece un buco nell'acqua. A quel punto si mise il cuore in pace e lo dimenticò. La Giusy era combinata così: un carattere di ferro, capace di prendere decisioni senza appello. Quando sono nata mi ha registrato con il suo cognome, Rosso, e come figlia di padre ignoto. Ecco perché mi trema il cuore ogni volta che vengo a Siena e leggo su questa lapide il nome Ferruccio».

«Che storia terribile», mormorò Giulio. «Non ci avevi mai detto niente quando stavamo tutti insieme sulla ringhiera». Lei gli accarezzò una mano: «Non ho detto nulla perché non sapevo nulla. La mamma mi aveva sempre giurato e spergiurato che quel ragazzo era morto prima che nascessi. Mi ha spiegato tutto, o quasi tutto, solo il giorno che ho avuto vent'anni».

«Sarà ancora vivo questo Ferruccio?» domandò Giulio. Nella penombra del Bistrot, lei fissò il vuoto: alla luce della candela posta al centro del tavolino, i suoi occhi brillavano per le lacrime. «Stai piangendo!» constatò lui, sorpreso. Wanda alzò le spalle: «Uffa! È già la seconda volta che mi capita con te. Brutto segno, oppure: buon segno!, vuol dire che tra noi due sta nascendo la confidenza. Hai un fazzoletto di carta? Devo fermare l'acqua che mi esce dagli occhi». Poi sussurrò: «Può darsi che lui ci sia ancora, oggi avrebbe soltanto sessantun anni. Come vedi, dico: lui. Non mi riesce di dire: mio padre».

«Non ti è mai venuta la voglia di cercarlo?» indagò Giulio. Wanda non parlò subito, sembrava incerta sulla risposta da offrirgli, quindi replicò: «No, mai. Che cosa ne avrei ricavato? L'incontro con un estraneo che tanti anni prima aveva messo nei pasticci la mamma? Mi sono accontentata di quello che mi ha lasciato: i capelli rossi, le lentiggini e la mia metà ebrea. Sì, sono ebrea al cinquanta per cento. E di questo mi sento felice, mi sembra di appartenere anche a un'altra storia».

«Certo che quel Ferruccio era un bastardo da niente!» esclamò Giulio. «È stato così stupido da mettere incinta una ragazza per poi bruciarle il paglione...». Wanda lo fermò con un gesto: «Non dire nulla su di lui. Rischi di essere ingiusto. Che ne sappiamo, noi? Immagina un ragazzo scaraventato in quell'inferno, sopravvive per più di un anno ad Auschwitz, Dio sa come, che cosa avrà visto e patito!, poi ne esce straziato da chissà quali traumi... Non parliamone più, ti prego!».

Wanda guardò l'orologio: «Sono le sette passate, dobbiamo andarcene. Questa sera facciamo in casa, ti va? Se vuoi ascoltare il messaggio del presidente della Repubblica, ci metteremo a tavola quando avrà finito. Io accenderò le candele e darò inizio alla nostra cena di Capodanno». «Penso che non starò lì a sentirlo. Lo immagino già quel discorso: verboso, interminabile», brontolò Giulio.

Mentre si avviavano verso San Martino, Wanda si sforzò di scherzare: «Mi meraviglio di lei, dottor Guala: è un giornalista politico, e dunque ascoltare l'eccellenza del Quirinale dovrebbe far parte dei suoi doveri, no?». Lui alzò le spalle: «Da parlamentare, e anche da ministro, l'uomo mi piaceva. Ma quando ha indossato la maschera del Picconatore ha cominciato a darmi troppa ansia. Su qualche punto avrà ragione, però sembra un guerriero drogato, con la voglia di calare la spada in ogni momento e su tutti, il simbolo di un regime capace soltanto di distruggere se stesso».

«Dottor Guala, la metto in guardia: lei mi sta recitando il suo prossimo articolo», lo interruppe Wanda, nell'aprire il portoncino di casa. «Hai ragione, sono uno stupido. La verità è che ho la testa da un'altra parte. La storia di quel padre sconosciuto mi ha fatto scoprire un pezzo della tua vita che non mi figuravo. E mi obbligherà a rivedere certe cose che ti riguardano».

«Quali?» domandò Wanda, inquieta. In preda a pensieri confusi, Giulio balbettò: «Adesso non so spiegartelo con sicurezza: il rapporto con tua madre, per esempio, o le scelte della signora Giusy e il suo modo di vivere, anche la storia che tu hai avuto con Cucchi, forse in lui cercavi un padre».

Wanda rimase ad ascoltare con la gola secca, poi trovò la forza di redarguirlo: «Non voglio sentirti rimuginare su questa faccenda». Quindi osò dire, da bugiarda: «Se non turba me, perché dovrebbe turbare te?».

Giulio l'afferrò per i fianchi e le soffiò: «D'accordo. E poi tu mi hai invitato a Siena per una ragione ben diversa, molto più allegra». Wanda si girò a fissarlo con occhi dubbiosi: «Ma che ne sai di quello che ho in mente? Mettiti tranquillo, ogni cosa a suo tempo».

Cenarono, poi Giulio sparecchiò la tavola e suonò il piano, che era lavare i piatti, l'aveva fatto tante volte da ragazzo nella casa sulla ringhiera. Quindi salirono al terrazzino, imbacuccati nelle giacche a vento. La serata era gelida e il cielo stellato, una mezzaluna trionfava sopra la chiesa dei Servi. Udirono i primi botti di una notte che sarebbe stata di guerra, bombardamenti a tappeto da tutte le finestre, lanci di razzi a ogni angolo di strada. Wanda finse di essere impaurita e rognò: «La guerra non mi piace, andiamo in trincea nella camera da letto».

Si sdraiarono vestiti su un vecchio lettone dalla testata di lamiera. Coricati di fianco, rimasero lì a guardarsi negli occhi, naso contro naso, in silenzio. Lui le sfiorò la nuca e disse, quasi tra sé: «Ecco da dove vengono i tuoi bei capelli rossi». Lei sussurrò: «Stai ancora pensando alla storia di Ferruccio?». «Certo, ti sembra strano?». «No, ma ti avevo pregato di non tornarci più sopra. Sei l'unico che la conosca e proprio tu non mi devi assillare». «Non l'hai mai detto a Cucchi?». Lei si stizzì: «Smettila di farmi domande tanto stupide. L'ho raccontata solo a te perché ho pensato che a mia madre non sarebbe dispiaciuto. E per un'altra ragione ancora». «Quale?». Wanda sospirò: «Vuoi proprio saperlo? Perché mi sto preparando a innamorarmi di te. Ed ero ansiosa di vedere come mi sarei sentita una volta che ti avessi rivelato il segreto di Giusy e di Ferruccio». «E come ti senti?». Lei si stirò, con un respiro profondo: «Mi sento bene, segno che ho deciso la cosa giusta. Ma ora basta, perché adesso noi due abbiamo altro da fare».

«Da dove cominciamo?» chiese Giulio, un po' impacciato. «Dai tuoi piedi», stabilì lei. «Dai piedi?». «Sì, da piccolo avevi dei piedi bellissimi, stavi così bene con i sandali! Voglio vedere come si sono conservati». Si drizzò a sedere sul letto e gli tolse le scarpe e le calze: «Sono piedi da ragazzo. Tu sai che i piedi rivelano l'anima di una persona? La tua anima è candida, dolce, sempre sorpresa, quella di un bambino. E le gambe? Vediamo le tue gambe. Via questi tubi!». Gli slacciò la cinghia e cercò di sfilargli i pantaloni. «Aiutami!» strillò. Ma Giulio si negò: «Hai deciso tu di spogliarmi, arrangiati da sola».

«Che gambe bellissime, e quasi senza peli. Non ti facevo così giovane a quarant'anni!» esclamò lei. «E porti pure gli slip bianchi, come i ragazzini!». «E tu?» la incalzò Giulio. «Io cosa?». «Fammi vedere come sei combinata di sotto». «Vuoi giocare al dottore anche da grande, tontolini della ringhiera?». «Perché no?» ribatté lui e le sollevò la gonna, con quel gesto spavaldo e ansioso che Wanda, senza saperlo, aveva atteso per anni e anni.

«Hai le solite mutande da maschio, stavolta verdi a righe bianche», constatò Giulio. Wanda lo fermò: «Aspetta, non toccarle con le tue manacce, ci penso io». Si liberò della gonna, sfilò le calze autoreggenti, poi si alzò in piedi e si tolse le mutande. Nel farlo ondeggiò e sembrò lì per cadere. Giulio la sostenne e lei rise: «Come vedi, ti ho fatto aspettare tanto, ma adesso ho fretta. Senti freddo?». «No». «Allora spogliati anche tu».

Tornarono a sdraiarsi, ma stavolta sotto le coperte. Wanda lo guardò con dolcezza un tantino severa, quindi si mise supina e lo incitò, sbuffando basso: «Santa pazienza, vieni qua, ninin! Dai, vieni su di me!». Alzò le braccia ad accoglierlo. Lui, pur nel desiderio che lo sfibrava, s'accorse di essere rimasto il bambino di molto tempo prima. Il ricordo dell'infanzia gli offrì una grandissima sicurezza, quasi un'armatura da cavaliere antico. E fu con questa invisibile corazza che iniziò il viaggio sul corpo di lei e, poi, dentro l'anfratto misterioso dal quale gli sembrava di essere venuto.

Giulio si svegliò tardi e sentì Wanda che sfaccendava per casa. La chiamò: «Che stai facendo?». Dalla cucina lei rispose: «La gallina razzola perché il gallo l'ha servita». «Vieni qua da me!» ordinò lui. Quando lei comparve sulla porta, Giulio ridacchiò: «Madonna, che faccia, signora Rosso! Si è data da fare ieri sera tra i botti di Capodanno». Lei si guardò allo specchio: «Ma no, ho il viso di chi ha dormito come una topa».

Si sdraiò sul letto accanto a Giulio, gli prese una mano e la baciò: «Grazie, mi hai fatto su con la tua tenacia di bambino. E io ho deciso di premiarlo, il piccolo testardo. Sei contento di avermi sedotta?». Lui alzò le spalle: «Io un seduttore? Volevo soltanto amarti e mi piace essere amato da te».

Lei rise: «Siccome hai visto che ci sono stata, adesso potrai andartene via con la bocca dolce, fate spesso così voi maschi». Lui protestò: «Ma io non voglio più andarmene dalla tua vita. Ci sono entrato e ci rimarrò per sempre».

Wanda si fece assorta: «Non ti sarà facile. La mia vita è molto complicata». «Pensi a Cucchi?». «Lasciamolo stare, non è a lui che penso». «E a chi allora?». «A nessuno», bisbigliò lei, distrattamente. «A qualche altro amante?» domandò Giulio. Lei scosse il capo ridendo: «Non ho altri amanti oltre a te, che sei in carica da poche ore. E poi Cucchi non è più il mio uomo da un sacco di tempo, te l'ho già spiegato». «Quando lo era, l'hai tradito molte volte?». Wanda fece l'offesa: «Per chi mi hai preso? Per una ninfomane? Semmai, sono sempre stata l'opposto, quasi frigida».

«Non mi sei sembrata così ieri sera, per niente!». «Certo, tu stai dentro la mia vita da così tanti anni. Ecco, se ho tradito qualcuno, ho tradito te». «E con chi?» domandò lui, stupito. «Con il signor Bruno, te lo ricordi? È stato lui il mio primo uomo».

«Ma dai, non raccontarla!» sbottò Giulio, incredulo. Poi si lasciò scappare: «Questo è il Capodanno delle novità. Ieri la storia del ragazzo ebreo con i capelli rossi, oggi il signor Bruno». Però Wanda non si stizzì, era troppo felice. Replicò, tenera: «Dobbiamo conoscerci, no? E io ti racconto un altro dei miei segreti. Era quello che volevi, mi pare».

«Da piccola ce l'avevo in ghignone il signor Bruno», cominciò Wanda. «Lo chiamavo il Mostro del Cortile, non mi piaceva perché era troppo cerimonioso con la mamma, le campava gli occhi addosso e io ce l'avevo amara con lui. Le linguacce della ringhiera lo giudicavano un pistapauta, uno che non combina niente. Ricordo che tua madre diceva: quello lì ha fatto il partigiano comunista, sparando senza risparmio? Non ci credo neanche se me lo giura il compagno Togliatti! Per di più, ma questo tu lo sai, siccome viveva solo e non l'avevano mai visto con una donna, si era fatto pure la fama della mezzafemmina. Un giorno del 1971, eravamo ai primi di giugno, sono tornata nella tua città, venivo da Pavia dove studiavo e avevo bisogno di un certificato dell'anagrafe. Sono andata in municipio e dietro lo sportello ho trovato il signor Bruno, non mi ricordavo che facesse l'impiegato comunale. Lui mi ha riconosciuto subito: che piacere ritrovarla, signorina

Wanda, peccato che lei sia partita, era il raggio di sole del nostro cortile!».

«Roba da 'Bolero Film'», ridacchiò Giulio. Lei lo redarguì: «Non fare commenti scemi, altrimenti smetto. Era mezzogiorno e il signor Bruno mi ha detto: posso invitarla a colazione? Perché no?, ho risposto. Mi ha portato in una trattoria dell'Oltreponte e alla fine del pranzo ha chiesto: le piacerebbe rivedere la casa e il cortile? Ci siamo andati, stava al pianterreno in un alloggio piccolo, quasi una carbona, uno scannatoio: una cucinetta, un bagno e una stanza che faceva da tinello e da camera da letto, tutto ordinatissimo, tutto tirato a lucido. Mentre preparava il caffè, gli ho chiesto, un po' da sciocca: lei sa che cosa diceva il cortile sul suo conto quando abitavo qui? E lui: dicevano che sono un giacofumna e che mi piacciono i maschietti?, lo so, ma non è vero, signorina Wanda. Io sono arrossita e ho balbettato, ancora più scema: devo crederle o no? Vuole provare?, mi ha proposto lui, così, senza preamboli. Con un filo di voce gli ho risposto: va bene, proviamo, però io non sono mai stata con nessuno. Il signor Bruno mi ha rassicurato: non abbia paura, so come fare».

«E com'è stato?» domandò Giulio, sentendosi a disagio. «È stato bravo, un amante cauto e pieno di rispetto. All'inizio non ho provato niente di speciale, soltanto un po' di dolore e basta. Poi mi ha invitato a ripetere la cosa e allora ho goduto, molto. Ormai era quasi sera, dovevo tornare a Pavia. Lui ha insistito perché mi fermassi a dormire, però non mi ha convinto. Era come ubriaco di gioia e mi ha chiesto di rivedermi. Gli ho risposto di no e me ne sono andata». «Vi siete incontrati di nuovo?» mugugnò lui. Wanda rise: «Fai domande da fidanzato geloso. No, la storia è finita lì, una cosa senza importanza nella mia vita».

«E tuttavia lui è stato il primo. Perché?» indagò Giulio. Lei divenne pensierosa: «Avevo già saputo di quel mio padre sconosciuto, il ragazzo rosso. Dopo il racconto della mamma, mi sono domandata mille volte in che modo poteva essere cambiato negli anni, quale faccia doveva avere da adulto, com'erano i suoi occhi, le sue mani, il suo corpo, i suoi gesti. Ho immaginato un uomo alto, divenuto massiccio, lo sguardo buono, le mani forti, i modi rassicuranti, la voce profonda. Fantasie, e basta. Quel giorno, davanti allo sportello dell'anagrafe, il signor Bruno mi è sembrato abbastanza uguale al fantasma di mio padre. E ho deciso, lì, in quel momento, che se lui si fosse fatto avanti avrei risposto di sì, ci sarei andata a letto senza esitare. Perché?, mi hai domandato tu. Ci ho riflettuto molto e sono arrivata a questa spiegazione, che però non so quanto sia vera: in quel momento lui era mio padre, e io gli ho concesso di amarmi, ma per una volta sola; poi l'ho mandato a quel paese, non mi sono più fatta vedere, lui sarà impazzito di rabbia, e io l'avrò punito per essere scomparso dalla mia vita prima ancora che nascessi. Ti sembra complicato? Eppure ho ritrovato questo stato d'animo in un libro di Anaïs Nin, 'Incesto', lo conosci?». «No», confessò Giulio. Wanda sorrise: «Ci avrei giurato, non è il tuo genere di letture. Su consiglio dell'analista Anaïs seduce il padre, ci va a letto per poi piantarlo in asso, e in questo modo si vendica di essere stata abbandonata da bambina».

«E come ti sei sentita, dopo?» chiese Giulio. «Anche questo l'ho trovato descritto nel libro della Nin, però non vorrei dirtelo». «E dai, a questo punto la storia va raccontata sino in fondo», la incitò lui. «Mi sono sentita come una puttana, che si dà al primo venuto per una ragione che non è l'amore. E in seguito rimane piena di rabbia, di amarezza, di disprezzo verso se stessa e nei confronti dell'altro».

«Ho freddo», annunciò Wanda. «Fammi venire sotto le coperte con te». Si baciarono e si amarono con calma, per la prima volta in quello che sarebbe stato il loro anno fatale. Alla fine, Giulio domandò: «Hai avuto molte esperienze dopo il signor Bruno?». Lei lo prese in giro: «Sentilo, il gelosone, l'insicuro! Che cosa intendi per esperienze: grandi amori, fidanzati, incontri occasionali?».

Lui s'impappinò: «Faccia lei, signora Rosso». Wanda gli accarezzò il viso: «Dopo il signor Bruno, ho conosciuto Cucchi e nessun altro. Adesso mi sono imbattuta in te. Tutto qui. Non sono roba pastrugnata. Tanto che per parecchio tempo ho dovuto giustificare il mio zitellaggio: come mai non ti sposi?, perché non fai un figlio?, ti piace davvero vivere da sola? Ero stufa di sentirmi bombardare dagli indiscreti. Anche perché non sapevo come rispondere».

«Adesso potrai dire che stai con me», concluse Giulio. «Dio, che Narciso il mio bambino della ringhiera!» rise Wanda. Poi lo ammonì: «No, io non voglio dirlo. Anche tu cerca di non suonare le campane. Del resto, mi piacerà o no stare con te? Qualche volta ti guardo come un figlio, anche se ho soltanto un anno in più. Ma spesso sento che ho bisogno di un padre. Sono ancora la figlia di un uomo che per me non è mai esistito? O una donna è sempre la figlia di tutti i maschi che ama?».

«Sono domande troppo difficili per un piccolo giornalista come me», sospirò Giulio. Lei lo baciò sugli occhi: «E allora non proportele. Pensa a essere come io ti voglio. Ma se deciderò che tu sia anche mio padre, ti prego, Giulio, sii un padre indulgente».

«Puoi restare a Siena qualche giorno?» gli domandò Wanda più tardi. «Se il tempo tiene, vorrei portarti sulle Crete». «Per ora c'è la nebbia, non si vede la cima della Torre del Mangia», obiettò Giulio. «Abbi fiducia, tua nonna diceva: nebia basa, bel temp a lasa. Tra poco vedrai il sole».

Difatti il sole arrivò, in un azzurro che sembrava tutto nuovo, comprato apposta per il primo dell'anno, e, insieme, una sorrezzana!, un'aria asciutta e freddissima, da battere le brochette. Uscirono in auto da Porta Romana, passarono i Due Ponti e da Taverne d'Arbia si diressero verso Asciano, lungo la vecchia via Lauretana, una biscia chiara che percorreva sinuosa il dorso di un animale enorme, dalla morbida pelliccia: le Crete.

All'inizio, la campagna era sembrata a Giulio spaurita, nuda e un po' squallida sotto quel vento impiccatoio che torceva le ossa. Ma le Crete no. Le Crete si spalancarono davanti a loro immense e segrete, come un deserto lunare ancora da esplorare. Non erano colline, bensì un mare in burrasca pietrificato per sempre, fatto di terra, di cenere, di alberi isolati, una quercia camporaiola, un cipresso nero, un olmo, ritti sopra le alture e uguali a sentinelle su di un confine. Le rare case, in apparenza costruite di terriccio rosso, sembravano battelli incagliati sulle cime e prossimi al naufragio. I cretti, spaccature profonde, comunicavano con gli inferi o con un altro mondo identico a quello terrestre, ma rovesciato. E infine le biancane: cupole argillose o mammellone cretacee pronte a sgretolarsi, e a dissolvere la propria forma in una nube polverosa dal colore nefando, quello delle ossa dei morti sbriciolate dal tempo.

A Wanda e a Giulio le Crete apparvero un pianeta a sé, denudato, calcinoso e avaro, un regno della solitudine che incuteva paura e, insieme, colmava l'anima di una bellezza mai immaginata. Le videro mutare di ora in ora, in un arco di colori che svariava dal bianco al verde, al grigio, al rosso, al ruggine. I dorsali arati si mostravano spartiti da linee innaturali, tracciate con un gigantesco compasso da un dio meticoloso. Invece, i fianchi seminati a grano si presentavano come un tappeto continuo dal pelo cortissimo, di un verde così giovane che feriva lo sguardo. Le strade di terra bianca avanzavano a zig-zag per meglio penetrare in quel mistero d'argilla, violandolo con delicatezza.

Incontrarono anche pozze d'acqua di un azzurro intenso, frequentate dagli aironi cinerini e da stormi di gabbiani, arrivati sin lì da un mare lontano, o forse dalla Maremma, il paese dei buzziverdi, dei marcioni, dicevano sprezzanti quelli di Siena. Videro poi dei caprioli, degli istrici, una volpe, qualche riccio e un falco. E naturalmente delle greggi immote, da lontano le pecore erano piccole pietre bianche.

Giulio volle percorrere una per una tutte le strade di cresta che gli vennero incontro nei giorni della loro esplorazione. Calpestandole, sentì la forza che emanava dalle lame di terra in corsa verso la quercia o l'olmo che le attendevano al centro del deserto. A volte le case coloniche, già avvistate come una mèta all'inizio del percorso e subito perse di vista in quel saliscendi da montagne russe, ricomparivano di colpo, quasi emergessero da un'alluvione. Erano regge compatte e solitarie, oppure chiese altere in attesa di fedeli che non sarebbero arrivati più. Avevano piccole finestre chiuse, feritoie pronte per rintuzzare un assalto. Nella corte deserta si agitava furioso un cane da guardia incatenato. Attorno vagava un profumo di pane, di legna, di letame. E dappertutto un silenzio intatto, e nessuno, nessuno, nessuno.

Il primo giorno lasciarono l'auto sulla Lauretana all'inizio di una strada bianca, tra due file di cipressetti, che conduceva a un poggio chiamato della Leonina. Di qui camminarono in direzione di Mucigliani, per affacciarsi su quel mondo ancora sconosciuto a Giulio. Quando si trovarono al centro di un piccolo pianoro circondato soltanto dall'aria, Wanda corse in avanti sino a raggiungere uno strano monumentino in pietra grigia, fatto di un sedile da regina barbara e di un sepolcro istoriato con simboli indecifrabili. Si sedette sul tronetto e perlustrò, soddisfatta, il pianeta irreale che dominava. Poi bisbigliò a Giulio: «Ricordatelo: quando morirò, dovrai farmi cremare, quindi verrai qui, proprio dove siamo ora, e disperderai le mie ceneri nel vento delle Crete».

«Ma che brutti pensieri hai!» la strapazzò lui, con allegria. «La notte di Capodanno con me non deve averti fatto bene. Pazienza, me ne tornerò a Roma». Si fece inseguire da Wanda lungo la strada bisciosa, poi ripresero l'auto e si diressero verso Asciano. Prima del ponte sul fiume Ombrone, il ponte del Garbo, caddero dentro una coltre di vapori nebbiosi, una vera fata morgana che saliva dal vallone di destra. «Dobbiamo entrare in Asciano?» domandò Giulio. Lei fece di no con la testa, aveva un'aria da mocciosa molto sicura dei suoi piani: «Asciano è bellissima, ma la conosco già. E poi non voglio incontrare anima viva. Dai, troviamoci un'altra creta deserta».

Nel camminare dentro un nuovo tratto di luna, Wanda chiese a Giulio: «Che cosa faresti se diventassi ricco di colpo?». «Ricco come?» esclamò lui, sorpreso. «Ricco ricco, un vero miliardario». «Che domanda scema, non me l'aspettavo da te!» la rimproverò Giulio. Ma Wanda non lasciò la presa: «Voglio che mi risponda. Smetteresti di fare il giornalista? Vorresti vivere sempre in Italia o ti piacerebbe andartene all'estero, in Svizzera, per esempio, o in Canada? E potresti dedicarti a una persona che non conosci, ma che si farebbe presto voler bene da te?».

Lui l'afferrò, poi, fingendo di sculacciarla, ma in realtà la pastrugnava con intenzioni persino troppo scoperte, le soffiò sul viso: «Basta con i quiz! Io non diventerò mai ricco. Neppure i giornalisti disonesti ci riescono, contiamo così poco. E poi ho già trovato una persona che non conoscevo, la Wanda di quarant'anni, e ho cominciato prestissimo a volerle bene».

La sera andarono a cena all'Osteria Le Logge, in via del Porrione. Wanda presentò Giulio ai proprietari: Gianni, un giovane fauno barbuto, e Laura, una ragazza sarda dai dolcissimi occhi scuri. «Anche se tornerai a Siena senza di me, promettimi che verrai sempre da loro», gli intimò Wanda.

Era un luogo che dava pace, Le Logge, e ti faceva sentire in una casa antica, dentro la sala dai grandi scaffali vetrati. Mentre cenavano, Giulio disse: «Sulle Crete ho confessato di volerti bene. Ma tu non mi hai detto nulla di quello che provi per me: sono rimasto all'annuncio che ti stavi preparando a innamorarti». Lei lo guardò, aveva un sorriso intimidito, poi ammise:

«Anch'io ho scoperto che ti amo. Soprattutto perché sei buono, molto buono. Sei una goccia d'oro! Lo eri da piccolo, sulla ringhiera, e sei rimasto così. Sono pochi i maschi come te. E io sono stata tanto fortunata da incontrarti di nuovo».

«Mi ami soltanto perché sono buono?» chiese Giulio, fingendosi deluso. «Ah, il signore non è soddisfatto!» esclamò Wanda. Gli sorrise: «C'è un'altra ragione, volevo dirtela da un po' di tempo, ma per trovare il coraggio dovevo passare per la notte di Capodanno. Ti amo perché, da quando ti ho rivisto, ho scoperto che la felicità esiste. All'inizio è stata la felicità di aspettare che tu ti dichiarassi, ne ero così sicura! Poi quella di attendere il tuo ritorno dopo che avevi deciso di startene lontano per un po'. Oggi è la felicità di averti per me. Prima di rivederti a Bari, non credevo all'esistenza della felicità. Tu non te ne sei accorto, però mi hai preso per gli stracci e mi hai salvata».

«Da che cosa?» domandò Giulio, ansioso. «Da una tetraggine che non riuscivo più a contrastare. Facevo una vita insulsa, in un mondo che non sentivo più mio, arido, privo di speranze, di ardore, di passione. Poi sei arrivato tu e hai colorato le mie giornate».

Ritornarono sulle Crete a ogni levar del sole. Una mattina si diressero verso San Martino in Grania. La strada sterrata era di colore rosa, Siena si distendeva sull'orizzonte, alla loro destra, un'apparizione lontana, l'esito di una magia. Incontrarono un microscopico cimitero abbandonato, poi il podere San Guido, una fattoria splendente come una villa di signori e ordinata quanto una fabbrica. I proprietari li salutarono da vecchi amici, anche perché Giulio l'avevano visto qualche volta alla tivù. Gli fecero visitare la casa: nella cucina immensa, dominata da un camino smisurato, offrirono pan co' santi e vinsanto. C'era anche un piccolo laboratorio, dove i maschi di casa, nelle ore di riposo, costruivano solide sedie di ulivo. Giulio volle acquistarne due per il Governo Vecchio, andarono sulla Lauretana a prendere l'auto e le caricarono, poi ricominciarono a camminare verso San Martino in Grania, lungo una strada accompagnata da un uliveto giovane e da un fitto bosco di querce.

A una curva scorsero, all'improvviso, una casa colonica adagiata sopra un'altura. Sulla carta che Giulio si era portato, lessero: podere Lugnano. A sorvegliarlo stavano due cipressi e un olmo. Ma si trattava di una guardia inutile, poiché il podere era abbandonato. Un luogo bellissimo e morto. Sopra la scala d'accesso al piccolo loggiato era cresciuto un gran ciliegio selvatico. I mattoni li aveva mangiati il salnitro. Le finestre erano buchi neri. Tra le tegole dominava dell'erbaccia secca. Sul retro si reggeva in bilico il casottino del pozzo, gonfio di acqua ferma e verdastra. Soltanto il paesaggio circostante viveva nella sua muta grandezza: un mare di creta, una striscia di biancane e poi Siena, da poterla toccare.

Wanda ispezionò con cura il perimetro del podere, poi sospirò: «Vorrei comprare una casa come questa, isolata al centro delle Crete, farla restaurare e poi ritirarmi qui, senza vedere più nessuno». «Neppure me?» domandò Giulio. Lei gli accarezzò il viso: «Tu verresti con la tua tata, piccolo bambino. E io ti terrei per sempre. A una condizione, però». «Quale?». «Che tu fossi capace di sopportare un'altra presenza». «E di chi?» indagò lui, di colpo inquieto. Wanda lo scrutò con un sorriso incerto, quindi sbuffò: «Sto immaginando delle meravigliose follie. E dunque non ti dirò nulla».

«A questo punto non puoi tacere!» protestò Giulio. «Ieri mi hai chiesto se avrei saputo dedicarmi a una persona che non conosco, ma che si farebbe presto voler bene da me. Parli per enigmi e mi metti un po' di paura». Lei rise: «Sei il solito precisini, ricordi tutto e strologhi su tutto. Ma spesso la gente parla per parlare. Anch'io butto lì tante cose strambe che non hanno significato».

Giulio stava tentando di salire sulla scala, però il ciliegio selvatico e i rovi che gli erano cresciuti intorno sembravano decisi a impedire l'intrusione. Senza voltarsi a guardare Wanda, lui disse: «Non mi convinci. Oltre tutto, stanotte ho fatto un sogno strano». «Allora scendi da quella scala che sta per crollare e raccontalo».

Si sedettero accanto al pozzo, lo sguardo rivolto a Siena. Wanda si slacciò il montgomery giallo: «Adesso non fa più freddo, c'è un bel solicino e mi piace stare con te a solinare in questo posto. Avanti, sentiamo il sogno». Giulio l'avvertì: «Non ti piacerà molto, forse. Era di pomeriggio, tu eri uscita per fare delle compere, io ti aspettavo nella casa di via San Martino. Qualcuno ha bussato alla porta e sono andato ad aprire. Di fronte a me c'era un giovane sui vent'anni, alto, magro, dai capelli rossi, la pelle bianca coperta di lentiggini. Vestiva una casacca da deportato con la stella gialla degli ebrei. Ha detto: 'Sono Ferruccio, il padre di Wanda. Alla sinagoga mi hanno avvisato che mia figlia era qua e sono corso a salutarla. Ci vediamo ogni volta che Wanda viene a Siena e lei è così felice di incontrarmi. Ma adesso non voglio più vivere lontano da lei. Non si lasci ingannare dal mio aspetto, dottor Guala: io sono vecchio e malato. Ho bisogno che qualcuno mi assista, Wanda è mia figlia ed è anche l'unica parente che mi sia rimasta, dovrà provvedere lei a me'. Io sono stato ad ascoltarlo prima irritato, poi rabbioso. Gli ho gridato: 'Lei non ha nessun diritto su Wanda; quando ha saputo che stava per nascere, ha pensato bene di tagliare la corda'. Ma il ragazzo mi ha ribattuto, con calma: 'Non è informato, dottor Guala, le cose non sono andate così. Sono state Wanda e sua madre Giusy a rifiutarmi e mi hanno cancellato dalla loro vita. Soltanto dopo la morte di Giusy, Wanda mi ha cercato e da allora ci incontriamo a Siena, perché io abito in una stanzuccia sul retro della sinagoga, sono povero e, come vede, non posso neppure acquistarmi un vestito. Ecco perché indosso ancora la vecchia casacca che mi avevano dato ad Auschwitz'...».

«Questo è il sogno che ho fatto», concluse Giulio. Si voltò a guardare Wanda. Era smorta e osservava con ostinazione il mare delle Crete. «Che cosa ne pensi?» le domandò. Dopo qualche istante, lei si riscosse e rispose, con una voce piena di fatica: «Penso che il fantasma di mio padre rappresenti la tua insicurezza e anche la tua gelosia. Hai paura che nella mia vita esista qualcuno di cui non sai nulla e che potrebbe portarmi via da te. Mi sto sbagliando?».

«No, non ti sbagli», riconobbe Giulio. «C'è qualcosa di te che non afferro e che mi spaventa. È quello che chiamo il mistero, tu lo sai perché ne abbiamo già parlato. All'inizio ho pensato che riguardasse te e Cucchi, ma non ero riuscito a costruirgli un volto. Adesso, dopo la visita al ghetto di Siena e il racconto sul ragazzo ebreo, sono tentato di rivestirlo con la figura di tuo padre. Me lo suggerisce il sogno. E se devo dargli retta, sono obbligato a concludere che questo padre sconosciuto è vivo, che tu lo incontri, che la storia non è quella che mi hai offerto al Bistrot, qualche sera fa».

Wanda s'infuriò. Con un colpo di gomito, costrinse Giulio a cadere supino, poi gli fu sopra in un baleno, si chinò sul suo viso e gli parlò con calma fredda: «Ti voglio bene, e proprio per questo non posso sentirti infilare tante sciocchezze una dopo l'altra. Non ho mai visto mio padre, non so se sia morto o vivo, lui non rappresenta niente nella mia vita, e un giorno lo capirai. Ho sbagliato a confessarti da chi sono nata, dovevo restare la figlia della signora Giusy e basta. Però tu devi metterti il cuore in pace: non esiste nulla che possa allontanarmi da te, a parte la morte, naturalmente. Hai capito, tontolini?». Lo baciò con furia, poi si alzò di scatto: «Andiamocene di qui. Giuro che non ti porterò mai più sulle Crete».

Ma Wanda non fu capace di tener fede al giuramento fatto sulla terra del podere Lugnano. Ogni mattina, il mare pietrificato li chiamava, li pretendeva per sé, li adescava con le sue forme irreali, le luci cangianti, il silenzio. Ritornavano a Siena verso la metà del pomeriggio, prima che scendesse il buio. La lucentezza del cielo ancora respingeva l'oscurità della sera. Davanti al terrazzino la città brillava di colori diversi: rosso, marrone, viola cenere. Una volta la scoprirono tutta rosa. E quel rosa durò a lungo, ben dopo la comparsa delle prime stelle.

«La vedi? Quella è la Via Lattea», spiegò Giulio. «Ne sei sicuro?» domandò Wanda, scettica. «Da ragazzino le sparavi sempre grosse». «Certo che ne sono sicuro, ignorantona. La chiamavano anche la strada di San Giacomo, perché indicava ai pellegrini il percorso per il santuario di San Giacomo di Galizia. Te lo rammenti l'indovinello di mia nonna? C'è una roba lunga e lungagna, che dura fino alla Spagna!».

Wanda si voltò a osservarlo: «Ma tu rincorri me o i tuoi ricordi di bambino?». «Spiegati meglio», fece Giulio, per prendere tempo. Paziente, lei ripresentò la domanda: «Ti sei innamorato di me come sono oggi o di un fantasma venuto dalla tua infanzia?». Lui sorrise, sfrontato: «Signora Rosso, oggi lei è assolutamente uguale ai miei sogni di fanciullo».

Lei finse di picchiarlo: «Sei una testa quadra e anche un incosciente, perché non hai paura che la minestra riscaldata sappia di fumo». Giulio replicò: «E lei che cosa trova di buono in me?». Wanda rispose, sicura: «La certezza che tu sarai un amante perfetto, dotato delle tre qualità che lo distinguono. Cominciano tutte con la lettera esse e sono facili da tenere a mente: solo, sollecito, segreto».

L'indomani decisero di ripartire. Ma Wanda volle fare un'ultima camminata sulle Crete. Andarono alle Ville di Corsano e di lì si tuffarono dentro il mare immoto. Mentre scendevano verso una sfilata di biancane, lei s'intristì: «Non ho nessuna voglia di tornare a Roma. Temo che mi aspetti la fine di un mondo».

Wanda tacque di colpo e si sedette sulla strada di terra. Giulio fece per sollevarla e si accorse che piangeva. La rimise in piedi e la strinse a sé: «Perché piangi di nuovo, padrona?». Lei farfugliò: «Non chiamarmi così, che non sono padrona di niente. Piango perché sento che ho avuto le mie ultime vacanze felici. Non ne avrò più di tanto belle. E forse non avrò neppure un altro Capodanno con te».

«Esagerata!» esclamò Giulio. «Adesso assomigli a me quand'ero piccolo. Ogni volta che mi capitava una cosa buona, facevo il piangina e mi lamentavo uguale: che peccato, non mi succederà più! Ma tu non sei mai stata una piangina».

Wanda lo guardò disperata e non disse niente.

Parte terza

La paura

Quando si lasciarono a Roma, Wanda raccomandò a Giulio: «Adesso che stiamo insieme non mettere fuori la bandiera e non far suonare il campanone». Lui incrociò le dita: «Non dirò niente. Sarò il muto dal laccio al collo». «Posso contarci?» lo squadrò lei, sorniona. «Spero che tu non sia uguale a certi tuoi amici, segreti come il tuono e abituati a strombazzare i loro affari di cuore. Con le storie di prima sei mai stato uno spampanone?» indagò Wanda. «No, mai», giurò lui. «Bene, seguita così. Perché se al partito sanno di me e di te, mi danno una pettinata che non la scordo più!».

Difatti, di lì a qualche giorno, Wanda raccontò d'essere inciampata in una caccona di bue. Era andata negli uffici del Segretario per consegnargli una relazione di Cucchi su chissà che cosa. E mentre ne usciva, si era imbattuta nel Corvo. Il bastardo aveva occhi avvelenati e un sorriso che mordeva. «Come stai, meravigliosa rossa?» le domandò. E lei, secca: «Quando non ti vedo, sto meglio». Il Corvo rise, mettendo in mostra denti che erano pugnali: «Sei affabile, ti meriti un caffè». Wanda dovette accettare.

Attraversarono corso Vittorio, verso il solito bar.

Lui buttò lì, mellifluo: «So che frequenti sempre il tuo compagnuccio d'infanzia». «Non sono storie che ti riguardino», si difese lei. Il Corvo emise il soffio del tigre pronto ad assalire: «Non mi riguarderebbero se Guala non fosse il maiale che è. Ormai scrive soltanto per attaccarci, secondo lui noi siamo la banda di ladroni che ha rovinato l'Italia. I suoi amici comunisti no, loro sono dei gigli, la salvezza della gente onesta. E noi, invece, tutti dannati all'inferno. Ecco chi frequenti. Non ti direi niente se tu non lavorassi per quel moribondo di Cucchi. Per di più, tu sai che sta finendo l'ultimo giro...». Wanda s'impaurì e il timore la rese nervosa. Così si congedò di colpo, con asprezza: «Vai a cantare in un altro cortile, Corvo. E non osare più offrirmi un caffè».

Giulio l'ascoltò pensieroso, poi si decise a rivelarle l'incontro con Cucchi al Forte Belvedere. Quand'ebbe finito, Wanda mormorò, quasi stizzita: «In pratica mi ha affidata a te. Da uomo a uomo: la difesa della donna tocca sempre a voi maschi, siamo alle solite!». Ma lui la incalzò: «Perché ha questa paura per te?». Lei scosse il capo, con una mossa stanca: «Non lo so, forse perché conosce molto meglio di noi certe iene che si aggirano nei partiti». «Ha parlato addirittura di grave pericolo», osservò Giulio. Sconcertata, lei sussurrò: «Di questo non so dirti niente».

Si guardarono in silenzio, poi lui le presentò la domanda che aveva nel cuore da tempo: «Come mai Cucchi è così attaccato a te? Che cosa c'è tra voi due?». Ma Wanda fu lesta a sorridergli: «Lavoro per lui da più di dieci anni, sono diventata una di casa. Ecco il motivo per cui si preoccupa. Non esiste nient'altro».

Fu l'inverno della loro felicità. Si vedevano tutte le sere da Giulio, in via Emilia, una parallela di via Veneto, proprio accanto a un cinema che amavano frequentare, il Rivoli, e soprattutto lontano da quello che Wanda chiamava il triangolo dei briganti, tra Montecitorio, il Senato e corso Vittorio, l'area più frequentata dai politici. Se dopo l'amore lei decideva di dormire con lui, allora andavano al Governo Vecchio, perché, a causa di qualche ragione misteriosa, Wanda desiderava essere sempre rintracciabile a casa.

«Mi piace addormentarmi nel buio accanto a te», diceva lei, «e sentire che ci sei, sfiorandoti un braccio o una gamba». «Anch'io da bambino sognavo di scivolare nel sonno con te, sotto le coperte». «Ah, senti, senti, non ti facevo così ardito. E che cosa immaginavi?». «Niente, soltanto di stare là sotto, in tua compagnia, come in un minuscolo sommergibile. Ma la signora Giusy non mi ha mai fatto questo regalo».

Una sera Wanda ripercorse l'inizio della loro storia: «Dopo che ci siamo rivisti a Bari, mi hai taroccato tu, però io ero scettica. E siccome ricordavo i nostri anni sulla ringhiera come una storia d'amore, sia pure non dichiarata, mi domandavo: è possibile vivere due volte la stessa passione, prima da bambini e poi da adulti? Ma tu, a forza di corrermi dietro, mi hai fatto innamorare come una gatta e adesso è il mio turno: mi sono presa un'imbarcata per te, mio bel ragazzo di Corte d'Appello! Mi piaci perché sei delicato e non pretenzioso, hai un modo di fare dolce e stai imparando a non avere fretta nei momenti dell'amore. Sai attendere, hai pazienza con il mio corpo, le tue dita lunghe sanno sfiorarmi dove mi aspetto. Hai anche un odore così buono che mi fa andare in oca!». «Odore di che?» domandò lui, sorpreso. E Wanda, con semplicità: «Odore di te. E poi noi due ci assomigliamo come noci», concluse lei. «Non mi pare proprio», ribatté Giulio. «Ma sì, che siamo due gemelli!» rise Wanda. «Siamo romantici e ricordatori folli, tanto che viviamo ancora nel cortile della nostra infanzia».

A volte era lei a interrogare Giulio: «Riprendiamo il discorso di quella volta al Governo Vecchio. Dimmi che cosa ti piace di me». Lui cominciava, un po' incerto: «Le labbra». «E poi?». «Poi non so». Lei si fingeva impermalita: «Non mi va di sentirti dire: non so. Devi fare un elenco preciso, con le priorità», ordinava, cercando di non ridere. «Allora riprovo: le labbra, lo sguardo, la voce, il modo di camminare...». Lei lo interrompeva: «Tutte robe da maschio. Se io fossi un uomo, potresti presentarmi lo stesso elenco». «E va bene, ricomincio: la tua cosa quando mi avverte di avere voglia». «Porcellone!, vergognati». «E poi la tua voce rauca, a volte maschile: non so perché, però mi eccita». Lei gli puntava contro l'indice: «Guardati dalla gallina che canta da gallo!». «E soprattutto mi attrae il tuo mistero». «Ah, siamo alle solite», sbuffava lei.

Giulio la osservava di continuo, con un'attenzione che non scemava mai: «Mi sembri più bella dopo che abbiamo fatto l'amore. Sei stanca, hai il viso segnato, i due tagli sulle guance si vedono molto, eppure sei trasfigurata e hai occhi da ragazza. E poi c'è una faccenda strana: più ti guardo e più mi pari l'impasto di due donne molto diverse».

«Quali?» s'incuriosiva lei. «Non oso dirtelo». «E dillo, tontolini!». «Tua madre e mia madre, quand'erano giovani. Hai il piglio aggressivo, persino un po' duro, della signora Giusy e il corpo placido della signora Luisa». Wanda rideva: «Sei un concentrato di complessi infantili. Daresti da lavorare a tre analisti». «Può darsi, però mi piacerebbe che tu, per una volta, ti vestissi come una signora anni Cinquanta, quando tu e io siamo nati». «Perché?» fece lei, stupita. «Non lo so, ma penso che saresti ancora più eccitante». Lei lo mandò a quel paese.

Ma qualche sera dopo Wanda si presentò in via Emilia abbigliata nella maniera che lui aveva chiesto. Indossava un abito dal corpetto attillato e dalla gonna lunga al polpaccio, una sottoveste al ginocchio color pesca, un corsetto intero rosa, calze di nylon color carne e scarpe dal tacco a spillo. Giulio ammutolì. Lei si svestì con lentezza, mormorandogli sorniona: «Deciditi, con chi fai l'amore stasera? Con Giusy o con Luisa?».

Vivevano insieme la loro seconda giornata, quella che s'inizia dopo il lavoro. Wanda gli confessò: «Sono infelice quando non posso restare sola con te. Vorrei passare i tre giorni della merla, i più freddi dell'anno, chiusa al Governo Vecchio in tua compagnia. Insomma, tu non mi basti mai!». E ogni volta lo assaliva, lo spogliava con decisione meticolosa e poi s'impossessava di lui, come se fossero al loro ultimo incontro.

Una sera Giulio le domandò: «Hai detto a Cucchi di noi due?». Lei si rabbuiò: «No. Ma non avevo l'obbligo di farlo. Ti ho già spiegato che fra lui e me è finito tutto, e da molto tempo. Stai tranquillo, non gli facciamo portare nessun moccolo. Penso però che Cucchi abbia capito che cos'è accaduto tra noi. Ho ricostruito le date: dopo il vostro incontro a Firenze, non parla più di te. È come se ti avesse cancellato. Forse si è pentito di essersi confessato in quel modo».

Poi, con asprezza insolita, Wanda aggiunse: «Ormai Cucchi è un cadavere che cammina, e si sente sul ciglio del baratro. Tutto il giro del Segretario lo considera un appestato, da liquidare al più presto. Se fossi una donna senza cuore, dovrei smettere di lavorare per lui e lasciare le Coppelle domani mattina. Ma non posso».

«Perché non puoi? Chi te lo proibisce?» la interrogò Giulio. Wanda farfugliò: «Sto da così tanto tempo nel suo ufficio che non sarei capace di andarmene da un giorno all'altro, e proprio adesso. E poi che lavoro farei per mantenermi?». Per la prima volta, Giulio azzardò: «Lascia tutto e vieni a vivere con me, io sono in grado di prendermi cura di te».

Lei gli accarezzò il viso, intenerita: «Sono abituata a una vita diversa. Non riesco a vedermi nei panni della casalinga». Wanda scoppiò a ridere. «Perché ridi?» domandò lui, un filino indispettito. Lei alzò le spalle: «Non badarci. Mi stavo immaginando mentre aspetto il tuo rientro dal giornale, e intanto preparo la cena, pulisco la casa, faccio la lavatrice, ti aggiorno l'archivio, metto in ordine gli armadi, tolgo la polvere dai libri...». Mimò un brividone di paura: «Brrr!, non farmici pensare, non è un mestiere per me».

La prima domenica del febbraio 1992 il Picconatore sciolse le Camere e annunciò le elezioni per un nuovo Parlamento. Qualche giorno dopo Wanda disse a Giulio: «Domani devo andare a Bologna, fammi un piacere: vieni con me». «Quanto staremo via?». «Una giornata in tutto, però dormiremo lì. Ho un lavoretto da completare». «Che tipo di lavoro?». «Non lo indovini? Una faccenda per il ministro».

Partirono con un Intercity, nella tarda mattinata. Dopo Firenze l'Appennino s'incappucciò di grigio, e quando furono vicino a Bologna il grigiore divenne un nebbione fitto. Dal finestrino Giulio scorgeva i fantasmi dei boschi, dei paesi, dell'autostrada sparire e riapparire in quel mare lattiginoso. Osservò: «Mi ricorda casa nostra, con quei brumoni che vedevamo da bambini. Però la nebbia di allora era molto più pulita». «Tutto allora era più pulito», tagliò corto Wanda.

Alla stazione presero un taxi e lei ordinò: «Al Baglioni, per favore». «Al Baglioni? È bellissimo, ma costa un occhio della testa», si meravigliò lui. «Pagherò io, verdone!» lo rassicurò Wanda. Poi si abbandonò sullo schienale, soddisfatta: «Come sono felice di essere in questa città con te. Non l'avrei mai creduto. Tu non sai che cosa significhi Bologna per me...». «Lo immagino, sei stata qui un bel po' di anni, quando eri molto giovane e per un lavoro che ti piaceva». Lei sorrise tra sé: «C'è anche dell'altro, che nella mia vita conta assai di più. Un giorno saprai».

A Bologna la nebbia era una cortina bambagiosa. La città sembrava smangiata da vapori che sapevano di terra umida, di tetti bagnati, di legno che s'inzuppa. Dalla loro camera, che era all'ultimo piano e dava su via dell'Indipendenza, non riuscivano ad afferrare i contorni della chiesa di San Pietro che si ergeva di fronte all'hotel. Wanda guardò l'orologio: «Sono le quattro, starò via sino alle otto. Tu aspettami qui o vattene in giro, ma prenota al Battibecco, voglio portarti a mangiare il pesce».

Gli diede un bacio sulla punta del naso e uscì dalla stanza. Giulio s'incantò ad ammirare la figura svelta che si allontanava, avvolta nel cappotto rosso. E fu nell'osservare il cappotto che decise, lì, sull'istante, di seguire Wanda. Senza un perché speciale, soltanto per non perdere di vista quella traccia scarlatta inghiottita dall'ascensore.

Uscita dall'hotel, Wanda cominciò a procedere lungo un percorso che si rivelò subito casuale e tortuoso, quasi che lei sospettasse di essere pedinata e intendesse mettere alla prova il segugio. Percorse l'ultimo tratto di via dell'Indipendenza in direzione di piazza Maggiore, qui puntò sul portico del Pavaglione, per poi tornare, di colpo, verso via Rizzoli. Arrivata alla libreria Feltrinelli sotto le Due Torri, s'inoltrò sotto un'altra infilata di portici, quelli di via Zamboni, superò piazza Rossini, svoltò a sinistra verso via Marsala e di qui passò in via Goito.

Sorpreso da quel ghirigoro, Giulio riuscì a non perdere di vista Wanda. E la vide entrare in un antico palazzo di pietra scura, che aveva sullo zoccolo un'iscrizione in caratteri ebraici e una scritta in latino. Il portone era spalancato e lui, con un'occhiata, ispezionò l'interno: un androne, il gabbiotto della portineria, un cortile circondato su tre lati da un porticato.

Un omettino di mezz'età, dal volto cordiale e con una zimarretta grigia, gli andò incontro: «Buongiorno, cerca qualcuno?». Giulio fu tentato di chiedergli della signora con il cappotto rosso, poi rinunciò: «Volevo soltanto vedere il cortile». «Ma si figuri!, faccia pure», lo invitò il portiere. Lui si guardò intorno, però non scorse nulla di speciale, così salutò e uscì. Sul portone si accorse della pulsantiera di ottone ben lucidato: ventidue campanelli, ma senza un nome, soltanto con il numero degli interni.

Si diresse verso il Baglioni e scoprì che era lì, a cento metri, bastava arrivare in fondo a via Goito e si cadeva subito dentro il fiume di veicoli e di passanti che scorreva impetuoso in via dell'Indipendenza. Salì in camera, si tolse la giacca a vento e si sdraiò sul letto a riflettere.

Pensò, per prima cosa, alla timidezza, o alla vigliaccheria, che l'aveva fermato in quell'androne. Poi si disse che aveva fatto bene ad agire così: gli era già sembrato uno sgarbo a Wanda il pedinamento ridicolo e senza motivo, terminato con l'incursione nel palazzo. Qui era stato bravo ad arrestarsi prima di irrompere in una parte della sua vita che lei non aveva ancora deciso di aprirgli. Infine, sorridendo, concluse: ripeti di continuo che è il mistero di Wanda ad affascinarti, per questo ti sei trattenuto, non volevi sciogliere l'enigma con una scoperta banale, un incarico di lavoro, oppure un affare qualunque che un politico barcollante lascia nelle mani di una persona di fiducia.

Wanda rientrò al Baglioni poco dopo le otto, un po' tesa, come rammaricata di aver interrotto una visita che avrebbe voluto protrarre più a lungo. E poi, ecco la sorpresa!, sembrava delusa del comportamento di Giulio.

«Mi hai seguita e poi ti sei fermato», lo punzecchiò. Lui restò a bocca aperta: «Te ne sei accorta?». Lei sorrise: «Sei come l'ispettore Clouseau, un vero incompetente. Anche un cieco ti avrebbe notato, per questo ti ho fatto fare il giro dell'oca». Giulio sospirò: «Meglio così. Sono arrivato a quel portone, poi non ho avuto il coraggio di continuare. Mi sembrava un'indelicatezza troppo grave».

Lei si tolse il cappotto, si distese sul letto e ordinò a Giulio: «Toccami, per favore». «Adesso?» si meravigliò lui. «Sì, adesso. Tirami su la gonna e levami le mutandine». Lui obbedì e si chinò ad annusarla: sapeva di nebbia e di sudore delicato. La sfiorò appena e constatò: «Hai molto desiderio». Lei sorrise: «Ti stupisci? Sono lontana dall'inferno di Roma, mi sento bene, ti amo. Però non voglio niente di furioso. Baciami soltanto, ma non sulla bocca. Insomma, si dia da fare, dottor Guala, questa gita a Bologna deve meritarsela!».

Dopo andarono al Battibecco. Piazza Maggiore era stata divorata dal nebbione. Il Nettuno faceva da vedetta al limitare di un deserto che ombre compatte avevano conquistato. Mentre cenavano, Wanda domandò: «Mi hai seguito perché pensavi di scoprire qualcosa che ti ho sempre taciuto?». «Sì e no. Più o meno è come dici tu. Ero curioso, al mio solito». «Che cosa ti attendevi di trovare?». «Non lo so, è un problema che non mi sono posto». «E allora come mai non sei entrato nell'androne?». «L'ho fatto. Ho anche incontrato il portinaio, però non ho voluto chiedergli nulla».

Lei sorrise e continuò a provocarlo, con la cocciutaggine della bambina sulla ringhiera: «Potevi dirgli: devo raggiungere la signora col cappotto rosso, a quale interno è salita? Lui te l'avrebbe indicato, di questo sono sicura: hai l'aria troppo perbene, e poi io ti ho visto sul lavoro, interpelli gli altri con una confidenza molto autorevole».

«Uffa, mi sfotti sempre! E a quel punto che cosa sarebbe successo?» indagò Giulio. «Avresti suonato il campanello. Ti sarebbe venuta ad aprire una signora di mezza età. Lei ti avrebbe condotto in un soggiorno borghese. E lì...».

«E lì cosa?» chiese lui, un po' seccato da quel gioco tortuoso quanto il percorso di Wanda. «E lì il mio ragazzo d'oro avrebbe trovato due vecchie amiche che s'incontrano di tanto in tanto, e la signora ti avrebbe invitato a prendere il tè con noi. Ah, dimenticavo: la padrona di casa è una conoscente di Cucchi, dovevo consegnarle i documenti di una pratica complicata che a Roma ho risolto io».

«Tutto qui?» esclamò lui, deluso. Lei rise: «Che cosa ti aspettavi? Il mio incontro con un amante ancora più segreto di Giulio Guala? Una casa per belle di giorno esperte in nomenklatura politica?». Lui la scrutò, poi chiese, testardo: «E quella cosa in più che fa di Bologna una città tanto speciale per te?». Wanda sbuffò: «Non dimentichi nulla. Però la cosa, chiamiamola in questo modo vago, non riguarda la signora di via Goito. Ti ho promesso che un giorno saprai tutto. Tu, per ora, devi accontentarti di questo. Mostra pazienza, è una piccola prova d'amore», lo incitò sorniona.

Ripresero la strada del Baglioni, attraversando abbracciati la landa nebbiosa di piazza Maggiore. A un tratto, Giulio si fermò e tornò a battere sul vecchio tasto: «Nell'androne di via Goito pensavo a un mistero diverso, più grande e complicato. Per questo non ho fatto un passo di più».

«Credevi di scoprire il mio giovane padre ebreo dai capelli rossi, che io ho ritrovato vecchio e ammalato, il fantasma del tuo incubo di Siena?». Le parole di Wanda lo trafissero, piccole lance affilate con perizia feroce e scagliate a tradimento. Giulio reagì come un bambino alle prese con un rimprovero. Balbettò: «Che vai ad almanaccare? Non so dirti che cosa immaginavo. Ma forse non era quello l'enigma che ritenevo di sciogliere in via Goito. Ero soltanto attratto da un mistero indefinibile, mi hanno fermato la paura di scoprirlo e il desiderio di mantenerlo intatto».

«Bene, seguita a comportarti così», concluse lei. «Se vuoi piacermi sempre di più, devi restare com'eri da piccolo: prima azzardoso, poi intimorito di offendermi, quindi preso dall'ansia che io potessi infuriarmi. Grazie per non essere entrato in quel palazzo».

Wanda lo attirò a sé: «Dai, diamo spettacolo con una scena da cartolina: una coppia di quarantenni stagionati che si baciano sotto il Nettuno, appassionatamente!».

Dieci giorni dopo, era la metà di febbraio, a Milano arrestarono un tizio dal nome chiesastico, Antonio Santo. Era un vassallo del partito della Rosa mandato a presiedere uno storico ospizio per vecchi, forse il simbolo più noto della carità ambrosiana. Il Santo venne pizzicato nell'ufficio presidenziale, aveva appena incassato una tangentina di sette milioni, gliela scoprirono in uno dei cassetti della scrivania. Una seconda tangente, anch'essa di freschissimo incasso, però più cospicua, trentasette milioni in contanti, il presidente dell'ospizio riuscì a farla sparire un'istante prima della perquisizione: la gettò nel water personale e così quel malloppo di banconote si dissolse per sempre dentro le fogne di Milano.

Non erano le prime mazzette che il presidente Santo si pappava. Quando la procura della Repubblica, nelle vesti del sostituto procuratore Luigi Di Paolo, cominciò a rovistare dentro i suoi conti in banca, si scoprì che aveva messo da parte almeno una quindicina di miliardi. Questi soldi erano stati intascati dal Santo senza batter ciglio, ovvero senza rimorso alcuno, anzi, con un piacere soddisfatto. Lo precisò lui stesso nell'interrogatorio: «A scanso di equivoci, chiarisco che io ero ben lieto di ricevere tangenti».

La reazione di Wanda meravigliò Giulio. Pensava di scoprirla allarmata: il Santo era del partito di Cucchi e il suo arresto poteva essere il primo d'una serie d'incarceramenti, una catena di sciagure per tutti i capintesta della Rosa, senza distinzione tra amici e avversari del Segretario. Invece la trovò pervasa da una contentezza fredda. «Finalmente il bubbone è scoppiato!» ringhiò lei. «Sino ad oggi l'abbiamo fatta da signori, ma adesso la smorbità è alla frutta, dovremo smetterla di sgavazzare». «Pensi che l'arresto di quel Santo avrà un seguito?» domandò Giulio. Lei annuì, con grande sicurezza: «Lo vedo come in uno specchio: pioveranno nespole per tanti».

«Che cosa dice Cucchi?». «Non ne parla. E fa come se non fosse successo niente», spiegò Wanda. «Non si rende conto che, a torto o a ragione, forse toccherà anche a lui». Ma Giulio aveva la faccia di chi non è mica convinto: «A Firenze, Cucchi mi era sembrato sicuro di finire in bocca ai giudici. Può darsi che oggi abbia cambiato idea. Sarà un politico in disgrazia, però sa cose che noi non sappiamo, e la sua indifferenza forse nasce di qui. E poi è da anni che i magistrati, ogni tanto, pizzicano qualcuno per corruzione, ma la faccenda finisce subito, l'arresto è soltanto una pietra gettata in uno stagno, dopo pochissimo la superficie ritorna compatta».

«Un politico cattolico, uno di quelli onesti, che è stato presidente della Corte costituzionale», seguitò Giulio, «ha detto che la storia cominciata nell'ospizio di Milano sarà la nostra guerra d'Algeria e cambierà faccia all'Italia. Io non ci credo. Il nostro è un paese incapace di redimersi, tutto svanirà in una bolla di sapone, e il magistrato che ha preso il Santo lo manderanno a girare i bastioni con una bici dalle ruote quadre». «Ti sbagli», replicò Wanda pensierosa. «Io sento che è l'inizio della frana. Verrà giù tutto».

La gran parte dei politici diede mostra di ragionare come Giulio. I più menefreghisti si rivelarono proprio quelli della Rosa, gli amici del Santo. Così almeno decisero di presentarsi al pubblico, poiché è possibile che, dietro la maschera di arrogante sicumera, si celasse una fifa blu.

La Sacra Famiglia del Segretario fece spallucce con noncuranza. «È l'eterno ritorno del sempre uguale», sentenziò, ridanciano, il Cognato del leader, una vera autorità politica nella città di Milano. «Siamo alle solite, ogni volta che si apre una campagna elettorale accusano sempre qualcuno dei nostri. E poi perché scandalizzarsi per una tangentina? Sono faccende sempre accadute e che sempre accadranno».

Il Delfino del Segretario, intervistato alla tivù, nella trasmissione di un pungente giornalista dai capelli bianchi abituato a trattare i potenti senza riverenza, predicò come un chierico dal pulpito: «I pochi politici disonesti inquinano l'immagine di tutti noi. Bisogna allontanare dai partiti, a cominciare dal nostro, le tangentomanie e i tangentomani», proprio così li definì, quasi si trattasse di una malattia psichiatrica e di qualche povero matto.

Anche il Segretario, sulle prime, minimizzò: «Quel Santo è un mariuolo isolato. La disonestà non è nostra, ma di chi l'ha compiuta». Giulio l'ascoltò pronunciare questa sentenza sbrigativa in uno dei tanti telegiornali e si rese conto che il volto del Gran Capo tradiva uno stato d'animo assai diverso dalle parole e dal tono usato nel pronunciarle: inquieto, allarmato, reso affannoso dallo spavento. Che viso sgangherato offriva al pubblico il Segretario della Rosa! Sempre più gonfio e terreo, le labbra secche ripassate di continuo con rapidi colpi di lingua, gli occhi vuoti, un sorriso incerto. Giulio pensò: è il volto di un disperato in procinto di annegare e che già teme di non respirare più.

I capi degli altri partiti apparvero felici del guaio capitato ai padroni della Rosa. E subito fantasticarono di collassi elettorali, con schiere di voti che uscivano dalla cassaforte del Segretario per affluire in quelle degli avversari. Costoro non si peritarono di esternare la loro soddisfazione per la cattura del Santo, in tutti i modi e in ogni luogo, a cominciare dalla televisione. Era ormai questo il mezzo decisivo nella battaglia tra i partiti: un'arma letale partorita dalle tecnologie più moderne e, insieme, un mercato all'antica dove i big politici ambivano esporre se stessi, nella speranza di scovare sempre nuovi clienti.

Il baraccone partitico si stava frantumando, le ideologie erano liquefatte o conservavano l'antica influenza soltanto dentro piccoli gruppi di nostalgici. E così, ogni giorno di più, la politica si riduceva a uno spettacolo frastornante, nel quale si accalcavano, affannate, le maschere dei professionisti del partitismo. Disse un politologo in quel febbraio: l'apparire sta diventando l'unica forma di comunicazione, il successo della candidatura è legato alla possibilità di essere presenti sui giornali, alla radio e, specialmente, alla tivù.

I politici invasero ogni angolo dei programmi televisivi e l'assalto fu più sfacciato e massiccio per gli show popolari, destinati al divertimento delle famiglie. Si vide un barbuto ex ministro dei Trasporti, detto Centodieci all'Ora, presentarsi in turbante e grembiulone giallo al fianco di un noto comico pugliese. Un responsabile dei Beni culturali si esibì nello sbucciare le patate accanto a una star molto amata dagli italiani. Un navigato esponente laico e la numero uno delle donne cristiano-democratiche, afflitta da una voce raspante, gareggiarono nell'imbottire di salame una cesta di panini. Il leader dei post-fascisti partecipò a una gara di stiratura del fazzoletto, e fu così tenace da mantenere sempre rivolto alle telecamere il faccino devastato da un sorriso vacuo.

«Dovresti allenare il tuo ministro a stirare le camicie e poi spedirlo a qualche show», scherzò Giulio con Wanda. Ma lei lo guardò senza dir niente, e con una faccia da luna storta. «Cos'hai che ti gira per la testa?» la sondò lui. Wanda seguitò a scrutarlo, e Giulio comprese subito che era presa dall'incertezza se parlare oppure no. Poi lei si decise: «Mi gira quel che ho sentito l'altro giorno da un avvocato di Milano che si è sempre occupato delle questioni di Cucchi, il professor Grimaldi. È venuto a trovarci alle Coppelle e alla fine della visita l'ho portato a cena al ristorante dell'hotel Ambasciatori. Qui lui si è aperto con me più di quanto aveva fatto con il ministro. Mi ha detto che la procura di Milano aspetterà la conclusione della campagna elettorale e, subito dopo, riprenderà a muoversi con la pesantezza di un carro armato. La Sacra Famiglia del Segretario verrà spazzata via, quindi toccherà ai cristiano-democratici e a quelli della Quercia. Dopo l'arresto del Santo, e specialmente dopo la sua confessione, decine di imprenditori stanno tempestando i giudici per essere interrogati. Sono stufi di farsi mungere e, soprattutto, hanno paura di finire a San Vittore. I penalisti che li assistono hanno consigliato di spalancare il libro e di leggerlo tutto: diranno che non sono stati loro a corrompere i politici, ma che erano i partiti a taglieggiarli. Faranno i nomi dei dirigenti locali o dei funzionari delle federazioni e dei comitati regionali che incassavano le tangenti. Costoro chiameranno in causa i vertici nazionali delle rispettive parrocchie, spiegando di aver fatto soltanto da corrieri delle mazzette riscosse, tutte destinate, e questa sarà una specie di parola d'ordine, a finanziare i costi della politica. Accadrà il disastro. E a finire nell'acqua alta sarà chi non è più coperto dall'immunità parlamentare e si troverà nudo davanti a qualunque procura della Repubblica voglia fargli il pacchetto. Come Cucchi, che non diventerà più né deputato né ministro.»

«Ma che cosa dici?» si meravigliò Giulio. E Wanda, fredda, rispose: «Il Segretario lo ha punito. Ha deciso di ricandidarlo, ma in un collegio dove perderà».

Il collegio era piazzato a Novi Ligure e dintorni, la battaglia aveva come posta un seggio da senatore, però nessun candidato della Rosa aveva mai vinto da quelle parti: il terreno risultava favorevole soltanto ai cristiano-democratici o ai post-comunisti. Il ministro dovette adattarsi e, in apparenza, fece buon viso a cattiva sorte, al punto da prendere la campagna elettorale quasi come una vacanza.

Cucchi inviò sul posto un apparato smilzo: la segretaria, un autista e Wanda. Con un gesto da gran signore, li alloggiò in un hotel lussuoso a due chilometri da Novi, Villa Perotta, una vecchia casa patrizia in cima a una collina, circondata da un parco silenzioso che, al calar della sera, proteggeva l'albergo dalla peccaminosa sfilata di prostitute nere che si svolgeva sulla statale per Serravalle Scrivia. Il ministro, invece, per non smentire le proprie abitudini monacali, scelse di sistemarsi, spartanamente, nell'alloggio di un amico, in una vecchia strada del centro di Novi.

In quella primavera gli italiani si videro assaliti da una campagna elettorale tanto nevrotica da risultare, alla fine, di una comicità rivoltante. La giostra si era appena messa in movimento quando, a Palermo, la mafia assassinò un parlamentare europeo dei cristiano-democratici, amico per la pelle del Vecchio Mandarino, l'onorevole Salvatore Raspa. Il cordoglio durò un paio di giorni, non di più, i partiti di governo avevano investito molti miliardi di lire nella battaglia e nessuno doveva lasciarsi distrarre, neppure da un omicidio misterioso. Era vietato concedersi pause, un voto guadagnato poteva significare non soltanto la conquista della maggioranza nelle due Camere, ma l'approdo in un porto sicuro: l'immunità parlamentare, l'unica barriera capace di tenere lontani i molossi della procura ambrosiana e tutti i magistrati che si preparavano a imitarli.

Verso la fine di marzo Giulio andò a trovare Wanda, gliel'aveva comandato lei: «Prendi tre giorni di vacanza, vai in aereo sino a Genova e io verrò ad aspettarti all'aeroporto». Lui la trovò di una bellezza ardente e insieme quieta, per nulla sfiancata dal lavoro elettorale. Wanda alzò le spalle, sbuffando: «La nostra è una lotta finta. Abbiamo i soldi, perché Cucchi se li era messi da parte, però non abbiamo i voti. Per noi vincere in questo collegio è come riuscire a pestare il fumo e fare le fascine con la sabbia. Cucchi arriverà ultimo dietro a tutti gli ultimi, anche perché il partito lo considera un appestato. Così io mi tengo le forze per il dopo, per quando verrà il brutto».

«Che cosa intendi dire?» domandò lui. Wanda s'incupì: «Te l'ho già spiegato. Dopo il 5 aprile, quando il circo Barnum avrà concluso lo spettacolo, la procura di Milano partirà in quarta. Io ci ho pensato a lungo e credo di aver capito quello che accadrà: ne verrà fuori una specie di guerra civile capace di devastare le nostre vite. Anche questa volta ci saranno i sommersi e i salvati. Chissà quale sorte toccherà a Cucchi. E a me».

In quel collegio dove il suo ministro non avrebbe mai vinto, Wanda visse con Giulio tre giorni sorprendenti, dedicati all'amore, ai ricordi e alle confessioni inaspettate. La città della loro infanzia non era lontana. E questa presenza, che avvertirono subito come un evento non messo nel conto e quasi magico, finì per accendere la memoria di entrambi.

Una sera, a Villa Perotta, quando stavano già a letto, Giulio disse a Wanda: «Parlami di tua madre». «Perché vuoi che lo faccia?» domandò lei, stupita. «Perché nel tuo mistero la signora Giusy ha un ruolo importante, almeno per me».

Allora Wanda gli parlò come non aveva mai parlato a nessuno. Raccontò di se stessa bambina davanti a quella donna bella e altera che, dopo essere stata abbandonata dal ragazzo con i capelli rossi, aveva deciso di farsi rincorrere dagli uomini, tra i quali lei sceglieva i suoi pochissimi amanti. Wanda la invidiava e si diceva: la mamma è un modello ineguagliabile, io non sarò mai come lei!

«Un giorno mi sono incantata a guardarla perché aveva una camicetta trasparente e sotto, in quel momento, non portava il reggiseno. Sono rimasta a fissarla a bocca aperta. Dovevo avere nove anni e lei una trentina, eravamo alla fine del nostro periodo ad Asti, poco tempo dopo sarei arrivata sulla tua ringhiera. Pensai che non sarei mai diventata così bella, oggi direi così capace di emanare una sensualità tanto forte. Ero piccola e piatta come un asse da lavare, 'qui è passato San Giuseppe con la pialla', scherzava tua nonna. Ed ero convinta che sarei sempre rimasta il brutto anatroccolo, la copia peggiorata di qualcuno, allora non sapevo chi fosse, che mi aveva lasciato in eredità quei quattro spinaci rossi e le sue maledette lentiggini».

«Eppure ricordo che tu dicevi: non voglio assomigliare a mia mamma», obiettò Giulio. Wanda sorrise: «Era una bugia per nascondere le mie paure. E invece spasimavo di essere uguale a lei: di indossare la sua biancheria, di truccarmi alla sua maniera, di andare a dormire con un uomo pronto a fare cose misteriose dentro il letto. Ho capito abbastanza presto qual era la sua vita: la mamma possedeva degli amici che l'aiutavano e, quindi, aiutavano anche me. Poi un giorno, avevo quindici anni, lei mi ha raccontato tutto. Non sono rimasta sconvolta, e non ho mica pianto per la vergogna, mi pareva di sapere già ogni cosa. La mamma ripeteva di continuo: devi studiare se non vuoi campare come ho dovuto campare io, e ricordati di non rimanere mai incinta! Aveva l'ossessione che restassi con la pancia in aria, così mi ha insegnato tutto, un vero corso di educazione sessuale, direbbero oggi. Quando ho compiuto vent'anni, stavo a Pavia per l'università, al collegio delle femmine, il Castiglioni Brugnatelli, mia madre prima mi squadernò la verità su quel padre scomparso e poi...».

«Come hai reagito alla storia del ragazzo ebreo?» la interruppe Giulio. Wanda chiuse gli occhi, si abbandonò supina sul letto e per qualche lunghissimo minuto se ne rimase lì, come morta. Alla fine bisbigliò: «Non ce la faccio a spiegarlo. Ho sognato la vita di Ferruccio, e la sua scelta di fuggire da noi due, in cento versioni diverse, per notti e notti di seguito, fino a quando, una sera, ho deciso di non sognarle più, altrimenti sarei diventata pazza. Ma non è questo che volevo raccontarti, era un'altra cosa, più allegra. Quando giudicò che io avessi superato lo choc, la Giusy, che era davvero imbattibile, decise di impartirmi l'ultima serie di lezioni in materia di vita e di sesso, diciamo il corso avanzato. Si era trasferita a Torino, ci vedevamo due volte al mese: il Sessantotto era appena passato con tutto quello che immagini, però lei, di certe faccende, ne sapeva più di chiunque. Aveva quarantadue o quarantatré anni, era ancora bella e con un grande fascino, andava sempre vestita come per una soirée. Un pomeriggio di domenica ha cominciato a spiegarmi che gli uomini li tieni con quello che hai nella testa e in mezzo alle gambe. La sua teoria era che soltanto in questo modo una donna impugna il coltello dalla parte del manico. Mi ha detto: così sei tu la padrona, decidi tu che cosa fare o non fare, quando cominciare e quando smettere; se sai usare bene il cervello e quella cosa là, nessuno ti metterà sotto, e questo è un gran bene, cara Wanda! Quindi ha concluso: non inciampare mai nell'errore che ho fatto io con quel ragazzo di pelo rosso, mi sono lasciata guidare soltanto dall'amore e, soprattutto, mi sono fidata troppo».

«Tra quello che mi ha insegnato», raccontò Wanda, «c'è che tutti i maschi hanno un desiderio segreto, ma non osano tirarlo fuori perché pensano che sia una fantasia innominabile, di cui vergognarsi. La mamma continuò dicendo: tieni a mente due cose, Wandina. La prima è che nell'amore tra persone adulte ogni gioco è lecito se non c'è violenza. La seconda è che la donna deve essere così fine, ha usato proprio la parola fine, le piaceva molto, da capire qual è questo desiderio. E una volta che l'ha intuito, tocca a lei proporre all'uomo di soddisfarlo».

«Però, la signora Giusy!» esclamò Giulio, un po' turbato. «La sapeva lunga e ha pensato di trasmettere la propria scienza alla sua bambina». «Ti sembra sbagliato? Io credo di no», replicò Wanda. «Il desiderio segreto di Cucchi di che tipo era?» la interrogò lui, all'improvviso. Lei gli afferrò il naso: «Non ti facevo così indiscreto, quasi guardone. Lo vedi questo dito? No, no e no. Non si parla delle faccende che non ci riguardano».

«E il mio desiderio segreto, quale sarebbe? Lo hai già intuito?» indagò Giulio. Lei alzò le spalle: «Troppo facile! Farti fare da me delle cosacce che, secondo te, io non riesco neppure a concepire. E fartele fare a parti scambiate: tu sei Wanda e io sono Giulio. Ci ho preso?».

«Uhm, penso proprio di sì», farfugliò lui, arrossendo, ed era la prima volta che gli accadeva con una donna. Lei lo incalzò: «Ma io quelle cosacce le conosco una per una. E posso combinartele come tu non immagini». Maliziosa e brusca, gliele snocciolò con pignoleria, lasciandolo senza fiato. Quindi si gettò sopra Giulio e mise in piazza una fantasia audace che lui non avrebbe mai, ma proprio mai sospettato. «Ti voglio pelare!» ansimava lei e s'impadronì del suo corpo con una determinazione tale che, alla fine, lui si sentì quasi stuprato.

Quando lo spettacolo finì, e ci volle tutto il suo tempo, Giulio cercò una piccola rivincita: «Adesso con me non potrai più essere diversa da stasera». Stremata, Wanda lo mise in guardia: «Non pretendere troppo, potresti pentirtene».

La mattina dopo, Wanda lo interrogò: «Ti sono sembrati degli stravizi, i nostri di ieri sera?». Da sotto la doccia, Giulio si mise a urlacchiare: «Penso di no, però non ricordo quasi niente, signora Giusy». «Giusy?» ringhiò lei, fingendosi scandalizzata. «Sei un disgraziato, non mi meriti!». «Mi scusi, è stato un lapsus, signora Wanda. Il dominio che lei ha esercitato su di me, mi ha tolto la memoria». «Allora, per rinfrescartela, ti porterò a vedere la nostra vecchia città».

Partirono subito, in una mattinata che sembrava d'autunno; il verde bambino dei campi di pianura e poi delle colline era velato da sbuffi di foschia. Da Novi si diressero ad Alessandria, e di qui verso Casale. «Da quanto ci manchi?» domandò lei. «Da sempre», disse lui, «e tu?». Wanda bisbigliò: «Dopo la volta del signor Bruno, non ho più voluto tornarci».

Parlarono di nuovo, ma per poco, della campagna elettorale. Lei raccontò: «Quando studiavo a Pavia sono passata davanti al comizio di un candidato alla Camera, credo fosse un qualche esponente dei Coltivatori diretti. Era un uomo immenso, con una pancia straripante, alle sue spalle faceva baboia un omettino grigio, magro, triste, era il direttore della Coldiretti. L'omone stava finendo il comizio e annunciò: e adesso il mio di dietro vi parlerà di agricoltura! Ecco, se mi avessero detto che sarei finita in un ambiente più o meno uguale, mi sarei buttata nel Ticino».

«Non ti sembra di esagerare?» le chiese Giulio. Lei fece di no con la testa: «Tutto è rimasto identico a prima, anche se la televisione lo fa apparire più moderno. Qualche giorno fa è venuta a Novi una troupe di non so quale emittente e pretendeva che Cucchi si dichiarasse già sconfitto. Prima di mandarli a scopare il mare, gli ho chiesto, così, per rendermi conto della volgarità di quest'epoca: quali sarebbero le domande che volete fare al ministro? Una diceva: onorevole Cucchi, come pensa di sottrarsi al probabile arresto su ordine della procura di Milano? Hai capito? Anche voi giornalisti state impazzendo».

Giulio, sempre malato di nostalgia, sospirò: «La televisione che abbiamo conosciuto da bambini era molto diversa. La ricordo come uno spettacolo allegro e tranquillo. A te piaceva il tenente Sheridan...». «Certo, era triste come un venerdì santo, ma con un fascino! Ubaldo Lay mi intrigava anche quando faceva Carosello. 'Sempre sul filo di una lama, tenente', 'Sì, ma sul filo di una lama Super Inox Bolzano!'». «Io invece sognavo di essere Pipp, il piccolo fuggitivo del gelato Algida, che scappava da tutti», rivelò Giulio. «E io avevo un debole per l'uomo in Lebole». «Era sempre l'ora dei Pavesini, o dei prodotti di Alemagna, ullallà!, è una cuccagna». «Io volevo la caramella che mi piace tanto e che fa dudu-dudù, dudu-dudù, Dufour», canticchiò Wanda.

Cominciarono a inseguirsi con i ricordi: «Falqui!, basta la parola», «Con quella bocca può dire ciò che vuole», «Or che bravo sono stato, posso fare anche il bucato? No, il bucato in casa c'è chi lo fa meglio di te. E a lei dico: grazie, Candy!», «Gianni, nonostante tutti gli schiaffi che hai preso, hai ancora una buona cera! Ottima, direi: è cera Grey!», «Ava come lava!, e salva i bottoni». «Quando eri più grandicello ti piacevano le bionde: Solvi Stubing, quella della Birra Peroni, poi Virna Lisi... E sei finito tra le braccia di una rossa!» lo commiserò Wanda.

La città dell'infanzia gli sembrò più piccola, i portici che fiancheggiavano la strada centrale, via Roma, più stretti e più corti, la piazza del Cavallo, il cuore della vita cittadina, più angusta. E poi l'insieme era troppo restaurato, tutto in un ordine persino eccessivo. «Dovrebbe piacerci proprio per questo», osservò Wanda, «e invece vedo che non entusiasma né te né me». «Siamo due ricordatori un po' stupidi», si lagnò lui, «dovremmo limitarci a guardare delle vecchie foto e non tornare mai nei posti dove siamo cresciuti».

Anche la loro casa in via Corte d'Appello era stata rifatta. La ringhiera l'avevano tenuta, ma il resto dava il capogiro. Nell'alloggio di Giulio c'era un istituto di bellezza, «Beauty Centre» vantava l'insegna. In quello di Wanda si vendevano computer. Al pianterreno stava la redazione del giornale cittadino, «Il Monferrato», che aveva occupato anche la carbona del signor Bruno, morto e stramorto, come del resto tutti gli altri: la signora Giusy, i genitori di Giulio, la nonna, una sfilata di fantasmi.

E tuttavia, nel salire la scala che conduceva alla ringhiera, entrambi provarono un'emozione quasi da sballo. Le due brevi rampe li traghettavano verso l'isola della fanciullezza, il piccolo paradiso scomparso che, ogni volta, con un'ostinazione meravigliosa e sciocca, tentavano di far rivivere. «Ti ho conosciuta in questo punto», proclamò Giulio, indicando il cancelletto a metà della balconata. Lei disse soltanto: «Già». Aveva gli occhi lucidi, Wanda. Per nascondere i lucciconi, si chinò a esaminare il cortile: «Toh, è scomparsa la tettoia di lamiera che difendeva il lavatoio. Quando arrivava la pioggia, il rumore dell'acqua su quel riparo era molto amichevole, un draaannn continuo e sommesso, tranne che durante i temporali: allora il fracasso ti faceva davvero pensare al diavolo che picchia la moglie».

Fu lei a dire per prima: «Basta con questo pellegrinaggio. Voglio portarti a vedere un posto diverso». «Quale?». «La sinagoga». «Un'altra?» finse di spazientirsi lui. «Quella di Siena non l'abbiamo mai visitata!» lo mise in riga lei. Andarono al 44 di vicolo Salomone Olper, una stradina alle spalle di via Roma. Ma il tempio era chiuso. «Che peccato!» esclamò Wanda, delusa. «Ho letto che, dopo il restauro, la sinagoga di Casale è tornata allo splendore di prima, un gioiello dell'architettura tardobarocca ebraico-piemontese, un trionfo di colori, bianco, blu, cobalto e oro, illuminato da sette grandi finestre... Pazienza», concluse tra sé, «le sinagoghe devono aver deciso di rifiutarmi perché sono ebrea soltanto per metà». «Ma che vai dicendo, scema?» la rimproverò Giulio, abbracciandola. Lei, cocciuta scosse la testa: «È così, non mi sbaglio. Sempre più spesso mi accorgo di non essere niente. E di non avere un Dio da pregare, né quello dei cristiani né quello degli ebrei».

Percorsero di nuovo via Roma sino a piazza del Cavallo. Erano quasi costernati. «Davvero, il ricordo è sempre migliore della realtà», constatò Giulio, «lo ripeto e lo giuro: non bisogna mai ritornare sui posti che ci hanno visti piccoli». «Hai ragione», convenne Wanda, «è come nell'amore, l'unica eccezione siamo noi due. E noi siamo anche così speciali che il tran-tran della vita di tutti i giorni non soffocherà la nostra passione». «Anche perché ci siamo dichiarati un po' tardi, a quarant'anni», osservò lui, ridendo. «No, non è per questo», lo contraddisse lei, con sicurezza, «è perché io me ne andrò prima che l'amore sfiorisca, come dice la canzone».

Giulio si fermò al centro della piazza: «In che senso te ne andrai? Nel senso che morirai?» annaspò, con la voce di colpo fioca. E in quell'istante la profezia della zingara gli riempì la mente, un malvagio rombo di tuono, il bagliore di un fulmine.

Ma Wanda lo rassicurò con un sorriso: «Me ne andrò e basta. Magari insieme a te. O magari senza di te. Perché pretendi sempre di sapere più di quello che so io?».

In quella prima domenica d'aprile il voto si polverizzò sopra una miriade di liste, uno spettacolo di frantumazione mai visto, ridicolo e disperato. Ne nacque un Parlamento con tredici gruppi e i partiti si arroccarono in fortini sempre più miseri e nervosi. I centri di comando risultarono moltiplicati, mettendo subito in mostra una sterile determinazione di paralizzarsi l'un l'altro. A Montecitorio e a Palazzo Madama, Giulio ritrovò molte delle antiche mummie accanto a facce nuove che non gli dicevano nulla. Non ritrovò Cucchi che, per la prima volta nella sua carriera, era stato sconfitto.

Qualche sera dopo il 5 aprile, Giulio andò a cena da Wanda al Governo Vecchio e qui trovò Gloria. La ragazza era affannata, poiché portava un carico di notizie buone come il fiele. «Voi non vi tenete al corrente di quel che succede», esordì brusca. «Io invece, al partito, ho sentito suonare per Cucchi delle campane a ciccia fredda, campane a morto».

«Spiegati meglio!» la incitò Wanda con durezza ansiosa. «Voglio dire che stamane il mio capo, il Cassiere, mi ha chiamato per farmi una rospata non ricordo più a proposito di che. Io ho messo su una piva dolorosa e a quel punto lui, che è un bonario, un uomo pacifico costretto a combattere una guerra troppo dura per i suoi gusti, mi ha domandato: tu sei sempre amica della

Rosso, la segretaria di Cucchi?, allora dille che tira una brutta aria per lui. Adesso che non ha più l'immunità, la procura di Milano ha deciso di arrestarlo. E perché? gli ho chiesto io. Il Cassiere non ha girato attorno alle parole: Cucchi ha raccolto molti soldi per sé, e non per il partito, e quelli là vogliono cominciare da lui il repulisti nel nostro ambiente, dopo le manette al Santo di Milano. Ha aggiunto: per vie traverse, ho saputo che il Segretario ha consigliato a Cucchi di andarsene all'estero con un pretesto qualsiasi e di rimanerci il tempo necessario perché le acque si calmino. Ma quel testardo gli ha mandato a dire che non si muoverà dalle Coppelle e che, se la procura lo incarcera, si rifiuterà di parlare con i magistrati perché tutto quello che ha fatto l'ha fatto per la politica e non per darsi alla bella vita. Informa la tua amica Wanda, mi ha consigliato il Cassiere, e spiegale che soltanto lei può convincere Cucchi a non fare l'eroe che va in galera».

«Dopo quel che ho ascoltato», continuò Gloria, «m'è venuta una léppa! Sono uscita dall'ufficio del Cassiere con le gambe di cera. Poi ci ho riflettuto: era da qualche giorno che sentivo bubbolare sulla testa di Cucchi un tuono ancora lontano, ma prolungato. E mi sono ricordata di aver visto al partito certe facce di giuda, uomini che erano sempre stati con Cucchi e adesso gli leggevi nel bianco degli occhi la voglia di voltar gabbana. C'è un canaio sordo contro di lui. Quando verrà il momento, sentirà che orzo! E pensare che tutto nasce dalla bischerata di mettersi contro il Segretario. Il giorno che ci si è messo, avrei voluto dire a Cucchi: madonnina, quanto sei ebete!, vuoi che ti facciano la testa come un cestone? Quella chiorba non ha capito niente. E adesso, Santapoppa aiutaci te!».

Wanda era impietrita. Guardò Giulio e aprì la bocca

per parlare, ma non ci riuscì. Allora lui le andò in soccorso: «Non so se Cucchi abbia preso delle tangenti, anche se mi sembra probabile. E non so neppure se la procura di Milano stia per arrestarlo. Però se entrambe le circostanze sono vere, lui ha una strada sola: confessare tutto ai magistrati».

«E perché?». La voce di Wanda sferzò l'aria come un improvviso schiocco di frusta, il tono era scabro e ostile. «Perché Cucchi dovrebbe confessare?» tornò a chiedere, come se gli altri non avessero compreso. Giulio allargò le braccia: «Perché è giusto che faccia così, se è vero quello che immaginiamo. Per quale motivo dovrebbe stare zitto e finire a San Vittore? Che cos'ha da difendere? Un po' di miliardi rubacchiati qua e là? Il suo onore di politico? Un sistema che l'ha messo ai margini? Meglio dire tutto, girare pagina e ricominciare un'altra vita».

Wanda si rivoltò, era una biscia che attacca: «La fai così facile, tu! E poi che ne sai di Cucchi? Straparli di miliardi rubacchiati, ma dai aria ai denti solo per sentito dire. Non ragionare di cose che non conosci, Giulio!». «Scusami», borbottò lui. «Ti ho vista impaurita e sono venuto in soccorso con un consiglio. Sai che lo faccio sempre, da vero boy-scout».

Lei sorrise e posò una mano sulla sua: «La mia opinione è un'altra: il Segretario ha ragione, Cucchi deve andarsene via subito. Se finisci nel guardaroba di mattoni, prima di uscirne dovrai smuovere le montagne». Si alzò: «Cenate tranquilli. Io vado da Cucchi per convincerlo a telare stanotte».

Ma Cucchi non si lasciò persuadere neppure da Wanda. E aspettò che arrivassero a prenderlo, il che avvenne verso il mezzogiorno del 1° maggio 1992, festa del lavoro.

L'ex ministro stava da solo nell'ufficio delle Coppelle, intento a scrivere delle lettere di ringraziamento a quei pochi che l'avevano aiutato durante la campagna elettorale. Qualche istante prima delle dodici, sentì suonare il campanello. Andò ad aprire la porta blindata e si trovò di fronte tre carabinieri. «Ah, siete qui, finalmente», bofonchiò.

Riconobbe subito il sottufficiale, un quarantenne massiccio, dagli occhi furbi e buoni, la parlata abruzzese, che aveva prestato servizio per qualche tempo al ministero. Cucchi lo accolse da amico: «Venga, maresciallo Spaventa, io sono pronto. Ha visto?, tengo la valigetta accanto alla scrivania».

Il maresciallo Spaventa era confuso: «Signor ministro, mi dispiace...». «Non sono più ministro, e neppure parlamentare», precisò quel pignolo di Cucchi. «Mi dia l'ordine di arresto». Il sottufficiale gli porse un paio di fogli, lui li degnò di un'occhiata distratta. «Concussione», c'era scritto, e la parola significava che alla procura lo accusavano di aver preteso delle tangenti e non soltanto di averle accettate.

L'arresto di Cucchi suscitò un frastuono immenso: era il primo politico di rango a finire nella rete di Mani Pulite. I giornali si scatenarono, scrivevano tutti di un bottino miliardario, di una provvista capace di far saltare non uno, bensì due Segretari. Wanda rifiutò di leggerli e smise anche di guardare la tivù. Qualche collega di Giulio la cercò per intervistarla, ma lei non si fece trovare, sembrava partita per Marte. Da un'ora all'altra divenne cautissima. Sosteneva di aver paura delle microspie. E parlava di Cucchi e dell'inchiesta soltanto con Giulio o con Gloria, e in luoghi che non era solita frequentare, oppure in posti all'aria aperta.

Qualche giorno dopo l'arresto, Wanda volò a Milano, un viaggio lampo, la sera era già di ritorno. Giulio andò a Fiumicino per riportarla al Governo Vecchio. Lei gli raccontò che Cucchi era stato tradotto in auto al palazzo di giustizia, nell'ufficio del sostituto procuratore Di Paolo. E qui, a brutto muso, anche se compassato come il suo solito, aveva buttato lì al giudice: «Non perda tempo a farmi delle domande, perché io non le risponderò. Non ho commesso nulla di male. Se ho raccolto dei fondi, l'ho fatto soltanto per finanziare la mia attività di politico, che è tutelata dalla Costituzione. E questa è la prima e l'ultima dichiarazione che lei, dottor Di Paolo, ascolterà da me».

Il sostituto aveva fatto il diavolo a quattro, con una di quelle piazzate che erano la sua specialità. Ma dopo un can-can di urla che lo sentivano perfino in piazza del Duomo, si era dovuto arrendere: «Caro onorevole Cucchi, se non ci racconta di questi soldi, e se non ce li fa trovare, io non potrò farla uscire da San Vittore. Lei rischia di restare in carcere un mucchio di tempo. Anzi, faccia conto che abbia gettato nel Naviglio la chiave della sua cella».

Wanda aveva saputo tutto dal solito professor Oreste Grimaldi, l'avvocato che seguiva Cucchi da anni. Era un professionista che andava per i settanta, molto esperto del genere umano, e dei magistrati in particolare, uno dei primi nel foro milanese, alla testa di un grande studio. A Wanda piaceva molto Grimaldi: si sentiva rassicurata da quest'uomo alto e magro, lo sguardo sempre partecipe, i modi del signore dolce e fine, perennemente vestito di scuro perché, spiegava lui, il suo mestiere si collocava a metà tra quello del chirurgo che opera i casi impossibili e quello del prete incaricato di assistere i moribondi.

«Mia cara dottoressa Rosso», le aveva detto l'avvocato, «ripeto a lei quello che ho spiegato al mio vecchio amico Cucchi, durante il nostro incontro nell'anticamera del dottor Di Paolo: se ha davvero incassato quei soldi, è meglio che racconti tutto alla procura e le faccia reperire il denaro rimasto, altra strada per uscire da San Vittore al momento non c'è... Vede, signora, abbiamo sentito parlare di qualche miliardo che Cucchi avrebbe depositato in Svizzera, no, non mi dica niente, io non voglio sapere nulla da lei. Ma se non collabora, Cucchi rischia di restare in carcere per un po' di tempo. Lui sembra deciso a resistere. Mi ha molto colpito, e anche meravigliato, che non ritenga di aver commesso un illecito, sempre che l'accusa sia fondata. E siccome lo conosco da tanto di quel tempo, temo che non cambierà idea».

«Pensi che farà davvero così?» domandò Giulio. «Oppure si comporterà come il Santo dell'ospizio dei vecchi e calerà le braghe pur di non stare in prigione?». Lei non aprì bocca. Stavano entrando in Roma e, alla fine, disse: «La vedi quella pizzeria? Fermati perché ho una sgaiosa!, non ho mangiato da ieri sera».

E davanti alla pizza, Wanda rispose alla domanda di Giulio: «Cucchi non calerà le braghe. È troppo orgoglioso per farlo. Io non so nulla di questi miliardi, ma, qualunque sia la storia, lui non racconterà mai niente ai giudici. Ha una così alta concezione di sé e della professione di politico, della sua missione, come gli ho sempre sentito dire, che piuttosto di arrendersi a Di Paolo preferirà rimanere in carcere tutta la vita. Però...».

Qui Wanda si fermò, aveva la faccia stracciata dalla tensione e stentava a mandare giù la pizza: «C'è un però. Io so com'è fatto Cucchi, lo so meglio di chiunque altro. Prima di tutto, per quanto testardo sia, sopporterà malissimo lo stare dentro il chiuso di una cella. Non è un claustrofobico fatto e finito, ma il non poter uscire all'aria aperta quando gli pare lo ha sempre spinto sull'orlo del panico. E poi si sentirà umiliato. Aveva già patito enormemente la sconfitta elettorale, questo non l'ha saputo nessuno, però io sì, e adesso il finire in gattabuia lo appenderà al muro. In questo modo si troverà presto senza vie d'uscita: più tacerà, più resterà in carcere, e più rimarrà in cella, più ne patirà. Al punto da...».

Wanda si ammutolì di nuovo. Aveva gli occhi lucidi, un singhiozzo le risalì dalla gola. Ma ce la fece a non piangere e concluse: «Al punto da morirne».

La sera successiva si videro in via Emilia, a casa di Giulio. «Avranno messo le microspie anche da te?» lo interrogò Wanda, nervosa. Lui fu costretto a strapazzarla: «Ma non farla troppo grossa, non è mica l'inchiesta sull'assassinio di Kennedy! È soltanto un'indagine su qualche tangente intascata da un ex deputato».

Lei s'irrigidì: «Non scherzare col fuoco. Ormai dovresti averlo capito che l'arresto del Santo è stato l'inizio del terremoto. In Italia cambierà tutto. Oggi sono stata in corso Vittorio, al partito, dovevo trovarmi con Gloria, e ho sentito tirare un'aria! C'erano dei tipi che godevano per l'arresto di Cucchi, ma erano i più sciocchi e io ho pensato: l'allegria della gente cattiva dura poco. I più furbi, però, erano stravolti. Hanno la strizza che lui parli e non soltanto delle sue faccende».

«Che cacchette d'uomini!» imprecò Wanda. «Cucchi non è come loro e non suonerà mai la musica che pretende il giudice Di Paolo. E poi lui è sempre stato un realista, pronto al peggio. Diceva con me: nella vita bisogna andare con due sacchi, uno per darne e l'altro per prenderne. Adesso starà pensando che chi mangia il diavolo deve mandare giù anche le corna. Mi sembra di ascoltarlo che esclama a se stesso: hai goduto il bello del potere politico?, bene, adesso beccati il brutto!».

«E tu come ti senti?» si preoccupò Giulio. Lei aveva deciso di rimanere lì, quella notte, e si stava spogliando: «In questo momento sto bene, sono soltanto stanca morta e tra un istante mi ficcherò nel letto accanto al mio tato. Ma prima di dormire gli chiederò se vuole giocare con me. E se per caso non vuole, lo costringerò a giocare lo stesso».

Si coricarono e lui la interrogò: «Come farai con il tuo lavoro?». Wanda finse d'irritarsi: «Cristianin!, sempre domande su queste faccende barbose. Pensa a compiere il tuo dovere, piuttosto! Comunque, mi riposerò un po' di tempo. Dei soldi non mi preoccupo. Se avessi bisogno ci sei tu, no?» concluse sorniona.

«Ma io non ho nessuna intenzione di darti dei soldi, neanche una lira», le annunciò Giulio. «Ah, davvero?» fece lei, un po' sorpresa. «Proprio così: io non voglio assisterti, io voglio sposarti».

Wanda balzò a sedere sul letto: «Sposarmi? È la prima volta che te lo sento dire». E si mise a piangere per la gioia, per l'emozione, o per chissà cos'altro.

Un sabato pomeriggio di fine maggio, Giulio telefonò a Wanda: «Devo partire subito per Palermo: hanno fatto saltare in aria il giudice Falcone, sua moglie e la scorta». Lei lo ascoltò atterrita: «Questo paese è morto, e io ho paura. Non stare via troppo tempo. Quando pensi di poter tornare?». «Non lo so. Ti chiamerò da Palermo».

Giulio rientrò dal servizio una settimana dopo. E trovò Wanda cambiata: era un po' drola, con la testa sempre per aria, non apriva quasi bocca e fissava il vuoto. «Cos'hai da stare così schissa?» le chiese. Lei mugugnò, malmostosa: «Lasciami perdere, è da giorni che sono inversa come un rospo».

Ma lui si rimise a tampinarla e, dai e dai, la convinse a parlare: «I politici se la fanno addosso, hanno il terrore di finire sparati da Cosa Nostra o di essere incriminati da qualche procura, per loro sono due nemici uguali. Però anch'io ho una strizza da farmela sotto», confessò Wanda. «Il perché è di una semplicità lampante. Non so nulla delle tangenti che Cucchi avrebbe intascato. E non conosco nemmeno dove abbia messo al riparo i soldi. Ma il giudice Di Paolo è convinto del contrario. Me l'ha detto l'avvocato Grimaldi. Lui prevede che, prima o poi, Di Paolo mi cercherà per interrogarmi e pretenderà di sapere da me certe cose. Io non ho nulla da offrirgli, però quello là non mi vorrà credere e schiafferà anche me a San Vittore!».

«Ha previsto davvero che finirai in carcere, l'avvocato Grimaldi?» le contestò Giulio, scettico. «No, è la deduzione che ne ho tratto io», ammise lei. «Del resto, basta fare due più due e si arriva a questo risultato». «Forse la stai mettendo giù troppo dura e vedi dei fantasmi». «Ma quali fantasmi?» s'incendiò Wanda. «Prova a stare nelle mie scarpe. Questa faccenda mi fa venire il secco allo stomaco perché adesso mi trovo nella bagna anch'io, quasi come Cucchi. Da una parte mi sento coperta di letame perché ho lavorato tanti anni con lui, la gente comincia a non distinguere più, pensa che siamo tutti la stessa genoria, la medesima gentaglia. Dall'altra parte c'è Di Paolo che mi ha puntato gli occhi addosso e vuole ridurmi all'ablativo. Così rischio di finire in una trappola per topi e di morirci dentro, come succederà a Cucchi».

Era fuori dai fogli, Wanda. Non volle uscire per far colazione, preparò per Giulio un panino, poi lo condusse a sedere in terrazza, al sole, sotto un cielo che sembrava finto: azzurro intenso, piccole nubi bianche, voli di gabbiani, la cupola di Sant'Agnese che incombeva bonaria, una mammona affettuosa. La prima a parlare fu lei: «Dimmi la verità, Giulio, la pensi anche tu come il giudice Di Paolo? Ti prego di non contarmi balle. E guardami negli occhi».

Lui obbedì e lei si accorse che nel suo sguardo candido, da tontolini della ringhiera, guizzava un lampo di disagio. E difatti Giulio dovette strapparsi le parole a fatica: «Anch'io non riesco a convincermi che tu ignori tutto. Hai lavorato per anni sotto Cucchi, per un po' sei stata anche la sua amica, hai diretto l'ufficio privato... Ho sempre fatto il sordo quando ti dipingevano come il centro dei suoi affari. E mi dicevo: sono cattiverie dettate dall'invidia, perché sei una donna più in gamba di tanti uomini. Però come posso credere che tu fossi proprio all'oscuro dei traffici di quel disgraziato che sta a San Vittore? Qualcosa devi averlo saputo, per forza. Se è così, non aspettare che ti cerchino: vai alla procura di Milano e metti in piazza i panni sporchi».

Wanda si irrigidì, le labbra strette, il bel volto deformato dall'ira. E la sua voce sembrò a Giulio quella di un'altra persona: «Quando mi dici queste cose, ti sento come un tedio, uno che sospetta sempre, che vuol cercare di continuo cinque ruote in un carro. Io non sono nata col cucchiaio d'argento in bocca, e tu lo sai. Ci ho dato da picche e da fiori per arrivare fin qui. E adesso tu vuoi che io vada a consegnarmi nelle mani di un Di Paolo qualunque e gli dica: eccomi, Eccellentissimo Padreterno di Mani Pulite, smacchiatore dell'Italia lurida, mi affido a lei, povera ladra che sono, stupida complice di quel mostro di Cucchi, e mi dichiaro pronta a scoprire gli altarini del testardo che lei ha ficcato nel buco del culo del suo fetido San Vittore, e che non vuole neppure incontrarla! No, niente per tutti i niente. Col binocolo che ci vado. E se per caso mi obbligano a fargli visita, andrò a mostrargli i denti, e non ad aiutarlo a scoprire quello che è incapace di trovare da solo».

Lui tentò di quietarla, ma Wanda era inviperita: «Lasciami dire tutto, ho bisogno di sfogarmi. Tu sai che cosa penso dei politici e delle loro mangerie. E non ti so dire se Cucchi sia più santo o più diavolo degli altri. Però non puoi dimenticare che i quattrini li hanno munti a delle vacche sporche, li hanno presi ad altri farabutti che pagavano la taglia per poi ingrassarci sopra, con dei guadagni enormemente più grossi delle tangenti sborsate. Sei un giornalista esperto e non devi fingerti cieco come un pugno. Le macchine dei partiti, quelle che raccolgono i voti e gli applausi di milioni di italiani come te e come me, hanno sempre sete, però non basta la rugiada a far scorrere i fossi. Dove credi che prendessero la grana per mantenere la giostra in movimento? E poi la faccenda delle ruberie non riguarda soltanto la politica. Siamo in un'epoca dove tutti i santi pretendono la loro candela. Se i giudici pensano di spurgare l'aria mandando in galera qualche Cucchi, sono minchioni come la luna. Non vedi che tutti arraffano i quattrini dove possono? Non fare il ciulandari: l'onestà è cara come il chinino e nessuno la vuole più».

«Alt!» riuscì a gridare Giulio. «Non sei obbligata a difenderti con un'arringa. Io intendevo soltanto darti un consiglio: di andare da Di Paolo per...».

Lei lo inchiodò, berciando ancora più forte: «Non nominarmi quel tipo lì! E un consiglio voglio dartelo anch'io: smettila d'impicciarti dei guai che non sono tuoi, i pantaloni degli altri bruciano sempre il culo. E più in generale smettila di fare il manico delle cose, di spaccare il capello in otto».

«Sei nervosa e stai masticando delle sciocchezze», sospirò Giulio. Wanda si tappò le orecchie con le mani, come faceva da bambina: «Sacramento!, falla finita. E vai a riempirti il sedere di aglio! Quando sprechi il tempo in chiacchiere come queste, non ti sopporto più. Non costringermi a mandarti a Baggio a suonare l'organo. Hai capito?».

«Ho capito», disse Giulio, alzandosi. «A suonare l'organo ci vado da solo. Quando ti sarai calmata, mi cercherai tu».

Giulio si scoprì gonfio di malumore soprattutto verso se stesso. Avrebbe dovuto conoscere molte cose sul conto di Cucchi, e invece non sapeva nulla, né dei fatti che avevano spinto i giudici a impacchettarlo, né di quanto era avvenuto prima del suo inciampone. A ben guardare, di quell'uomo in carcere, chiuso in un silenzio altero e distruttivo, aveva chiare in mente soltanto tre cose: il pessimismo circa il proprio destino, l'attaccamento a Wanda e il timore che, dopo il suo arresto, potesse accaderle qualcosa di orribile. Insomma, zero virgola zero.

Fu così che Giulio telefonò a un collega della redazione di Milano, un vecchio amico, Leo Magris, che fin dal primo giorno seguiva l'inchiesta di Mani Pulite. Magris era un piccoletto poco al di là della trentina, il naso a patata, la testa in platea, l'aspetto più vecchio della sua età e una grinta da mastino. Difatti lo consideravano un cronista di classe super-A, sempre fornito di una notizia in più rispetto agli altri, e soprattutto svelto a capire e a svelare i trigomiri che si nascondevano dietro gli eventi in apparenza più banali.

Magris gli raccontò che l'inchiesta sulla corruzione si dilatava giorno dopo giorno. Il sostituto Di Paolo, ormai lanciatissimo, lavorava con una squadra di quaranta investigatori, roba da non credere per le abitudini micragnose della giustizia italiana, e in più con un apparato di computer e la fiducia che gli aveva concesso il capo dell'ufficio, il saggio Pier Maria Mannelli. La strage di Capaci aveva obbligato Di Paolo a blindare la propria vita, ora viaggiava su un'auto corazzata, seguita dalla scorta, mutando di continuo percorsi e orari. E tuttavia l'indagine non aveva perso ritmo. Proprio quel giorno, un manager di un ente pubblico che si era deciso quasi subito a spatafiare la rava e la fava, aveva lasciato San Vittore proclamando a una folla di cronisti infoiati: «I magistrati del pool sanno tutto di tutti. E ne arresteranno altri mille».

Giulio domandò a Magris della cattura di Cucchi e ne ebbe una versione più ricca di quella che conosceva. Di Paolo aveva trovato nella posta del mattino un regaluccio di quelli rari: un esposto anonimo elencante una ventina di tangenti incassate da Cucchi prima e dopo essere diventato ministro e che rivelava i pregiati nominativi di chi le aveva versate. Il sostituto aveva convocato uno per uno i personaggi in questione, titolari di medie e grandi imprese costruttrici, e tutti, per paura del carcere, si erano liberati la coscienza senza pensarci un minuto secondo.

«A quel punto», raccontò Magris, «Di Paolo è saltato addosso a Cucchi. Gli ha spiccato un ordine di arresto per concussione e se lo è fatto portare a Milano. Era convinto che quello sbracasse, e invece si è trovato di fronte un imprevisto osso duro. Cucchi ha letto l'esposto senza fare una piega, poi ha rifiutato di rispondere a qualsiasi domanda. A quel punto, Di Paolo lo ha mandato a San Vittore perché ci pensasse su. Però sembra che Cucchi abbia smesso di pensare».

«Come mai la storia dell'esposto non è uscita sui giornali?» domandò Giulio. «Anche tu non ne hai parlato nei tuoi servizi». Magris si mise a ridere: «Tu sei un drago a raccontare la politica, ma non sai un'ostia di come vanno le faccende nei palazzi di giustizia. Di Paolo ha messo il segreto su tutto: l'esposto, i nomi delle aziende, le confessioni degli imprenditori. Se noi stampassimo la roba che ti ho detto adesso, la procura ci scannerebbe. E soprattutto io distruggerei i miei canali con Di Paolo e gli altri del pool. Posso aggiungerti, ma rimanga anche questo tra noi, che l'esposto era pieno di dettagli e veritiero nelle accuse, l'hanno dimostrato le cantate di chi ha sganciato le mazzette. Quella carta sembra scritta da qualcuno che sa tutto degli affari di Cucchi, direi una persona che ha lavorato con lui e che oggi, per qualche ragione oscura, ha deciso di mandarlo fuori strada per sempre. Anche per questo, Di Paolo, così la vedo io, manterrà Cucchi a San Vittore per tutto il tempo che può. Vuole che lui gli confermi l'esposto e sputi fuori dove sono i soldi, la parte che non ha speso, naturalmente».

«Puoi trovare una copia della denuncia e mandarmela?» buttò lì Giulio. Magris si allarmò: «Che uso vuoi farne?». «Un uso privato: conosco una persona che ha collaborato con Cucchi e vorrei mostrarglielo». «Chi è questo tizio?». «Una donna». «Ti fidi di lei?». «Come di me stesso». «Maledizione, ho capito: ti sei innamorato!» imprecò il mastino. «Sta bene, te lo spedirò tra qualche giorno, con il nostro corriere. Però tieni a mente che avere questa carta mi costerà un'ira di Dio. Non parlo di denaro, ma di un debito di riconoscenza. Quando dovrò onorarlo, prega per me».

Tre giorni dopo, Giulio ricevette due fogli scritti al computer, un elenco di nomi, di date, di importi versati: in totale, quindici miliardi. Studiò a lungo l'esposto senza cavarne un granché, quindi pensò di avere un buon pretesto per cercare Wanda.

La chiamò al telefono, si parlarono qualche istante e lei subito gli disse: «Ti sento immusonito». «E tu mi sembri malinconica, una ragazza che batte la luna», osservò lui. «Per forza», si difese lei, «mi vergogno per come ti ho trattato sul terrazzino del Governo Vecchio. Ho passato i quaranta, ma sono rimasta una stronza. E dopo che ti ho spedito via, mi sono ciucciata questi quindici giorni saporiti come le cimici. Facciamo pace?». «Sì, è il primo motivo per cui ti ho cercato. Mia madre diceva: chi mangia insieme, bisticcia insieme. E noi oltre a mangiare...». «Bene, pace fatta», lo fermò lei. Poi, con un improvviso filo d'ansia nella voce, chiese: «E la seconda ragione della telefonata?». «È che devo mostrarti una cosa, vorrei venire subito da te».

Sul terrazzino, sotto il bel sole di giugno, Wanda diede un'occhiata all'esposto e mormorò, disgustata: «Che fango!». «Avevi mai sentito parlare di queste aziende?» indagò Giulio. «Sì, però basta leggere un quotidiano economico per conoscerle». «Pensi che la carta dica la verità?». Wanda non rispose, e lui si accorse che era spaventata e tremava. Proprio così: stava lì al sole, e dei brividoni la scuotevano. «Mi hai detto tu che hanno confessato tutti», balbettò. «Dunque dev'essere vero, a meno che mentano soltanto per dare un contentino a Di Paolo e così non farsi arrestare». Giulio la pungolò: «Ma tu non ne sapevi niente?».

Lei abbassò lo sguardo, aveva gli occhi infossati, le guance un po' avvizzite, l'aria di una vecchia ragazza alle prese con troppi problemi. Rimase lì, a testa china, come per ricacciare dentro l'anima una paura improvvisa che non accettava di farsi respingere. Poi tornò a scrutare Giulio e biascicò: «Da piazza delle Coppelle ho visto passare qualche mazzettaro, ma era roba da poco. Se debbo giudicare dalle cifre che ho letto adesso, i legami importanti ce li aveva Cucchi in persona. A me diceva sempre: meno sai, meno rischi corri».

«Comunque», e qui il tono di Wanda divenne aspro, «il briciolume che conoscevo l'ho già buttato nel granaio del Papa e oggi non ricordo più niente, è chiaro? Ma se anche sapessi qualcosa, con Di Paolo non l'ammetterei mai. Con i giudici bisogna sempre negare ferro e chiodi, come San Pietro. E poi perché dovrei inguaiare Cucchi? Da lui ho ricevuto soltanto del bene.

Te l'ho detto una delle prime volte: non mi ha mai chiesto di fare da coprimagagne, come usano certi politici con le donne che lavorano per loro. E siccome sono pulita, non voglio mica finire nell'ingranaggio della procura di Milano e giuntarci l'oca e le penne. A che cosa servirebbe? Spiegamelo tu!».

Giulio avrebbe saputo come risponderle, certo che lo sapeva!, ma stavolta non se la sentì di tornare in brusche con la bambina della ringhiera, dato che la vedeva lì sui chiodi roventi. E così lei approfittò subito del vantaggio, ringhiando: «Non fare il nostrano! La giostra balorda che voi chiamate Mani Pulite seguiterà a girare anche senza il mio contributo miserabile. Ma in che modo finirà questa guerra io non lo so. Voi volete ripulire la politica, però è come tentare di portare via la coda al diavolo: non ci riuscirete mai. Del resto, pure i giudici fanno politica. Hanno deciso di distruggere i partiti per comandare al loro posto».

Lui la baciò, per poi soffiarle sul viso: «Smettila di sparare cavolate, blateri come il mio vecchio amico Lorenzo che è diventato il monaco predicatore della Rosa!».

Wanda alzò le spalle: «Cosa vuoi che mi freghi della Rosa e dei suoi frati! Io non gli devo niente. Mi sono fatta da sola, e a forza di risparmi ho comprato questa piccola casa e il buco di Siena. Per il resto sono pelata come San Quintino. Anzi, visto che tu sei il mio fidanzato quasi ufficiale, t'informo che sto chiudendo piazza delle Coppelle. E che anche la nostra amica Gloria presto perderà il lavoro. Il partito smobilita e il primo ufficio a saltare sarà quello della cassa».

Una sera Wanda avvisò Giulio: «Guarda che il tuo Di Paolo mi ha dato il permesso di visitare Cucchi in carcere».

«E come mai?» fece lui, sorpreso. «Cucchi non ha parenti, è solo al mondo», spiegò lei. «Subito dopo l'arresto, avevo chiesto al professor Grimaldi se sarei potuta andare a trovarlo a San Vittore. Non lo so, mi aveva risposto, bisogna vedere di che umore è il dottor Di Paolo. Si vede che in questo periodo l'umore del signor Padreterno è buono», concluse Wanda beffarda, «perché il permesso me l'ha dato, anche se dopo quaranta giorni di non so, vedremo, dobbiamo pensarci: dal 1° maggio a oggi, che è il 10 giugno».

«Quando parti per Milano?». «Subito, non aspetterò un minuto di più, anche se...». La voce di Wanda s'incrinò: «Anche se ho il terrore di incontrare Cucchi in carcere. Mi fa orrore la prigione e mi sgomenta doverlo vedere dietro le sbarre. Pensi che dipenda dalla mia metà ebrea?» lo inquisì lei, quasi spavalda. Ma Giulio non volle risponderle.

Wanda ritornò tre giorni dopo: settantadue lunghissime ore di silenzio, non una telefonata, non un messaggio attraverso l'avvocato Grimaldi. La mattina del secondo giorno, Giulio si era azzardato a cercarla allo studio del professore. Ma quell'amabile gentiluomo, un po' costernato, aveva soltanto saputo rispondergli che, dopo il colloquio con Cucchi, la dottoressa Rosso era ripartita per rientrare a Roma.

«Dove sei stata? Avevo paura che ti fosse accaduto un guaio», la rimproverò lui. Wanda gli accarezzò il viso: «Smettila di lagnarti. Sono stata da Cucchi, poi, nel ritorno, ho deciso di fermarmi a Bologna». «Sempre in quel palazzo di via Goito», chiosò Giulio sul nervoso. «Sì, hai delle obiezioni?» replicò Wanda, aggressiva. «Avevo bisogno di confessarmi con la mia vecchia amica, di ritrovare un po' di calma, una serenità casalinga. Non ti ho telefonato perché volevo guardarti in faccia, prima di parlarti. Per accertarmi che esistevi, che non eri diventato anche tu un fantasma come Cucchi».

«Ti è sembrato ridotto a questo punto?» chiese Giulio. Lei scoppiò a piangere, e non ci fu verso di calmarla. Stavano nella casa di via Emilia, e lui la trasportò di peso sul letto e le rimase accanto in silenzio, mano nella mano, fino a quando lei si assopì.

Wanda dormì tre ore secche e, al risveglio, trovò Giulio ancora seduto vicino a lei. Gli prese una mano, la baciò e disse: «Ti ringrazio di essere così buono con me. Adesso ti racconterò tutto dall'inizio».

«Quando ho varcato il portone di San Vittore temevo di cascare come una pera, mi sentivo le gambe di spago e dicevo a me stessa: tutto avresti immaginato nella vita, cara Wanda, tranne che di entrare in questo posto merdoso per far visita a una persona cara cacciata in carcere. Mi aspettavo di trovare un uomo trasformato in un fagotto di biancheria sporca, sapevo che Cucchi non è mai stato un piagone, facile al lamento, però la galera distrugge tutti. E invece l'ho scoperto in apparenza uguale a sempre, il vestito in ordine, la camicia pulita, sbarbato, l'aspetto di chi è pronto per Montecitorio. Poi abbiamo cominciato a parlare e allora ho capito. Il Cucchi che ho visto fa pietà alle pietre, è come succhiato dai pidocchi, senza forze, stremato. Lo tiene su soltanto il proposito di non parlare con i giudici. Il professor Grimaldi gli ha spiegato che è un comportamento suicida. Ma non c'è stato verso. Di quel rifiuto, lui ha fatto la sua ultima ragione di vita. Però io che lo conosco bene ho capito sin dalla prima occhiata che non sopporta il carcere. Gli si stanno scaldando i mezzanini e, prima o poi, andrà fuori dai binari. Il partito lo ha lasciato negli stracci e così lui si sente abbandonato ai cani. In aereo mi hanno dato un giornale che aveva questo titolo: Cucchi sfida i giudici. Dovevano scrivere: Cucchi sfida se stesso, sfida tutto il mondo, sfida la morte. Mi ha fatto quasi orrore: fa da frusta per la propria schiena, si condanna da solo come se volesse espiare una colpa».

Wanda era sconvolta. Giulio si provò a calmarla, ma sbagliò. Difatti le disse: «Forse Cucchi ha deciso di far scena muta soltanto perché vuole difendere i suoi conquibus, quelli che avrà nascosto all'estero...». Lei lo aggredì con una sfuriata rabbiosa: «Tu non conosci niente di lui! Quindi non parlare. Chi sei per sostenere che Cucchi si comporta così nella speranza di difendere del denaro? Pensi che sia tanto pazzo da morire per salvare qualche miliardo? E una volta che li ha salvati, che se ne fa dopo morto? Vuole essere il più ricco del cimitero? E se invece non parlasse per stima verso di sé, o per l'onore, sia pure un onore distorto? Alla fine del colloquio mi ha detto: io non ho nessuna intenzione di lasciarmi interrogare da Di Paolo, piuttosto mi ammazzo qui, a San Vittore, tanto non mi resta più nulla da fare nella vita, il mio mondo sta finendo, quest'inchiesta lo spazzerà via, se la caveranno soltanto i furbi e vedrai che sono molti, ma io furbo non lo sono mai stato... Mentre mi preparavo a uscire dalla stanza dei colloqui, lui mi ha stretto la mano e mi ha passato un biglietto, piegato e ripiegato, non credo che la guardia se ne sia accorta. Leggilo, capirai di più sul suo conto».

Wanda prese dalla borsa un foglio a quadretti, con poche righe scritte a matita: «Questa è la Santa Inquisizione, però io non voglio pentirmi, e neppure fare il finto pentito. Hanno deciso di lasciarmi morire perché non chiedo perdono per le mie malefatte. Ma io non obbedirò ai loro ordini. E se me ne andrò, carissima Wanda, tu sai che cosa fare».

Giulio lesse il biglietto ad alta voce, con un magone che aveva provato poche volte nella vita. Poi trovò il coraggio di dire a Wanda: «Cucchi è andato fuori di testa. Pensa di essere in un'altra epoca e confonde un gruppo di giudici onesti con un tribunale di fanatici». Lei lo fissò senza parlare. Allora Giulio chiese: «Che cos'ha voluto dire con l'ultima frase: se me ne andrò, tu sai che cosa fare?». Lei borbottò: «Ci ho pensato sopra, ma questo non l'ho capito proprio».

«Eppure una cosa da fare tu ce l'hai, prima che lui muoia», l'assalì Giulio. «E quale?» domandò lei, scettica. «Devi andare da Di Paolo e aiutarlo a scovare dove Cucchi ha imboscato i soldi delle tangenti. È l'unica maniera per salvarlo. Se tu parli, forse si convincerà che il suo mutismo non ha più senso. E dirà quello che oggi rifiuta di raccontare ai giudici. A quel punto lo metteranno fuori da San Vittore e lui non rischierà di lasciarci le ossa».

Wanda stette ad ascoltarlo, poi, con voce stanca, lo rimproverò: «Io ti amo, Giulio, però devo dirti che sei come l'organetto della Ciccia, che suona sempre la medesima canzone. E costringi anche me a ripetermi: io non so niente di niente, dunque non posso aiutare Cucchi nel modo che mi consigli. E poi questi giudici onesti, come li chiami tu, hanno deciso di svigliaccarci tutti, e questo faranno, senza riguardi per nessuno».

Trascorsero due settimane, e una notte, quella del 24 giugno, il telefonino di Wanda cominciò a trillare. Lei aveva deciso di restare a casa di Giulio, in via Emilia, si era coricata disfatta dalla tensione e dalla stanchezza, il lavoro per chiudere l'ufficio di Cucchi risultava assai più complicato del previsto. Così dormiva profondamente, e non si rese conto che la cercavano.

Al pigolio del cellulare, Giulio si svegliò subito. Una voce maschile chiese, concitata: «C'è la signora Rosso?». «Aspetti un istante», rispose Giulio, sorpreso. Scosse più volte Wanda e lei, appena uscita dal sonno, gli strappò di mano il telefonino: «Sono Wanda Rosso». La voce le disse con affanno: «È successo qualcosa all'onorevole, parta subito!».

Wanda ripeté queste parole a Giulio, come un'automa. «Ma chi ti ha chiamato?» la interrogò lui. «Una guardia di San Vittore che mi avevano indicato. L'ho pagata perché mi avvertisse in qualunque momento se accadeva un guaio a Cucchi. Adesso è accaduto». «Ma che tipo di guaio?» s'allarmò Giulio, afferrandola per un polso. Lei si divincolò: «Lasciami alzare, voglio prendere il primo volo per Milano. Tu non accompagnarmi a Fiumicino, farò più in fretta con un taxi».

Quando lei fu partita, Giulio accese la tivù per tenere d'occhio il Televideo, ma di notizie da San Vittore non ne comparve nessuna. Verso le otto chiamò Magris a Milano e fu così fortunato da beccarlo in casa. Il mastino sapeva già tutto e lo raccontò a Giulio nel solito stile conciso: «Cucchi si è ammazzato con il veleno. L'hanno trovato che rantolava; nel passare davanti alla cella dove stava da solo, una guardia ha sentito un ansare che faceva paura. Quando è arrivato all'infermeria era già stecchito. Sulla branda aveva posato un biglietto. Me l'hanno dettato al telefono: 'Ho fatto quello che dovevo. Lasciatemi in pace, non voglio nessuno ai miei funerali, portatemi subito al cimitero del mio paese, Zola Predosa, c'è una tomba prenotata per me. Alla signora Wanda Rosso raccomando di avere cura del nostro problema'. Tutto qui, per ora non so altro», concluse Magris.

Giulio lo ascoltò attonito, poi chiese: «Ma come ha potuto procurarsi il veleno?». Il mastino gli rispose con un sogghigno: «Tu non conosci le carceri italiane, potresti farci entrare un Tir carico di tutti i veleni in commercio sulla terra».

Giulio corse al giornale e, di lì a poco, cominciò a seguire dal computer lo scorrere delle notizie sul suicidio di Cucchi. L'unico dettaglio nuovo fu che il veleno forse era cianuro, o almeno così sembrava dai primi esami. Una microscopica dose di cianuro che aveva consentito a quell'uomo, un tempo potente, di risolvere in un amen la sua contesa con il più potente Di Paolo. In questo modo l'ex ministro Mario Cucchi, il corrotto numero uno secondo la provvisoria classifica di Mani Pulite, aveva saputo sottrarsi alla trappola in cui si era cacciato da solo e al procuratore che avrebbe dovuto inquisirlo.

Nel Tg2 delle 13, in uno dei servizi su quel suicidio al cianuro, Giulio vide Wanda all'uscita da San Vittore. Per la verità, più che scorgerne il volto, ne captò per qualche istante la gran massa di capelli, al centro di un can-can di telecamere, di fotoreporter e di cronisti al colmo dell'aggressività. La signora rossa gli sembrò in preda all'incertezza, ma soltanto per un attimo. Difatti, senza dir parola, si fece subito largo a colpi di gomito e a spintoni, come una giocatrice di rugby, e sparì dentro un taxi che l'aspettava.

Wanda ritornò lo stesso giorno in via del Governo Vecchio, nel tardo pomeriggio, e telefonò a Giulio: «Vieni appena hai finito di lavorare». Lui arrivò che era già buio e la trovò sbanfante, con un respiro affannoso, invasa da un terrore infuriato. Lo abbracciò stretto, poi cominciò a lamentarsi, con gemiti sempre più alti. Piangere non piangeva, piuttosto emetteva un ululato sordo, quasi non umano. Lui cercò di farla smettere, però lei scosse il capo con violenza: «Lasciami sfogare, è tutto il giorno che ricaccio in gola 'sta roba qui. Se mi trattengo ancora, morirò fra un istante, come Cucchi».

Poi Wanda raccontò: «Avevo già visto dei morti, mia madre prima di tutto. Però non mi ero mai trovata davanti a una morte così terrificante. Stava lì, inchiodata sulla faccia di Cucchi, quella che tua nonna chiamava la Catliña dalle costole secche. Gli occhi erano dell'annegato, sbarrati, sembravano esaminare qualcosa sul soffitto dell'obitorio. Lui aveva la bocca aperta, e mi sono ricordata di che cosa diceva mia madre: chi muore tenendo la bocca aperta, chiama un parente a seguirlo presto».

Wanda se ne rimase in silenzio, sembrava riflettere sulle sue ultime parole, poi bisbigliò: «Lo porterò io al cimitero di Zola Predosa, i funerali potremo farli fra tre giorni. No, non voglio che tu mi accompagni. In giro non devono sapere che hai una relazione con me».

Giulio le diede un buffetto sulla guancia: «Ma dai!, il nostro ormai è un segreto di pulcinella». Però non ci fu verso di smuoverla: «Voglio esserci io da sola, perché soltanto io so per davvero chi era Cucchi. Anche il modo di morire fa parte del suo carattere. Lui era uguale agli altri del suo giro e, insieme, tutto diverso. Alla politica ci credeva e, finché ha potuto, si è rifiutato di adeguarsi al sistema, quello che considera le tue idee uguali a zero se non hai la forza dei quattrini a sostenerle. Così ha voluto purgare i propri peccati, e anche quelli di amici e avversari, forse anche i miei. Quando l'ho incontrato in carcere era già apatico, non reagiva più. Ho tentato di strapparlo dalla fossa dove si stava calando, ma non ci sono riuscita».

«Continuo a non capire perché si sia ucciso», confessò Giulio, con la testardaggine dei candidi. Lei s'irritò: «Eppure è tutto così semplice. La politica era lo scopo della sua vita, e quando questo scopo si è dissolto Cucchi si sarà domandato: perché devo vivere ancora? Ti sembrerà crudele quello che sto per dirti, ma io lo capisco. Il giorno che fosse uscito da San Vittore, che cosa poteva fare?, dove poteva andare? Sì, la immagino la risposta che daresti tu: gli sarebbe bastato rimanere al coperto per qualche tempo, superare con l'aiuto del professor Grimaldi la fase del processo, e poi ricominciare una vita normale, magari anche riprendere a occuparsi di politica, nelle seconde o nelle terze file. Certi suoi colleghi, e parlo di quei pochi che finiranno nella padella del giudice Di Paolo, di sicuro si comporteranno così. Io già li vedo, fra due o tre anni, ripresentarsi persino al ristorante del Ciuti in compagnia di qualche stangona nuova, come se fosse accaduto un cavolo di niente! Ma questa non poteva essere la via d'uscita per Cucchi».

Wanda sembrava ubriaca, parlava e parlava. Poi pianse e, nel piangere, rideva: «Che vergogna!, ho sempre le lacrime in tasca, eppure non sono mica in menopausa». Quindi rivelò a Giulio: «Mi sento in collera con il Signore. E ho paura di essere in pericolo. Cucchi l'aveva previsto con te, quando vi siete incontrati al Forte Belvedere. In giro garantiscono che adesso Di Paolo camminerà col passo della formica, deve lasciar smaltire la febbre per il suicidio di Cucchi, in questo modo i pesci grossi che stanno sul fondo godranno di un po' di respiro: disgrazia del cane, fortuna del lupo! Però io non credo che andrà così. Fino ad oggi me la sono cavata per la pelle di sette crostoni, ma adesso verrà il mio turno. Visto che Cucchi gli è sfuggito, Di Paolo si getterà su di me, mi manderà a chiamare, comincerà a torchiarmi, forse ordinerà il mio arresto».

Giulio la interruppe gridando: «Smettila di farti del male! Sono stufo di vederti correre incontro alle tue disgrazie. Posso dirtelo con schiettezza? Seppellisci quell'accidente di Cucchi e non pensarci più. In fondo che cos'era per te? Il tuo principale. Un tuo vecchio moroso. Nient'altro, mi pare. Adesso basta! Devi pensare a te stessa. E a quel vostro problema misterioso del quale Cucchi ti ha pregato di avere cura».

«Misterioso? Non c'è niente di misterioso. Ora sei tu che mi butti addosso la tua litania». Era quasi scatarrante la voce di Wanda. E lei lo guardò di malavoglia, con gli occhi gonfi dentro un volto privo di fisionomia. Alla fine alzò le spalle con uno scatto pieno di stanchezza irritata: «Forse, per Cucchi, il problema era la chiusura dell'ufficio e l'impegno di trovare un lavoro alla segretaria. Mi aveva fatto giurare che non mi sarei dimenticata di lei».

Cucchi venne sepolto la mattina di lunedì 29 giugno nel camposanto di Zola Predosa, dentro la tomba che aveva comprato anni prima, un buco nella terra. Non ci fu quasi nessuno che andò dietro a quel morto, a parte Wanda con Gloria e tre compagni dei primissimi tempi. I fotoreporter, una decina, calati sopra il cimitero da Roma e da Milano sperando in qualche scoop, se ne tornarono a casa con pochi scatti di nessun valore, sempre la solita segretaria dai capelli rossi, affiancata da una bonazza toscana che li aveva mandati a sedere sul carbone acceso, nient'altro. C'era anche un tizio con una piccola telecamera. Non doveva essere né della Rai né della Fininvest, perché faceva tutto da solo. Forse l'aveva spedito lì il giudice Di Paolo, oppure una delle tante polizie. Ma davanti a quel deserto anche lo sconosciuto si levò dai piedi presto.

Il vero can-can esplose sui giornali. Quelli vicini al partito della Rosa riabilitarono Cucchi all'istante, dopo una lunghissima quarantena di silenzio o di contumelie. Vennero sparati titoli furenti: «Spinto alla morte dai magistrati», «Martirio di un parlamentare», «Un suicidio deciso da Mani Pulite». E le pagine s'imbottirono di robaccia velenosa contro i giudici persecutori e contro la stampa che gli teneva bordone.

Il Cassiere dichiarò che il clima di linciaggio nei confronti dei politici ricordava il Texas di fine Ottocento, quando le persone le impiccavano prima ancora di giudicarle.

Il Bellone Napoletano, uno dei capi emergenti, osservò che noti criminali e capimafia agivano indisturbati, mentre un ex ministro della Repubblica si toglieva la vita in carcere perché accusato di aver raccolto finanziamenti per un'attività democratica.

Il Cardinale, un astutaccio con l'aspetto del bonaccione, molto influente sul Segretario anche per via delle aderenze vaticane, pianse Cucchi vittima di un nuovo terrorismo, quello del disonore, sparso a piene mani contro l'intero sistema dei partiti.

Il Delfino, che era anche ministro della Giustizia, pronunciò parole appena più caute: certo, bisognava perseguire i reati, ma senza concedere nulla allo spettacolo giustizialista e, in special modo, alla voglia insana di fabbricare gogne politiche.

Rientrata a Roma dopo il funerale, Wanda gettò un'occhiata su questa montagna di carta e la rifiutò subito, con ribrezzo. Ma quasi schiattò dalla collera quando vide alla tivù le facce lacrimanti di un po' di capi della Rosa. «Guarda 'sti bastardi!, questi figli di puttana!, piangono, i coccodrilloni!» urlava. Si calmò pensando che la capacità di fingere poteva essere tanto sublime da pervertire anche i volti. Persino il Segretario gli sembrò disfatto da un dolore autentico, brutale. Aveva la faccia inondata di lacrime. E singhiozzando pronunciò le cinque parole che, nel tempo, sarebbero rimaste a sigillo della fine di Cucchi: «Hanno creato un clima ignobile».

«Non parlano per chi è morto, ma per chi è ancora vivo, per se stessi», s'invelenì Wanda. «Hanno paura e se la fanno addosso. È la prospettiva del carcere a terrorizzarli. La temono più di ogni altra cosa, persino più della perdita del potere. Non credevano che la procura di Milano avrebbe osato rinchiudere a San Vittore un ex ministro appena spogliato dell'immunità parlamentare. Invece quel demonio di Di Paolo l'ha fatto. E ora tutti si domandano chi di loro sarà il secondo».

«Guarda che a strizzare per la paura non sono soltanto i compagni di Cucchi», l'avvisò Giulio. «In quasi tutti i partiti la sua morte sta facendo montare un livore rabbioso contro i giudici. Viene a galla la robaccia che era stata tenuta sul fondo, i pensieri velenosi che non si dicevano per opportunismo, nella speranza che a cadere sotto le mazzate di Mani Pulite fossero soltanto gli avversari. Basta rimanere qualche ora a Montecitorio per capire qual è la solfa. Questa mattina mi è venuto contro uno dei giovani capi della Quercia, lo conosci anche tu, Faccino d'Acciaio. Era fuori di testa, schiumava da forsennato, contro i magistrati e i giornalisti. Mi ha abbaiato: voi volete distruggere il sistema dei partiti, per poi regalare il governo a una borghesia marcia che non ha mai pagato le tasse, che cerca di schiacciare chi è debole e ha in mente un solo progetto, quello di far scomparire il Parlamento!».

Wanda lo ascoltò distratta, quasi assente. Dalla morte di Cucchi, le leggevi nello sguardo una disperazione senza vie d'uscita. E tuttavia non era difficile intuire dentro di lei il formarsi di un proposito nuovo, ancora da definire nell'attuazione pratica, ma già sorretto da una certezza che non sarebbe mutata più.

Uno dei primi giorni di luglio, Giulio andò per cena al Governo Vecchio e ci trovò Gloria. La ragazza era angustiata, stava parlando di Cucchi, però si capiva che aveva dell'altro sullo stomaco, roba da dire a Wanda.

«La morte è proprio una puttana schifosa», mugugnò Gloria, «ma per Cucchi, forse, era l'unica soluzione». «Perché pensi questo?» domandò Wanda. «Perché negli ultimi tempi, prima che andassero a prenderlo», spiegò Gloria, «l'avevo visto arrembato, quasi menomato fisicamente, a due passi dal Laterino, vicino alla fine, proprio così, come se aspettasse la cartolina nera. Il perché tu lo sai, Wanda, e lo sa anche Giulio. L'abbiamo visto tutti che cosa ha cominciato a cadergli addosso dal giorno che ha partorito la pensata di incapocciarsi contro il Segretario. Quando ha capito di aver perso la battaglia, Cucchi si è girato su se stesso, e ha messo su la faccia di chi, prima o poi, avrebbe tirato il calzino. Bisogna ricordarcelo, questo. E dirlo senza smettere mai».

«E perché dovremmo ripeterlo sempre?» la interrogò Wanda, stupita. Gloria si agitò sulla sedia, sembrava assalita da un esercito di formiche. Bofonchiò per un poco, quindi si decise a svuotare il tegame: «Perché nel partito si blatera che sei stata tu a spingere Cucchi verso la morte. Prima con la bella sorpresa di lasciarlo per metterti con Giulio, sì, lo so che non è così, che la tua storia con Cucchi era finita da anni, ma molti, nel nostro giro, questo sputacchiano. La seconda spinta, e qui sta la carognata schifosa, gliel'avresti data portandogli il veleno in carcere. Sei l'unica persona ad aver fatto visita a Cucchi, a parte l'avvocato: ci sei andata attorno al 10 di giugno, se non sbaglio, e lui ha staccato il biglietto per l'inferno due settimane dopo. Siccome non si capisce in quale modo il cianuro sia arrivato a Cucchi, ecco la spiegazione più semplice e vigliacca: gliel'ha recapitato la sua vecchia ganza, per aiutarlo a togliere il disturbo».

Wanda non reagì. Le parole di Gloria volteggiavano sul terrazzino come gli storni nerastri che bombardavano di guano le piazze di Roma. Ma lei se ne stava lì, pietrificata. Aveva il volto colore del gesso e le labbra grigie, gli occhi erano fessure rivolte verso il nulla. Anche il respiro sembrava sospeso. Poi Wanda cominciò ad ansimare con affanno, come chi tenti di riprendersi dopo un colpo assestato con cieca violenza.

Balbettò: «Questo dicono? È impossibile». «Invece lo dicono», si lamentò Gloria, «e tu devi stare molto attenta». «Forse sono i giudici a spargere le voci», rantolò Wanda. «Vogliono mettermi paura e farmi sputare fuori la cosa che più gli interessa: dove sono nascosti i soldi di Cucchi».

«È sicuramente così», concordò Gloria, «la giustizia è come il timone: dove la giri va. A Montalcino direbbero: la legge è uguale alla trippa, si tira dove si vuole».

Wanda tentò di respingere gli uccellacci neri del sospetto, però Giulio la obbligò a tacere: «Basta con queste enormità. Usciamo, voglio andare a vedere se piazza Navona c'è ancora».

Di lì a qualche giorno, gli storni ripugnanti che Giulio aveva visto librarsi sopra il Governo Vecchio cominciarono a lasciare le prime tracce sui giornali. Non su tutti, soltanto su quelli più inclini a raccattare spazzatura un po' dovunque, nelle retrovie della politica come negli angiporti dei palazzi di giustizia.

L'uccellume prese a dire che i magistrati di Milano si stavano domandando chi avesse consegnato il cianuro a Cucchi. Dopo quest'esordio persino ovvio, passarono a rivelare che tra i nomi sotto esame, ma all'ultimo posto, per carità!, c'era quello di una collaboratrice del ministro, l'unica ad aver goduto del privilegio di visitarlo in carcere, a parte l'insospettabile professor Grimaldi.

Il giorno successivo, il ritratto della donna venne precisato, sia pure dietro lo schermo delle sole iniziali, per altro non uguali in tutte le cronache: W.R., ma anche U.R. e persino R.V. Si trattava, scrivevano gli uccellacci, di una vecchia fiamma di Cucchi, passata di recente a un amore più giovane, e tuttavia rimastagli fedele sino all'ultimo nel lavoro d'ufficio. Se è stata lei, perché lo ha fatto?, si domandavano i merdosissimi giornali.

La conclusione era uguale per tutti, e da tutti schizzava all'improvviso, come il pus da un bubbone: ecco un mistero che il giudice Di Paolo intendeva chiarire al più presto, non soltanto con una rigorosa inchiesta interna a San Vittore, ma con l'inevitabile interrogatorio della misteriosa signora.

Costernato, Giulio andò a trovare il Ciuti per esporgli il problema. Lui lo ascoltò con ruvida benevolenza, poi gli presentò il punto della situazione, per come la vedeva dall'osservatorio neutrale del ristorante sul Pantheon: «Capisco che ti senti anche tu nei guai, perché la tua amica rossa ti ha levato il sentimento. Scusami se lo dico, ma ci devi andare molto prudente con lei. A volte le bambine che abbiamo conosciuto sulle ringhiere, nel crescere cambiano, diventano bambinacce con un bel carico di stranezze. Io non ci credo mai alla roba schifosa che voi dei giornali spacciate. Però se ti metti in giro per saperne di più, non ci caveresti niente, perché sei troppo parte in causa. Non consulterei neppure il tuo pompatissimo Magris, è meglio se non ti scopri, qui c'è di mezzo un morto stecchito. Vedrò di saperne qualcosa io, che purtroppo frequento tante cacche d'uomo e ho le mie spie dell'anagrafe».

Tre giorni dopo il Ciuti chiamò Giulio al giornale: «Vieni da me nel pomeriggio, al ristorante, ho da farti assaggiare un piatto nuovo che ho preparato». Quando si videro, il Ciuti mise subito le mani avanti: «Quello che ti racconterò l'ho saputo da un tizio che non è nemmeno una cacca, è solo un po' di sterco su di uno stecco, ma ha una ghignaccia da annusare in tutti i cantoni della politica e sa quasi sempre chi ci ha pisciato e perché. Dunque, prendiamo con le molle le porcherie che sto per dirti, però prendiamole, visto che me l'hai chiesto tu».

«Quando la tua amica rossa è andata a visitare Cucchi a San Vittore, sapeva già di trovarlo male in arnese e disperato. Lo sapeva perché a informarla ci aveva pensato l'avvocato, persona ineccepibile a quanto m'hanno detto. Nel darle notizie sul carcerato, il legale aveva anche consegnato alla signora una letterina del Cucchi, ben chiusa in una busta in quanto riservata soltanto a lei. In quel biglietto il povero bischero scriveva: io non voglio farmi soffocare dalla galera, procurami del veleno, altrimenti mi ucciderò in qualunque modo perché sono deciso a farla finita».

«A quel punto, sempre secondo il mio stecco, che cosa ha combinato lei? Invece di avvisare il giudice, ha portato a Cucchi il regalino del cianuro. E non solo: l'ha incoraggiato a usarlo. In che modo? Beh, qui mi vergogno a riferirti la robaccia che ho sentito. Gli ha rifilato lì: caro Cucchi, non hai più vie d'uscita, se non parli resterai dentro fino al Duemila, se parli farai del danno a tante persone, forse anche a me. Ma soprattutto, quando ti butteranno fuori dalla galera, la prima cosa che scoprirai è che sei diventato un relitto. Ti aspetta l'inferno: i tuoi vecchi compagni ti giudicheranno un infamone, uno che non ha saputo resistere a qualche mese di carcere, e per la gente sarai comunque un politico corrotto, così pieno di soldi e di vigliaccheria da doverti mettere nudo nelle mani del tritaossi Di Paolo. E per una ragione o per l'altra, ti massacreranno, senza che tu possa difenderti... Ecco quello che ho sentito per te».

«Ma dai, sono fantasie sporche!» scattò Giulio, sdegnato. «Se ce l'avessi qui, il tuo stecco, gli sbatterei il cranio contro la cucina fino a spaccarglielo! È davvero una merda d'uomo che si è inventato tutto, non immagino perché. Come può conoscere che cosa si sono detti Wanda e Cucchi a San Vittore? Basta domandarsi questo per smontare le sue porcate».

Il Ciuti si stirò il viso per il disgusto: «Gliel'ho domandato anch'io: in che modo hai saputo queste schifezze? Lui giura che la Rosso ha raccontato tutto all'amica del cuore, quella Gloria, e lei l'ha riferito a un suo vecchio ganzo che lavora nell'ufficio del Corvo. Ho cercato di capirne di più, ma è come fare le seghe ai morti».

«Boia!, come mi va ar culo dirti 'ste cose!» si rammaricò il Ciuti. «Anche per me ha l'aria di essere un'infamia contro la tua rossa. In tutte le parrocchie politiche c'è una montagna di gente che ha perso la testa, affogano nei mocci, e dunque le sballano grosse. Ma dietro la storia che hai sentito c'è qualcuno che la testa l'ha conservata fredda e fa girare questo carico di robaccia perché arrivi davanti alla casa di madama Wanda e le metta in corpo la paura. Il motivo non è difficile da immaginare: forse la vogliono gonfiare con tanta di quella strizza da obbligarla a fare qualcosa. Per esempio, a rivelare dove il Cucchi ha nascosto i miliardi e così metterci sopra le manacce, e poi arrivederci e grazie!».

«Oh!, intendimi bene», esclamò il livornese. «È un sospetto tutto mio, di uno che più pratica gli esseri umani e più ne ha schifo. Quanto alla verità, nemmeno un satanasso come il giudice Di Paolo la conoscerà mai. Hai voglia di bere uova, ma erano soltanto in due a parlarsi e a guardarsi in faccia, quel giorno a San Vittore: Cucchi e la signora che ti ha fatto su. Lui è morto, lei è viva. Al posto tuo, io starei a quello che mi dice la mia amica».

E fu così che decise di comportarsi Giulio. Stavolta senza aver l'animo di riportare a Wanda quelle carrettate di fango.

Una sera di metà luglio, in una Roma accoppata dall'afa, Giulio riaccompagnò Wanda a casa, in auto. Quando da corso Vittorio svoltarono in piazza di San Pantaleo, lei disse: «Fermati qui, faccio cinquanta metri a piedi e sono arrivata. Così per andartene non dovrai percorrere a passo d'uomo tutto il budello del Governo Vecchio». «Davvero non vuoi che ti lasci davanti al portone?» domandò Giulio. «Se credi, posso dormire da te». Lei gli sorrise: «Per stasera, il mio Lancillotto si è già dato molto da fare. Grazie, ti amo e ti chiamerò domattina».

La piazzetta di San Pantaleo era un formicaio di tiratardi. Era già passata la mezzanotte, ma schiere di figli di mamma Roma, accaldati, scamiciati, gonfi di gelato, di birra, di cocomero, stavano ancora defluendo con lento piede dal caotico bazar di piazza Navona. In un attimo, Wanda fu in piazza Pasquino e qui incontrò un'altra corrente di nottambulisti, quella che veniva dalle pizzerie e dai pub del Governo Vecchio e, in special modo, dalla babele che devastava il sonno dei giusti attorno ai locali tra via Tor Millina, via della Pace e Santa Maria dell'Anima.

Il portoncino le aprì un varco verso la quiete. Il piccolo androne, presidiato da due bidoni della spazzatura e da una sfilza di cassette della posta ingombre di plichi dimenticati, gli apparve come al solito: invaso dall'odore dolciastro dei rifiuti, le pareti scrostate, la fioca luce di due lampadine moribonde. Uno spettacolo da intristimento istantaneo, ma non per Wanda. Ormai lei attraversava quella terra di nessuno a occhi chiusi e subito prendeva a galoppare per le scale che la innalzavano verso la gloria del suo terrazzo sulla cupola di Sant'Agnese.

Ma quella sera incappò in una sorpresa: una coppia si stava baciando, addossata alla parete da cui partiva la prima rampa. Non era mai accaduto, pensò, però c'è sempre una prima volta. E s'immaginò che la ragazza fosse una delle studentesse americane che si passavano dall'una all'altra i monolocali del primo piano.

Stava mettendo il piede sulla seconda rampa, quando si sentì afferrare per la vita. Spaventata, si voltò: era il ragazzo che, sino a un momento prima, sembrava immerso in quel bacio interminabile. Il giovane le sorrideva con un'espressione invitante e, insieme, crudele. «Mi lasci andare!» ansimò Wanda, e non fu più in grado di aggiungere niente perché l'uomo la inchiodò al muro, prima con la spinta delle braccia, poi con il peso di tutto il corpo.

Adesso Wanda era una preda nella tagliola, un fantoccio alla mercé dello sconosciuto. Lui le soffiò sul viso: «Tu sei Wanda Rosso e io ho un messaggio per te. Ma prima devi assaggiare un regalino». Rapidissimo, il giovane insinuò un braccio sotto la gonna, strappò gli slip, le strinse il sesso con forza, poi cominciò a frugarla. Lei sentì dentro di sé le dita gelide dell'uomo e vomitò.

Lo sconosciuto fece appena in tempo a scansarsi, imprecando, sempre con la sua voce soffice: «Allora è vero che sei una troia abituata a vivere nello schifo. Stammi a sentire: per stasera te la caverai, ma hai capito che cosa ti può succedere la prossima volta. Tu sai quello che devi fare: riporta i soldi a chi spettano. Hai compreso, signora Rosso? Riportali a chi sai!». Il giovane lasciò la presa e se ne andò di corsa, senza neppure voltarsi a osservare Wanda che si afflosciava sulla scala.

Lei si tirò su, con lentezza da vecchia salì all'appartamento, vi entrò barcollando e, prima ancora di barricarsi, si precipitò in bagno. Aveva bisogno di lavarsi, puzzava di vomito e di paura, avvertiva su tutto il corpo l'odore di quel giovane e il gelo delle sue dita. Rimase a lungo sotto la doccia, ascoltando il cuore che, adagio adagio, si calmava. Pensò di chiamare Giulio, però ci rinunciò subito: aveva la testa piena di mosche, il suo racconto sarebbe stato confuso e lo avrebbe allarmato più del necessario. Andò a gettarsi sul letto e s'addormentò di schianto.

L'indomani corse in piazza Indipendenza ad aspettare Giulio all'uscita della riunione mattutina. Lo caricò sull'auto, lo condusse a Villa Borghese e qui, camminando per i prati un po' secchi, gli raccontò della sera prima.

«Devi avvisare subito la polizia, ti accompagno io», la incitò lui, sgomentato. «Non posso farlo», replicò lei. «Perché?». «Dovrei spiegare quello che tu sai già, riparlare di Cucchi e di quei soldi che lui avrebbe nascosto chissà dove», rispose Wanda, nervosa.

Lui s'incollerì: «Ma che cosa aspetti? Che ti stuprino

davvero? Aveva ragione il Ciuti: c'è qualcuno che ha deciso di metterti paura, ecco la prova che aveva visto giusto». «Che ti ha raccontato il tuo Ciuti?» domandò lei, sospettosa. «Niente, lascia perdere: hai già capito tutto dopo l'aggressione di ieri sera. Credono che tu abbia le chiavi del bottino di Cucchi e le vogliono loro».

Già ritornata fredda, Wanda ribatté: «Se è così, tu non rugarmi i santissimi con i soliti consigli: vai dalla polizia, corri dai giudici! Non farò niente di questo. Per un po' di sere verrò a dormire da te, in via Emilia. Se tu mi accetti, naturalmente». Poi aggiunse: «Io ce l'ho un'idea di chi ha spedito da me quel tizio. E mi cautelerò da sola».

Lui la scrutò stupito: «Come sai chi l'ha mandato?». Allora Wanda gli raccontò che, da qualche giorno, sul video del computer alle Coppelle comparivano nella posta elettronica dei messaggi inviati da chissà chi. Erano tutti uguali, a parte la numerazione che li distingueva: «Notizia Uno», «Notizia Due»... E trasmettevano l'ordine che quel mezzo killer in agguato fra le scale le aveva sputacchiato sul viso: «Riporta i soldi a chi sai».

«Questa è roba del Corvo», concluse Wanda. «Vuoi dire che c'è Baraldini dietro la tua aggressione?» chiese Giulio, sbalordito. «Non ho nessun dubbio», replicò lei. «È maligno più del peccato e vorrebbe che gli andassi davanti a ginocchioni per spiegargli in che modo mettere le mani sui quattrini di Cucchi». «Ma com'è possibile?» esclamò Giulio. «Sta nell'ufficio del Segretario, passa per il suo factotum. Quel partito sarà marcio, però non al punto da far violentare una donna se non riconsegna del denaro, che per di più non è neppure suo!».

Lei lo contraddisse con rabbia: «Certo, il Segretario non c'entra, non sa niente. Di questo sono sicura. Ma i partiti hanno generato di tutto, anche squadre di barabba. Il Corvo è un gangster che ormai si muove da solo. Quei soldi li vuole per sé. Così ha deciso di farmi la forca e si prepara ad arrangiarmi coi fiocchi e le frange!».

Stavano camminando sotto gli altissimi pini a ombrello di Villa Borghese, si era levata una piccola brezza, una bava d'aria fresca, il cielo era di un azzurro da cartolina. E Wanda sbottò aspra, quasi tra sé: «Devo andarmene via!». «Da dove?» le domandò Giulio. «Ma da questo paese, no?» esclamò lei.

La penultima domenica di luglio, inchiodati davanti alla tivù, Wanda e Giulio guardavano atterriti la nuova strage di Cosa Nostra a Palermo. Stavolta a morire era stato l'amico di Falcone, il giudice Borsellino, e con lui tutta la scorta, una ragazza poliziotto e quattro agenti.

Il luogo della strage sembrava passato al setaccio da uno squadrone di aerei da bombardamento. Palazzi in fiamme, muri sventrati, carcasse d'auto divorate dal fuoco, una nube di fumo nerastro stesa a coprire l'intera zona come un grande sudario. Dentro quel buio vagavano persone rese pazze dalla paura, feriti che si trascinavano verso le ambulanze, giornalisti e troupe televisive paralizzati dall'orrore, con gli uomini delle scorte che, da tutta Palermo, accorrevano a vedere come la nuova trappola mafiosa avesse mutato via D'Amelio in un'orribile tomba.

Verso le sette di sera squillò il telefono, era il professor Grimaldi, cercava Wanda: «Mi dispiace disturbarla, signora Rosso, immagino che stia vedendo quello che vedo io. Però un istante fa mi ha chiamato il dottor Di Paolo: vuole parlare con lei». «Con me?» domandò Wanda, intrappolata da una nuova angoscia. «Sì, con lei. L'aspetta domani mattina a Milano, verso il mezzogiorno, non al palazzo di giustizia, ma nella caserma dei carabinieri di via Moscova».

Wanda si sentì venir meno: «E in che veste mi vuole ascoltare?». Grimaldi sospirò: «Ecco, questo non me l'ha spiegato. O, meglio, mi ha parlato di un colloquio informale, un incontro privato. Ha aggiunto che, se lo desidera, io posso accompagnarla in qualità di vecchio amico, perché lei non avrà bisogno di nessun difensore, su questo è stato molto preciso».

«Che cosa devo fare?» balbettò Wanda, smarrita. L'avvocato la tranquillizzò: «Lei può anche rifiutare questo appuntamento, chiamiamolo così. E aspettare una convocazione formale, se mai ci sarà. Però il mio consiglio è di non respingere l'invito del procuratore. Riesce a essere qui domattina?». «Sì, ci sarò», promise lei, con una vocina infiacchita. «Sta bene, allora l'aspetto nel mio studio attorno alle dieci, poi andremo insieme in via Moscova. E non si allarmi!, non prevedo nulla di negativo per lei», la incoraggiò quel gran signore.

«Vengo a Milano con te?» le propose Giulio. Wanda scosse il capo con energia: «No, è meglio se non ti fai vedere insieme a me in certi posti. I tuoi colleghi lo scoprirebbero un minuto dopo, e quel Magris, poi, anche un minuto prima. Non voglio che tu ti senta come mi sento io: un'appestata. La gente non deve sapere che hai una morosa dalle mani sporche». Lui la pizzicottò fingendosi allegro: «Anche da bambina ti lamentavi nello stesso modo: Giulio, tua mamma mi ripete sempre che ho le mani nere, mi trascina davanti all'acquaio, mi lava e chiede: ma sei una napoli?, sembri venuta su dalla bassa Italia o dal Marocco, non da Asti!».

Wanda si sforzò di sorridere: «Già, ma adesso è diverso: Di Paolo pensa che le mani sporche io ce le abbia davvero. E poi chissà che cosa starà macchinando dentro quella sua testa. Forse vuole che gli faccia da comodino per un nuovo colpo di scena. Mi hanno raccontato che, se sospetta di qualcuno, non lo molla più. Gli dà delle strengiute! E ti mangia vivo con quegli occhi da basilisco, lo sai che bestia è il basilisco?, una bestiaccia che ti uccide solo a guardarti!».

«Su, basta!» la fermò lui. «Basta con questa domenica orribile. Andiamo a cena ai Tre Scalini, piazza Navona a quest'ora sarà bellissima».

E difatti, sotto il sole al tramonto, la piazza era tutta di un inverosimile arancione. Poi divenne rosa e infine viola. Si accesero le luci sopra la folla che riempiva i caffè e i ristoranti. Almeno tre squadre di cantanti da strada sfornavano un ossessionante repertorio di motivi napoletani. Cellulitiche turiste venute dall'America sbevazzavano chianti o barolo su pizze gigantesche troppo colorate.

«Ho una strizza per questo viaggio a Milano!» confessò Wanda. «Perché?» le domandò Giulio. «Dopo la morte di Cucchi temo che stia per arrivare la mia ora. Il Corvo minaccia di stuprarmi se non gli consegno una cosa che non ho. E Di Paolo ha nel cervello un proposito che non conosco, ma che mi fa battere i trentadue. E io non voglio mica lasciarci le piume in un modo o nell'altro. Il Corvo si muove da mafioso, prima o poi deciderà di farmi saltare in aria. Ma anche il signor giudice non scherza. Leggo che sbatte la gente in carcere con un piacere sadico, e che usa la galera come uno strumento di tortura. Proprio ieri, sul tuo giornale, un avvocato ha detto che, per poter uscire da San Vittore, due imputati hanno deciso di confessare d'aver pagato delle tangenti che, in realtà, non avevano mai versato».

Giulio cercò di calmarla: «Ma non badare a quello che gridano gli avvocati! Fanno il loro mestiere, difendono il cliente e hanno imparato anche loro a usare la stampa». Lei lo scrutò dubbiosa: «Sarà come dici tu, ma io non so niente e proprio per questo non voglio finire in gabbia. E invece mi sento risucchiata verso il carcere da una maledizione. È una specie di vortice. Al centro c'è il giudice Di Paolo e ai bordi ci sono io, che resisto e resisto, ma alla fine verrò inghiottita. Vuoi che sputi fuori tutta la verità? Mi sento perseguitata, e ho il terrore di essere presa, portata via e rinchiusa in qualche posto. Forse è la mia metà ebrea che bussa dentro di me e pretende che dia retta alle sue angosce...».

Giulio la guardò costernato. Era una calma sera di luglio. L'orrore di Palermo apparteneva a un pianeta lontano milioni di chilometri. Roma stava per concludere, con serafica apatia, un'altra delle sue domeniche senza memoria. E quella donna da lui tanto amata si lasciava straziare dalla paura.

Lei si accorse dello stato d'animo di Giulio e cercò, così avrebbe detto sua madre, di tirarsi su le calze. Si scrutò nello specchietto della borsa, per poi borbottare, con rudezza sbrigativa: «Madonna santa, sembro quella che va a suonare l'Ave Maria all'inferno!». Poi finse di sgridare il suo tontolini: «Ma come fai a sopportare una come me? Sono una zitellona malmostosa. E non ho ancora imparato che gli uomini vogliono ragazze sorridenti, che prendono la vita con allegria e scopano senza fisime per la testa. Le passioni luttuose durano pochissimo. E finiscono sempre in purgatorio. Andrà nello stesso modo anche per noi due, e la colpa sarà mia perché sono un tormento per un ragazzo buono come te».

Giulio le accarezzò una mano: «Se fai così, comincerò davvero a pensare che sei la bellezza più lagnosa che ho incontrato». Wanda lo mise in guardia: «Forse ti sei sbagliato sul mio conto. Il ricordo della ringhiera ti ha fatto prendere una di quelle cantonate! Io sono diversa da come mi hai sempre immaginato, e presto te ne accorgerai. Sono diversa e non ti merito».

Lui tentò di scherzare: «Ottimo!, ci mancava soltanto il rebus se tu mi meriti oppure no. Lascialo decidere a me, almeno questo». Ma lei replicò, con testarda freddezza: «Sì, è così: non merito per niente l'amore e la cura che hai per me. Io non sono come credi tu. E il giorno che l'avrai scoperto, non vorrai più saperne di Wanda Rosso».

L'indomani lei partì per Milano con il primo volo. E qualche ora dopo Giulio andò al bunker centrale dei cristiano-democratici, non per suo gusto, naturalmente, ma su ordine del giornale. Doveva raccontare una seduta del parlamentino di quel partito, il Balenone Bianco, che pur martoriato da un calvario di sconfitte era ancora la parrocchia politica più forte.

Nel tragitto in taxi verso l'Eur, sotto un sole africano già impegnato ad arroventare le strade, Giulio si rese conto di affrontare quel servizio di malavoglia. Gli era sempre piaciuto descrivere la politica, con il gusto un po' sadico di coglierne soprattutto i lati grotteschi. Gli sembrava l'unico modo per ricondurre alla loro dimensione reale, di insignificante modestia, gli eroi di cartapesta, i palloni gonfiati, i bagonghi spacciati per giganti, insomma la ratatuia che la televisione, con il coro dei giornali lecchini, aveva pompato e lustrato per anni. Ma adesso quel teatro dominato dai mediocri lo tediava ogni giorno di più, procurandogli un fastidio che, poco per volta, si stava mutando in un rifiuto nauseato.

Quella mattina, però, Giulio si sorprese a chiedersi se il suo rifiuto non si estendesse a qualcosa di più vasto del mondo dei partiti che era stato, a ben guardare, anche il suo mondo. Interrogandosi, scoprì che, in realtà, si sentiva soffocare dall'Italia in cui doveva comunque vivere.

Era in corso un terremoto, eppure tutto sembrava restare uguale. Avevano eletto un nuovo capo dello Stato, un onesto cattolico piemontese, il Preside di Novara, scelto nei giorni stravolti dell'assassinio del giudice Falcone, ma anche lui veniva dal baraccone decrepito che stava crollando sotto l'urto delle inchieste.

C'era un governo fresco di nomina, però non poteva dirsi certo il figlio della rivoluzione di Mani Pulite, zeppo di facce logore e guidato da uno dei sottocapi della Rosa, il più intelligente e il più abile, il Topo, imposto a forza dagli alleati bianchi contro il parere del Segretario che sino all'ultimo aveva lottato per impedirne l'ascesa. Il Topo, infatti, non andava più a genio al capo della Rosa. Lo considerava infido, pronto a tradire. Di lui tutto glielo faceva pensare, persino il furbo musetto a punta, gli occhialini da presbite a penzoloni sul naso, il tono petulante da primo della classe.

E a fare da sfondo a queste finte novità stava il formicaio dei partiti alle prese con le indagini delle procure: una nuova Pompei in attesa di sparire sotto la pioggia di cenere eruttata dal vulcano di Tangentopoli.

Il palazzo del Balenone Bianco era una grande scatola rettangolare, senza bizzarrie architettoniche, di una sobrietà triste, da collegio sottoposto a norme pedanti. Lo scatolone dava su un vasto piazzale spoglio, intitolato a uno dei padri del partito, don Luigi Sturzo. Per ragioni di sicurezza, ormai vi si accedeva soltanto dal retro e per un unico varco. Superato un cancello robusto, si entrava nel cortile circondato sui quattro lati da piccoli portici. Il Patio, lo chiamavano pomposamente i cronisti che, com'era accaduto tante volte a Giulio, vi soggiornavano per ore e ore durante le riunioni del parlamentino. Dal portico di sinistra, uno scalone anonimo a due rampe parallele saliva verso i larghi corridoi del primo piano sino all'aula dei dibattiti, una grande tomba in discesa e sempre in penombra, sorvegliata da un accigliato Alcide De Gasperi ritratto in un quadro a olio dai colori cupi.

Giulio poteva dirsi un habitué del palazzo. Anche le segretarie e gli uscieri lo conoscevano bene per le sue cronache al limite dello scherno. Lo apprezzavano proprio per questo, poiché ai subalterni piace veder messi alla berlina gli illustrissimi superiori. E poi nel Balenone Bianco tutti, dal leader all'ultimo degli iscritti, si consideravano detentori di un potere eterno, impossibile da spiantare. Questa convinzione li aveva sempre spinti a un atteggiamento pacioccone, ben diverso dall'irritazione nevrotica contro la stampa che era la caratteristica più evidente delle altre chiese politiche.

Tuttavia, in quella mattina di fine luglio, Giulio fu colpito da una novità: sotto il sole accecante che rendeva irreali le geometrie dell'Eur, il bonario palazzone puzzava di fradiciume da potere esaurito, di muffa da grandezza sfiorita, una patina che andava ricoprendo ogni cosa, stanze, arredi, carte, persone. Così, per la prima volta, gli sembrò d'inoltrarsi all'interno di una fortezza devastata dal presentimento della fine.

In una stanzona che dava sul patio, davanti ai video di un circuito chiuso, Giulio rimase per qualche ora ad assistere, affascinato, a uno spettacolo mai visto: i capi del Balenone che mettevano in scena il loro terrore di morire. Di fronte al pubblico dei fedeli disfatti dall'afa, colanti mille sudori, scamiciati e con l'organo del partito usato a mo' di ventaglio, i numeri uno recitavano come attori di lunga esperienza chiamati a interpretare parti ben conosciute.

Un tipo inamidato, con un ciuffo grigio a banana, rifaceva alla perfezione il torpore freddo del segretario politico, l'imperturbabile Coniglio Mannaro. Un altro, scrupoloso sino al sadismo dialettale, imitava l'oratoria involuta dell'Intellettuale Irpino, già capo del partito e del governo. Un terzo, un massiccio attore partenopeo, di un'eleganza vistosa, completa di Rolex d'oro e sigaro cubano, aveva tutta l'aggressività ridanciana del Viceré di Napoli, il possessore del più forte pacchetto di tessere.

La sensazione della fine assumeva una funerea corposità quando apparivano i capi del Nord. Nelle loro regioni il Balenone era già stato fiocinato a morte dai nuovi barbari, i separatisti guidati da Umberto il Padano. I capi del Sud, invece, seguitavano a parlare da marmorei padroni del partito. Loro non avevano ancora intravisto la signora con la falce e quindi discettavano di filosofia politica, di riforme istituzionali da immaginare, di costituzionalismi stranieri da imitare o da respingere. Ma era sufficiente osservare i loro famigli, badare a certi sudori freddi, cogliere negli sguardi quei lampi d'insicurezza prima mai visti, per comprendere che il serpente della paura si era insinuato anche nei giardini bianchi del Sud, un tempo ritenuti inviolabili.

Giulio aveva incassato quanto gli bastava e decise di ritornare in redazione. Nel patio s'imbatté in un amico, cronista del giornale dei post-comunisti, Giuseppe Di Francesco, un ragazzone massiccio, la barbaccia nera, lo sguardo mansueto e un mezzo toscano tra le labbra. Indicando l'aula del parlamentino, Giulio osservò: «Questi sono sull'orlo di una crisi di nervi. L'inchiesta di Milano li sta mettendo a terra, uno dopo l'altro, come birilli. Ma anche in casa tua c'è un po' di gente sui carboni ardenti».

Di Francesco sbuffò, con una smorfia sconsolata: «Al partito dicono che Di Paolo stia per arrestare un nostro dirigente di Milano, avrebbe incassato una quota della tangente sui lavori del metró. Vedo in giro facce stravolte e anche molti compagni imbufaliti. Hai letto che cos'ha scritto quel nostro parlamentare di Venezia?».

Certo, Giulio l'aveva letta quell'articolessa, pubblicata non sul quotidiano della Quercia, bensì dal giornale della Rosa. Era un evento insolito che rivelava quanto fossero uniformi gli umori di partiti in apparenza molto lontani tra loro. Il dirigente veneto, un nome importante nell'album di famiglia dei post-comunisti, si diffondeva in un lamento tignoso sullo sconquasso provocato dai pool giudiziari. C'è un imbarbarimento della vita politica e del giornalismo, piangeva l'eccellenza, il segreto istruttorio non esiste più, tutti pubblicano tutto, la colpa è del protagonismo di un plotone di giudici, alcuni dei quali progettano di sostituire al governo dei partiti la dittatura dei magistrati...

«Quella pippa lagnosa mi ha fatto infuriare e poi mi ha depresso», disse Giulio. «E io sono più infuriato e depresso di te», garantì Di Francesco. Poi gli propose di andare a cena con qualche amico. Giulio declinò l'invito: pensò che doveva scrivere il suo pezzo e poi telefonare a Magris, lo aveva informato del colloquio tra Di Paolo e Wanda, e si erano dati un appuntamento per le nove.

Il mastino lo chiamò qualche minuto prima: «Non mandarmi al diavolo, Giulio, ma non so raccontarti niente. Al palazzo di giustizia Di Paolo non si è fatto vedere tutto il giorno. Sono anche andato a bagnarmi nell'acqua santa della Moscova e lì un amico mi ha detto di averlo notato sparire in auto con una signora: doveva essere la tua bella, arrivata fresca fresca da Roma. Ma dove l'abbia portata per sentirla, questo lo sa solo il Padreterno. Mi dispiace», concluse Magris, affettuoso, «stavolta il buco l'ho rifilato a te».

Giulio, allora, telefonò al professor Grimaldi e lo trovò ancora in studio. Ma anche lui era a secco di notizie: «La signora mi ha chiamato appena è scesa dall'aereo a Linate e mi ha detto che sarebbe andata al colloquio da sola. Poi non l'ho più sentita». «Che cosa può essere accaduto?» domandò Giulio, e si avvertiva l'ansia nella voce. «Assolutamente niente. Non si allarmi, dottor Guala: i metodi di Di Paolo sono imprevedibili, però hanno sempre una conclusione chiara».

«Non capisco», ammise Giulio, confuso. L'avvocato lo confortò con una risatina rassicurante: «Se avesse deciso di arrestare la signora Rosso, il dottor Di Paolo mi avrebbe chiamato prima di firmare l'ordine.

E avrei potuto discuterne con lui, e magari anche trattare, perché no?».

Wanda ritornò a Roma dopo quasi quattro giorni, che per Giulio furono un letto di tortura. Era un giovedì pomeriggio e lei lo cercò subito al giornale: «Sto al Governo Vecchio, perdonami se non mi sono fatta viva, ma non potevo». Aveva una voce infiacchita dalla tensione. «Ti senti bene?» le domandò Giulio, allarmato. «Sì, però non mi reggo in piedi. E sono in disordine, impresentabile». «Vengo subito da te, ti prenderò come sei», la interruppe lui. Cocciuta, Wanda si negò: «Non voglio vedere nessuno, nemmeno te. Ho bisogno di una doccia e poi di dormire e dormire. Ti aspetto domattina alle nove». E staccò il telefono.

L'indomani Wanda si fece trovare sul portoncino. Aveva il bell'aspetto di sempre e, sotto il sole di quel mattino d'estate, i suoi capelli rossi abbagliavano. Si baciarono, poi lei chiese: «Hai un po' di tempo per noi due?». «Sì, mi sono preso un giorno di permesso». «Allora portami al mare, ho voglia di fare il bagno, qui c'è tutto l'occorrente anche per te», spiegò lei, mostrando una sacca di tela azzurra.

Raggiunsero la spiaggia di Fregene, allo stabilimento di Mastino. Non c'era una gran gente, si bagnarono nuotando a lungo, in mare Wanda sembrava riprendere le forze, poi corsero al riparo di un ombrellone. Giulio la scrutò impaziente: «Adesso te la senti di parlare?». «Sì, e risponderò subito alla tua prima domanda, te la leggo in faccia», lo prevenne lei, sorridendo. «Tu vuoi sapere dove sono stata in questi giorni. Lunedì l'ho passato quasi tutto con il giudice Di Paolo, poi ti racconterò. Ho dormito in albergo a Milano e l'indomani sono andata a Bologna dove sono rimasta fino a giovedì mattina. Lo so che Bologna t'inquieta sempre, ma lì non esiste niente che ti debba allarmare: mi ha ospitato la mia amica di via Goito, ho sistemato delle pratiche interminabili lasciate aperte da Cucchi, poi avevo bisogno di rilassarmi e allora ho girato per il centro a spendere i miei ultimi soldi, due vestiti estivi, delle scarpe e anche questo costume da bagno, ti piace?».

«Certo», rognò lui, nervoso, «però non capisco il tuo silenzio. Le ho pensate tutte: che Di Paolo ti avesse arrestato, che ti stesse torchiando giorno e notte in qualche caserma del vattelapesca, che ti fosse accaduto qualcosa durante il viaggio di ritorno a Roma. Quando tagli la corda e ti nascondi, non mi piaci per niente. Ti darei un cazzotto in faccia!».

Wanda si sporse verso di lui: «E dammelo, che me lo merito!». Giulio osservò i suoi occhi tristi, cerchiati dalla tensione, le belle labbra senza colore, e si arrese: «Sei una stronza, ma non posso menarti, perché ti amo. E tu ti approfitti di questo tontolone innamorato di te».

«Prestami le tue baricole, subito!» gli ordinò Wanda. Lui la squadrò stupito: «Che ti succede?». «In un posto di lusso come questo è da painacchi dare spettacolo piangendo. Fregene è un luogo per divertirsi, non per spiorare», spiegò lei, inforcando gli occhiali di Giulio. Se ne stette in silenzio per un bel po', e lacrimava a più non posso, sia pure sforzandosi di guardare le piccole onde bianche che s'infrangevano sulla spiaggia. Poi parlò.

«Lunedì mattina, quando mi sono presentata alla caserma di via Moscova, Di Paolo mi stava aspettando. Aveva l'aria del signore incuriosito che attende di conoscere una donna di cui sa già molte cose. Mi ha offerto un caffè al bar dei carabinieri, poi ha detto: non ho voglia di discutere con lei in questo postaccio da militari, ci sta a fare una piccola passeggiata, signora Rosso? Siamo saliti sulla sua auto e dopo un quarto d'ora lui si è fermato all'ingresso di un parco pubblico che sta sulla strada dell'aeroporto di Linate, mi ha spiegato poi che si chiama parco Forlanini. Abbiamo cominciato a camminare sui prati, la scorta ci seguiva abbastanza distanziata, a quell'ora di mattina sui viali non si vedeva un'anima, a parte due o tre tipi impegnati a fare del footing. Io ero sospesa tra l'imbarazzo e la paura, ma ho trovato il coraggio di chiedere subito: lei deve interrogarmi, dottor Di Paolo, oppure ha qualche altro progetto nella testa? Lui si è messo a ridere ed è stato in quel momento che ho osservato bene il suo volto: una bella faccia paffutella, da contadino abruzzese, un viso quasi d'altri tempi, non moderno, non di oggi, e poi quegli occhi da bambino buono e furbo, ridenti, spazientiti, maliziosi. Mi sta studiando, signora Rosso?, ha domandato lui. Senza aspettare la mia risposta, ha proseguito: no, per oggi non voglio interrogarla, non l'avrei pregata di venire in questo parco, oggi devo soltanto spiegarle un mio problema che la riguarda, nel senso che lei, e soltanto lei, può aiutarmi a risolverlo. Il problema, cara signora Rosso, è quello, chiamiamolo così, dell'eredità dell'ex ministro Cucchi. Ricapitoliamo a uso di entrambi: ho ricevuto un esposto anonimo che accusava Cucchi di essersi pappato tangenti da Tizio, da Caio, da Sempronio e via elencando, tutta questa gente, interrogata, ha ammesso la dazione, sostenendo che erano stati obbligati dal ministro a scucire il denaro, allora ho fermato Cucchi, lui si è rifiutato di parlarmi, io ho dovuto mandarlo a San Vittore e lì quel poveraccio si è ucciso dopo neanche due mesi di carcere. A questo punto molti direbbero: stop!, l'inchiesta è finita. Invece io dico: eh, no!, come magistrato ho ancora un dovere, quello di recuperare il bottino, i miliardi ricevuti dall'accusato, credo che siano più di quindici, signora!, e di metterli a disposizione dello Stato. Questo dovere io voglio onorarlo, niente me lo impedirà. Anche perché c'è una persona che mi può offrire un aiuto decisivo: è lei, signora Rosso. Ha lavorato per anni accanto a Cucchi, sappiamo che per qualche tempo è stata la sua compagna, dunque io posso contare unicamente su di lei. E lei mi deve soltanto dire dove debbo cercarli, questi quindici miliardi, o la somma che si è avanzata della provvista originaria raccolta dalle aziende elencate nell'esposto».

«E tu che cos'hai replicato a Di Paolo?» domandò Giulio, ansioso. «Lo immagini: che io non so nulla di quei soldi e che per me sarebbe più facile aiutarlo a cercare un ago in un pagliaio grande quanto Milano. La mia risposta non gli è piaciuta, bastava guardarlo in faccia, e tuttavia è scoppiato in una risata, vera, a gola piena. Gli ho chiesto: perché ride, dottor Di Paolo? Perché la sua furbizia ingenua mi mette di buon umore, ha risposto, lei pensa davvero, mia cara signora Rosso, che io possa crederle?, se lo pensa si disilluda, io sono convinto che lei mi stia rifilando una falsità, e me la offre con questa sua bella espressione aperta, candida, fiduciosa, pur conoscendo tutto ciò che le può accadere… E che cosa mi può capitare?, gli ho domandato col bruciacuore. Di Paolo non mi ha ribattuto, ha cominciato a prendere a calci un pallone che qualche bambino aveva perduto nel parco, poi si è voltato e ha esclamato, con solennità: venga, andiamo a quel chiosco, le offro qualcosa da bere, l'afa di Milano secca la gola, non soltanto la sua, ma anche la mia di vecchio contadino, ha precisato civettando. Mentre io mandavo giù una Coca e lui sorseggiava con calma una bottiglia di acqua minerale, mi ha spiegato, parlando adagio: le può accadere più di un guaio, signora Rosso. In procura ci stiamo domandando chi ha portato il cianuro a Cucchi e qualche mio collega ripete di continuo: non può essere stata che la sua vecchia amica, l'unica ad avergli fatto visita in carcere. Poi ci domandiamo ancora chi può averci mandato il famoso esposto, così preciso, così veritiero. E sempre qualcuno della procura sostiene che potrebbe essere stata la dottoressa Wanda Rosso, per inguaiare senza rimedio un vecchio amante senza più potere, in disgrazia nel suo partito, destinato a un declino pesante anche per lei, e dopo averlo inguaiato per sempre tagliare la corda da sola, andare all'estero, recuperare i soldi e sparire. È stupita di questa ipotesi?, mi ha chiesto Di Paolo, con una faccia d'angelo. Ho balbettato: non sono stupita, sono schifata!, mi danno il vomito questi sospetti, io avrei spinto Cucchi a uccidersi?, il suo collega è un vero figlio di puttana, e dovrò pensare che anche lei lo è, dottor Di Paolo, se non la smette con questo gioco di allusioni e di minacce, in questo parco, senza testimoni, senza un avvocato... Lui mi ha sorriso serafico: cara signora, non vorrà insegnarmi ciò che deve fare un magistrato alle prese con un verminaio come quello in cui prosperava anche la buonanima di Cucchi!, ho soltanto voluto conoscerla e metterla sull'avviso, in via amichevole; adesso sa che cosa si attende da lei la procura di Milano e conosce anche i rischi che può correre... Ero impaurita, fradicia di sudore, stavo per farmela addosso, ma ho avuto la forza di dirgli: basta, la passeggiata mi ha stancato, se mi vuole interrogare davvero andiamo subito al palazzo di giustizia, oppure mi lasci al primo posteggio di taxi. Lui mi ha sorriso: sta bene, la porteremo a un taxi, io ho tempo, posso aspettare, e anche lei ne avrà per riflettere su questa nostra mattinata al parco Forlanini!».

Sbalordito, Giulio le chiese: «Perché non hai detto niente al professor Grimaldi?». Wanda alzò le spalle: «Prima volevo raccontare tutto a te. Come vedi, sono andata a Milano in un sacco e ne sono tornata in un sacchetto, nel senso che ne so meno di prima. L'unica cosa che ho capito bene riguarda il giudice: è un sacramento, questo Di Paolo, furbo come tre diavoli. Adesso mi rendo conto perché la gente si precipita da lui a confessare. Di Paolo gli dice: o così o pomì, o parli o rivolto la tua vita come un calzino, e ti contesto di aver spedito un esposto anonimo e di aver dato il cianuro al tuo vecchio moroso!».

Il suo volto era deformato dall'ira. Si alzò di scatto: «Dai, facciamo il bagno che mi calmo». Stavano per entrare in acqua, quando lei si girò a guardare Giulio e spiegò con durezza: «È un magnano, quel Di Paolo, ma io lo tingo perché ne so più di lui. Sbaglia a credermi una donna abbottonata di dietro. Vedrai che scherzo gli combino!» gridò tuffandosi.

Dopo il colloquio con Di Paolo, Wanda cominciò

ad avere sonni inquieti. Lei che era abituata a dormire come una talpa d'inverno, si rigirava nel letto le mille volte, si assopiva, si risvegliava, sempre così, ogni notte, e neppure l'amore con Giulio sapeva calmarla.

Una notte Wanda si alzò e andò sul terrazzino. Erano passate le tre e Roma si mostrava in pace con se stessa e con i suoi peccati, placidamente distesa sotto il chiarore di una grandissima luna. Anche Giulio si era alzato e aveva seguito Wanda. Lei bisbigliò: «Vorrei dormire come questa città, e invece dormo come le lepri, a occhi aperti, sempre con la paura in gola».

«Paura di che cosa?» indagò lui. Però lei non rispose e ribadì: «Sì, vorrei essere una lepre: correndo, perderei la memoria e non avrei più affanni. Tu potresti mangiarmi e, come dice la leggenda, diventeresti ancora più bello».

«Ma per mangiarti dovrei ucciderti», obiettò lui. «E fallo!» lo incitò Wanda. «M'importa così poco di vivere».

Allora Giulio l'afferrò per la vita e le sussurrò, da uomo pratico: «Ho capito: hai bisogno di una vacanza. Sabato ti porterò in Sardegna».

Andarono sino a Capo Spartivento, la punta più a sud dell'isola. Li aspettava una piccola casa sopra la laguna di Chia, era stato un amico di Giulio a prestargliela per due settimane. Si alzavano la mattina di buon'ora, quando la laguna era rosa e il mare di un azzurro ancora impastato di grigio. Facevano un po' di provviste, Wanda comperava tutti i giornali che era possibile trovare al piccolo market di fronte al Grand Hotel di Chia, poi partivano su di un gommone che avevano affittato.

Puntavano sempre a sud-ovest, passando alle spalle dell'Isola del Giudeo, per poi doppiare Capo Spartivento e dirigersi verso Capo Malfatano. Si fermavano a caso, quando avvistavano una mezzaluna di sabbia che prometteva di restare deserta per qualche ora. A Wanda, però, piaceva la spiaggetta di Cala Gibudda, Cala Cipolla. Ancoravano il gommone, poi raggiungevano le dune, spesso segnalate da ginepri ripiegati su se stessi e contorti dal vento. Dopo aver allestito il loro piccolo accampamento, trascorrevano una parte della giornata in quel paradiso.

Il terrore e la furia di Pompei sotto la lava erano scomparsi nel nulla, fantasmi di un mondo che si era dissolto nell'istante in cui l'avevano lasciato. Così la pensava Giulio che, all'arrivo in Sardegna, aveva stabilito di non leggere più i giornali, neppure quelli dell'isola così pieni di storie violente, di ribellismo latente, di proteste, di povertà, una realtà aspra che stava in agguato a ogni pagina e assaliva il suo paradiso per sfregiarlo. Wanda, invece, i giornali li divorava tutti, riga per riga, ci perdeva delle ore, distesa all'ombra dei ginepri. Quei fogli erano diventati la sua droga, e anche i suoi tarocchi. Giulio l'osservava in silenzio e la vedeva immersa in un gioco quasi macabro: disporre le carte, poi voltarle e leggerle, per spiare il futuro e intuire quale sarebbe stato il suo destino.

Un pomeriggio, mentre navigavano lentamente verso Capo Malfatano, lui chiese a Wanda: «Perché non smetti di mangiare quella cartaccia avvelenata? Immagina di stare su un altro pianeta, dimentica tutto e regalati qualche giorno di quiete». Lei gli rispose, intristita: «Io non sono più capace di quiete. Sono cambiata, non te ne sei accorto? Adesso mi sembra di essere quella delle trentatré disgrazie. Oppure il calzolaio di Gerusalemme. Te la ricordi la storia?».

Paziente, Giulio sospirò: «No, non me la ricordo». «Impossibile!, la raccontava sempre tua nonna. Dunque, Gesù Cristo stava arrancando verso il Golgota, schiacciato sotto il peso della croce, quando si fermò proprio di fronte alla bottega del calzolaio di Gerusalemme. Il calzolaio si fece sulla porta, però non volle concedergli il conforto di una sosta. Su!, cammina, cammina con la tua croce sulle spalle!, ordinò al Cristo. E Gesù gli rispose: va bene, ma ricordati che io riposerò nella gloria, mentre tu camminerai fino alla consunzione dei tempi. Da allora il calzolaio di Gerusalemme cammina senza un istante di riposo. Soltanto a ogni spirare di secolo gli viene concesso di fermarsi per un'ora. Ma allo scadere dell'ora la punizione riprende». «E perché tu saresti come lui?» domandò Giulio. Wanda lo guardò seria: «Non lo capisci? Anch'io devo camminare senza fermarmi, per sfuggire a un pericolo che avverto su di me. E non so quando mi fermerò, né dove».

Due giorni dopo, Giulio ormeggiò il gommone vicino a Cala Cipolla e di qui guidò Wanda sino al faro di Capo Spartivento, con una piccola marcia su di un sentiero largo, ben sistemato e coperto di sassi bianchi.

Voleva vederlo da così tanto tempo, questo faro! Quand'era piccolo, leggeva sulla carta geografica «Capo Spartivento» e se lo immaginava come l'ultimo lembo di Sardegna proiettato verso l'Africa, un trampolino per giganti, un sentiero a mezz'aria, tra cielo e mare.

Lo scoprì diverso. Una casermetta rossastra e bianca. L'intonaco scrostato. Il colore smangiato dalla salsedine. L'ingresso impedito da una lastra di ferro e le finestre inchiodate. Poi il faro vero e proprio, che doveva essere controllato da chissà dove, poiché all'interno non c'era anima viva, soltanto mura abbandonate agli uccelli, ai topi, a qualche coppia notturna.

Ma nonostante tutto, questo faro tanto sospirato, in cima a una doppia torretta, la prima rosa, la seconda bianca, parve a Giulio una macchina dal fascino magico. Spartito in tre vetrate a cerchio, sovrapposte l'una all'altra, era sormontato da una bizzarra cupola in lamiera argentea, illeggiadrita da un ricamo circolare in ferro battuto, culminante in una seconda cupoletta a boccia, armata di una lancia parafulmini.

L'insieme non era dissimile dalle coperture dei chioschi che nelle città di provincia ospitavano l'orchestra domenicale. Eppure Giulio contemplò ammaliato questa realtà tranquilla e immota. Il tempo poteva aggredirla, ma non distruggerla. La sua luce, tre lampi bianchi a due secondi d'intervallo, seguiti da un'eclisse di otto secondi, si diffondeva sicura nella notte sul mare. E ti avvertiva che lassù, in cima al capo, c'era un amico di cui potevi fidarti e che non ti avrebbe tradito mai.

Wanda si affacciò dalla terrazza e osservò a lungo l'infinità azzurra che si stendeva da Chia sino a Capo Malfatano e oltre, in direzione di Capo Teulada. «Ti piace?» domandò Giulio, infantilmente. Lei annuì: «Sì, persino più delle Crete». «Perché ti piace?» tornò a chiedere lui, come un bambino che voglia essere rassicurato. Wanda rispose, intristita: «Perché mi fa pensare a una vita normale, tranquilla, senza tormenti, lontana dal mondo che mi tiene prigioniera: tu lo conosci bene perché è anche il tuo mondo. E poi, qui, non sento la guerra».

«Quale guerra?» si stupì Giulio. Lei si rabbuiò: «Che domanda fai? Ti avevo già messo sull'avviso, però senza risultato, lo capisco adesso. Non ti accorgi che cos'è successo in Italia? È cominciata una nuova guerra civile tra gli onesti e i corrotti, o tra quelli che si ritengono onesti e quelli giudicati corrotti, con le mani sporche. Io mi trovo nella parte che verrà spazzata via, i disonesti, i malfattori, i ladri. Tu invece stai con quelli che vinceranno. Noi che siamo destinati a perdere abbiamo un futuro che mi fa tremare: le procure ci braccheranno partito per partito, faranno giustizia alla catalana, come ciechi, e poi ci affideranno ai plotoni di esecuzione, costituiti da voi dei giornali. Tu non dovresti accompagnarti a me», spiegò a Giulio con un'occhiata di sfida. «Io posso essere pericolosa per il tuo buon nome! Ho vissuto per anni nella palude dei partiti, sono stata la segretaria e anche l'amica di un ministro arrestato per aver preteso delle mazzette e che si è ucciso in carcere. Non lo capisci che pessimo soggetto sono? Non ho rubato, così sembra, però ho lavorato per chi rubava, così pare. Come potrebbe definirmi il tuo giudice...».

«Io non possiedo giudici!» la zittì Giulio. «Lasciami continuare! Come direbbe il tuo giudice Di Paolo? Un'ausiliaria del tangentismo, ecco che cosa è lei, signora Wanda Rosso! Anzi, un'ausiliaria del tangentismo repubblichino, quello della prima repubblica. Prendi nota: parlo della prima e non ancora della seconda repubblica, perché...».

«Basta!, ti fai del male», le gridò Giulio. Ma neppure stavolta Wanda si lasciò fermare: «Perché poi verrà a galla anche il tangentismo del regime che prenderà il posto di quello che sta morendo. Non illuderti: i politici non cambieranno mai, è come pregare un asino perché diventi un mulo. Dunque la vostra guerra civile non servirà a nulla. Alla fine vi ritroverete con un pugno di mosche e sarete costretti a ricominciare tutto da capo. Arrivati a quel punto, a fermarvi ci penseranno i politici nuovi che avrete messo in sella. Saranno loro a tagliare le mani ai giudici, al tuo Di Paolo per primo, e a mettere una pietra in bocca a voi dei giornali».

Giulio decise che non doveva prenderla sul serio e le ordinò, sorridendo: «Smettila di fare la menagramo!». La sollevò di peso e, traballando, s'incamminò lungo il sentiero di pietre bianche. «Devo portarla così fino al gommone, o mia regina?». «No, fammi scendere dal tuo cavallo, o mio Lancillotto!». Si avviarono correndo verso Cala Cipolla. La spiaggia, ormai, era affollata di famiglie cariche di vettovaglie, frigo portatili, casse di birra, lettini e stereo giganteschi. «Andiamocene, i sardi mi sono molto simpatici, ma voglio rimanere sola con te», decise Wanda.

Restarono in mare sino al tramonto, quando il sole mutò l'Isola del Giudeo in un braciere rosso. Dopo cena, sul terrazzo di casa, Wanda si mise a osservare le stelle, nitide sopra la baia di Chia. Giulio si accorse che le stava contando. «Che cosa fai?» indagò, curioso. «Se conto cento stelle per ventisette sere di seguito, sposerò l'uomo che ho nel cuore».

«E chi è il fortunato che la fata dai capelli rossi sceglierà?» la provocò lui. Wanda mormorò, sorniona: «Non te lo dico neanche se mi prometti che mi taroccherai per tutta la notte». Giulio le fece solletico sotto le ascelle: «Io non ti prometto niente! Comunque, non potremo restare qui altre ventisei sere. E a Roma le stelle non si vedono più».

A Roma si ritrovarono, di colpo, sul ciglio di una frana che slittava verso il buio. I giornali starnazzavano del poker d'assi che il Segretario della Rosa intendeva scagliare contro il giudice Di Paolo. Qualche politico urlava che la galera usata per intimidire era roba da Cecoslovacchia comunista del dopoguerra. E la paura delle inchieste faceva divampare una rabbia imprevista che il corpaccione malato dei partiti non sembrava più capace di generare. Ma tutta quest'ira andava a schiantarsi contro il muro compatto di un'opinione pubblica convinta che ogni politico fosse un ladro da agganciare alla forca.

Erano appena scesi dall'aereo di Cagliari quando Giulio s'imbatté in un vecchio amico, un dirigente dei post-comunisti, un uomo riflessivo, di parole caute, abituato a sezionare ogni problema in mille segmenti. Lo scoprì paonazzo, la voce strangolata dall'affanno, la barba riccia da zar in fuga. «Caro Giulio», sospirò malinconico, «noi politici non possiamo più girare per strada. La gente ci assale. Ormai soltanto i magistrati e i giornalisti stanno sugli scudi. Tu sei uno dei dieci italiani che possono diventare capo del governo!». «E tu sei un simpatico pazzo», gli replicò Giulio. «Ma no, è così, non sto scherzando», mugolò Barbariccia. «Non ho mai parlato tanto sul serio. E ho la tentazione di mollare tutto e di ritirarmi in una casa isolata in mezzo alla campagna, con i mille libri che finora non ho trovato il tempo di leggere».

Con Barbariccia c'era un altro dirigente della Quercia, già segretario del partito in Lombardia, un funzionario tenace e operoso, capace di tenere in piedi da solo un intero apparato regionale. Giulio conosceva anche lui da anni e lo scoprì cambiato: un piccoletto robusto, con gli occhi a fessura dei testardi, ma adesso rinsecchito e quasi mezzo ciucco sotto la bufera che spazzava la peccaminosa capitale di Tangentopoli. Traballando, puntò l'indice contro Giulio e gracchiò una profezia: «Oggi è il momento della vendetta, e i giudici ci danno dentro con l'aiuto di voi giornalisti. Ma domani, ricordatelo, caro il mio Guala!, i politici che saranno rimasti sulla scena si vendicheranno su di voi e sui magistrati».

Wanda ascoltò senza batter ciglio e si limitò a rispondere con un sorriso al saluto di quei due politici in pena. Poi avvertì Giulio: «Guarda che all'uscita troveremo Gloria, è venuta a prenderci». Lui si sorprese: «Come poteva sapere del nostro arrivo?». «Sono stata io ad avvisarla. Volevo sentire subito che cosa è accaduto mentre noi ci eravamo perduti nel paradiso di Capo Spartivento».

«Non potevi aspettare qualche ora, prima di calarti di nuovo dentro i tuoi problemi?» le domandò lui, corrucciato. «No, avevo bisogno di conoscere subito l'aria che tira perché ho una decisione da prendere, e abbastanza in fretta». «Quale decisione?» si allarmò Giulio. «Non inquietarti prima del tempo», gli replicò Wanda, con una voce così dolce che lui si sentì un bambino disposto ad affidarsi, completamente, a lei.

Gloria era abbronzatissima, splendente, fasciata in un assurdo pantacollant leopardato che obbligava i maschi di Fiumicino a gettarle gli occhi addosso. Ma quando li ebbe fatti salire in auto, una vecchia Tipo tutta gibollata, il suo racconto fu di una stringatezza senza pietà.

«Qui si sta intrugliando tutto, viene a galla un'immondezza che stordisce, e ogni mattina ti scopri sepolta sotto giornalate che sembrano lapidi mortuarie», esordì Gloria. «Molti dei nostri sono ancora convinti di poter resistere sulla scena, non ti ascoltano se li avvisi che il sipario sta calando e tra un po' arriveranno gli incappucciati della Misericordia, quelli che accompagnano i morti. È inutile spiegarglielo, sarebbe come dare il concime alle colonne. Eppure dovrebbero capirlo da quel che gli succede intorno: sale la quantità di sudicio che esce dappertutto e scende il numero dei fedeli in parrocchia. Scappano tutti come il vento, rimangono gli eroi o la gentuccia, la bassa macelleria. Anche il Segretario conta ogni giorno le sedie vuote davanti al suo palchetto e allunga l'elenco dei voltagiubbe».

«A me dispiace», si lamentò Gloria, presa da un magone vero, «perché io ho creduto nel Gran Capo, mi sembrava l'uomo giusto per l'Italia. Al partito, ormai, lo s'incontra poco o niente, sta chiuso nel suo albergo, un cacarabbia, un leone tra le sbarre. L'altro giorno, l'avete visto alla tivù?, nell'uscire dagli uffici di corso Vittorio si è trovato di fronte una squadretta che lo aspettava. Erano poco più di quattro gatti, ma alla televisione risultavano un canaio. L'hanno insultato, sputacchiato, preso di mira con le monete da cento lire. Non credo per niente che fosse una faccenda spontanea, quelli erano mandati lì da chissà chi, comunque una scena così non l'avevo mai patita!».

«E poi c'è il tuo problema, Wanda», disse di colpo Gloria, mentre si destreggiava nella coda del rientro dal mare. «Tre giorni fa è entrato nella mia stanza il Corvo, tutto agghindato, aveva l'aria del maiale con la cravatta e un fiataccio viperino. Ha chiuso la porta e, con la solita faccia di quello che arriva e mena, ha buttato lì: di' alla tua amica, la vedova Cucchi, che il giudice Di Paolo ha deciso di arrestarla, la manderà a San Vittore appena lei torna dalle ferie in compagnia del giornalista che ha preso il posto della buonanima, e questa dell'arresto non è una diceria, lo so per certo, me l'hanno garantito due compagni di Milano che lavorano dentro il palazzo di giustizia, informala quando la vedi, che si prepari un valigione con il corredo per una lunga permanenza».

«Il Corvo se n'è subito andato, senza darmi il tempo di rispondergli a denti secchi. Allora mi è venuta una spaghite da gettarmi per terra. Volevo telefonarti, poi non l'ho fatto, ti avrei mandato a male le ultime ore di vacanza. Mi sono caricata sulle spalle la notizia e questo mi ha dato una straccaia che non conoscevo», mugugnò Gloria, incupita. «Mi alzavo e sentivo le gambe di piombo, e poi mi prendeva una spossatezza che mi sarei lasciata in pasto ai cani. Porto ancora addosso il lezzo del cattivo umore, anche se sono riuscita a convincermi che quello che racconta il Corvo non è vero: lo dice per torturarti, è la cattiveria che lo spinge, o qualche misteriosa ragione che non riesco a vedere».

Con gran meraviglia dell'amica, Wanda non commentò la notizia, anzi si chiuse in un mutismo totale, e anche Giulio non ebbe il coraggio di domandare nulla.

Sul portoncino del Governo Vecchio, Gloria li salutò un po' imbarazzata. Wanda la ricambiò con un bacio distratto, poi salì di corsa in casa, fece la doccia, preparò qualcosa da mangiare, sempre parlando di faccende vaghe. Dopo cena volle giocare con Giulio sino a sfinirsi, quindi piombò in un sonno di pietra.

Visse così per più di una settimana, come se non fosse accaduto nulla. Infine, una sera, annunciò a Giulio che sarebbe andata a parlare con il Corvo.

Ci andò mercoledì 2 settembre, però non nel suo ufficio al partito, bensì in un bar di via Veneto, da Doney, dove il Corvo le aveva concesso un appuntamento alle nove del mattino.

Cominciava la nuova giornata di un'estate senza fine, colonne di turisti giapponesi, americani e spagnoli uscivano dal Grand Hotel Ambasciatori, dall'Excelsior, dall'Eden, dal Majestic, per andare all'assalto di Roma, ai monumenti da fotografare e alle boutiques da svuotare. Il Corvo stava già seduto a un tavolino esterno al bar, con un bicchiere di latte in mano. Due posti più in là, si erano piazzati tre dei suoi busecconi, tutti milanesi, mangiatrippa a tradimento e bugiardi come il loro culo.

«Sembrano davvero una banda di gangster mafiosi, persino nelle giacche, nelle scarpe, nel taglio dei capelli», pensò Wanda, con ripugnanza. E chissà perché si domandò di quale razza doveva essere stato il Corvo da giovane: ignorante quanto una gabba e cattivo come l'immondizia, ma già fornito della ghigna più brutta del quartiere, e dunque destinato a comandare sulla truppa votata ai bassi servizi.

Questo corvaccio non la lasciò parlare. «Io so che cosa vuoi da me, dottoressa Rosso», attaccò subito, risparmiandole l'umiliazione di dover chiedere conto di quel sentito dire. «Tu vuoi che ti confermi la notizia che ho dato alla tua amica Gloria. Sì, te la confermo, gioia mia. Certi nostri compagni di Milano, io mi fido soltanto di loro, mi avvertono che Di Paolo sta per mandarti a San Vittore. Gli amici che mi hanno informato ne sanno parecchio. Sanno persino che Di Paolo si è speso in una lunga chiacchierata con te, chiamiamola così, una mattina, non tanto tempo fa, in un parco vicino all'aeroporto di Linate. È vero? La tua boccuccia non si apre, gioia cara, ma la tua faccia mi dice che questo tête-à-tête col signor giudice l'hai avuto. Lui ti avrà spiegato che vuole sapere dove il compagno Cucchi ha infrattato i miliardi, o almeno i tanti spiccioli che gli erano rimasti. Questo, però, pretendo di conoscerlo anch'io. I soldi, ormai, sono del partito e io lo rappresento in questa faccenda spinosa, sì, spinosissima per me, e tutto a causa della tua testolina così gnocca, dura di comprendonio, che rifiuta di capire. Lo so quello che pensa la tua testa: io non rappresento nessuno e il denaro fa gola a me. Ma se anche fosse così, che cosa cambia per Wanda Rosso? Tu devi dirmelo dove possiamo andare a prendere il malloppetto del tuo Cucchi. Non tirarti indietro, come hai fatto sino ad oggi. So che hai già incontrato un guaio sulla porta di casa. Mi hanno spiegato che quel tizio era soltanto un cavallo pazzo, un violento troppo zelante, ansioso di fare bella figura con noi. Però se insisti nella testardaggine, prima che il giudice ti mandi in gattabuia, tra piazza Pasquino e il Governo Vecchio una sera potresti fare la conoscenza con qualcuno molto più cattivo di lui. Tienile a mente, queste cose, gioia bella. E poi mi ringrazierai», concluse il Corvo con le labbra bagnate di latte ingurgitato a piccoli sorsi, per lubrificare la serpentesca omelia.

Wanda si alzò di scatto e se ne andò correndo, senza spiccicare parola. L'uomo le faceva uno sgiaij che temeva di vomitare in piena via Veneto. Arrivata al Governo Vecchio, si barricò in casa e aspettò che Giulio tornasse da Palermo, dove era stato mandato dal giornale per l'ennesimo servizio sugli assassini di Cosa Nostra.

Giulio rientrò l'indomani e, come incontrò Wanda, si accorse subito che in lei era di nuovo mutato qualcosa: era brusca, buia, nervosa. «Ti sei alzata con la camicia al contrario?» le domandò, per restare sul vago. Lei lo fissò con calma: «No, mi sono alzata che voglio impagliare i piatti e andare via». «In che senso via?» indagò lui. «Via nel senso di via, via per sempre. Ho deciso di telare, di andarmene dall'Italia, così nessuno verrà più a seccarmi la gloria». «Fammi capire», farfugliò lui, stupefatto. E lei, raddolcita: «Siediti che ti farò capire tutto».

In realtà da capire non c'era granché. L'omelia del Corvo l'aveva convinta di essere tra due fuochi: la brutalità di quei predoni pronti a farla squartare da un violentatore di professione e la tenacia del giudice che le prospettava la galera. Lei voleva spegnerli, questi fuochi, con l'unica arma che aveva: tagliando la corda in modo così netto da sparire nel nulla.

Spiegò a Giulio: «In carcere non ci voglio finire, nemmeno per un'ora. Alla sola idea mi sento mancare il respiro, come se avessi un cappio al collo. Non so da che cosa dipenda, forse è sempre la mia metà ebrea che mi obbliga a considerarmi un capro espiatorio, una che dev'essere presa e deportata chissà dove. L'altra notte, tu non lo crederai, ho sognato Di Paolo che, in quel parco di Milano, mi consegnava una tuta a strisce con una stella gialla e mi avvertiva: il suo convoglio parte stasera, signora Rosso... E poi tu non sai che cos'è un carcere. Io San Vittore l'ho visto, sia pure non da prigioniera. L'ho visto due volte, con Cucchi vivo e con Cucchi morto. E non sai nemmeno che cosa succede alle donne che finiscono in galera. Io sarei la prima tangentista a essere sbattuta in cella, me ne farebbero di ogni colore, a cominciare da voi dei giornali. Ne uscirei distrutta per sempre, persino se raccontassi al giudice quello che non so, anche la combinazione della cassaforte del Segretario!».

Cominciarono a discutere e Giulio, tenace, tornò a spiegarle che avrebbe dovuto chiedere lei di farsi interrogare da Di Paolo. Ma Wanda si dimostrò dura come il sasso: «In questa inchiesta sui corrotti tutti giocano a tiramulino, è uno scaricabarile gigantesco, e non voglio restare proprio io con la pepa tencia in mano. Se rimango in Italia, ingambarata come sono nella storia di Cucchi, non me la caverò più. E invece io pretendo di cavarmela!» ribadì a voce sempre più alta. «Non ho la minima intenzione di farmi mettere col muso all'inferriata. Non sento la voglia d'ingrassare le pietre di San Vittore, quello che è capitato a Cucchi. E non mi passa nemmeno per l'anticamera del cervello di spendere in avvocati i pochi soldi che ho messo da parte: resterei nuda come il bagatto, mi vengono le caldane solo a pensarci!».

Il tono di Wanda si era fatto stridulo, una grandinata di parole si abbatteva su Giulio, quasi fosse lui l'unico ostacolo alla sua salvezza: «Secondo te dovrei restare qui ad aspettare Di Paolo o il Corvo, bevendo ogni sera fino a inciuccarmi per far passare la paura? Sto già girando come un'oca matta e non combino più niente. Devo tabaccare al più presto: non posso vivere con questo chiodo del carcere, vado fuori di sentimento. E poi non voglio che mi prendano perché ho un problema da risolvere».

«Ma qual è questo accidente di problema? Posso aiutarti io?» domandò Giulio, sbaruato. Lei si quietò all'improvviso e gli sorrise: «Tu mi potrai aiutare dopo, io lo spero. Ma adesso non posso che fare da sola. Per questo devo, devo!, hai capito?, avere le mani e le gambe libere».

«E quando l'avrai risolto?» chiese lui. «Allora tu verrai via con me», annunciò Wanda, con semplicità. Giulio la guardò intronato: «Io venire via con te?». «Sì, ho pensato di stabilirmi in Svizzera, qualche soldo da parte ce l'ho, mia mamma mi aveva lasciato un maghetto, un'eredità che non ho mai toccato. Non avremo problemi, e poi tu potrai scrivere per i giornali del Canton Ticino, ti farebbero ponti d'oro, io credo, sei così bravo e conosciuto! No, non dirmi che tu vuoi fare il giornalista in Italia. Il vostro mestiere, qui, non ha più avvenire. Adesso trionfate, i giudici vi passano le carte e voi sfornate uno scoop dopo l'altro, ma dopo? Aveva ragione quel tipo della Quercia che abbiamo incontrato a Fiumicino: dopo vi odieranno tutti. I vecchi politici e quelli nuovi».

Giulio la fermò: «Per i giornalisti onesti è sempre stato così: essere cani in chiesa mi sembra la condizione giusta, io ci sono abituato da molto tempo». Ma Wanda lo interruppe nervosa: «Non recitarmi la solita lezione. Li ho letti i tuoi libri. Li conosco a memoria. Ti illudi. Starete molto peggio dei cani in chiesa. Vi daranno la colpa di tutto. Anche i politici che avranno ricavato il loro bel vantaggio da Mani Pulite diranno che vi siete comportati da bestie, che avete distrutto l'onore di migliaia di persone, che siete stati dei macellai senza coscienza. Una parte della gente ci crederà e comincerà a tirarvi le mele marce. Tu, allora, come ti sentirai? Sei già stufo oggi di raccontare la politica, immagina fra due, tre anni: ne avrai una scuffia! E poi non ci sarà più politica da raccontare, ma soltanto delle guerre giudiziarie. Vieni via con me, andiamocene da questo schifo di Roma».

Ne discussero per due settimane, e ogni volta con parole più aspre. «Non ti facevo così tiramolla! Mi sembri un minighino senza volontà», lo rimproverava Wanda. Poi lo informò: «Guarda che io non sono una con la testa nel sacco: è da parecchio tempo che mi preparo. Mi sono segnata con le mani e con i piedi prima di decidermi, poi ho cominciato a prendere le mie precauzioni». Lui tentò di parlare, ma lei lo zittì con durezza: «Non darmi consigli. Ho sempre fatto da sola, e quasi sempre ci ho preso».

Una sera Giulio la trovò sbattuta e con una di quelle lune! «Che ti succede?» domandò, allarmato. Lei parlò con voce stanca: «Sono stata dal medico. Mi ha trovato un po' giù di tono. Ma non c'è niente di speciale: è lo stress che mi dà il rimanere qui ad aspettare che tu ti muova». «Io non ho ancora deciso», si scusò lui, confuso.

Lei gli afferrò le spalle, lo attirò a sé e lo baciò da non staccarsi più. Poi, con la bocca sulla sua, gli sussurrò: «Non voglio fare la pittima, ma te lo ripeto: l'Italia mi è venuta in odio. E poi non andrò mai a ficcarmi nella bocca del lupo. Darò il blu a chi mi vuol male. Voglio gettarmi tutto dietro le spalle. Tutto tranne te».

Trascorsero altri giorni, Wanda si allontanò per due

viaggi brevi, uno a Torino, l'altro alla solita Bologna, senza dare una spiegazione che fosse una. Alla fine Giulio si decise, sia pure soltanto a metà: «Va bene, ti accompagnerò in Svizzera. Voglio vedere dove ti sistemi, poi tornerò subito a Roma».

Partirono l'ultima domenica di settembre, la mattina presto, con il primo volo per Torino. All'aeroporto di Caselle, Wanda affittò un'auto, una Mercedes da Paperon de' Paperoni. «Che viaggio intendi fare con un macchinone così?» le domandò Giulio. «Te l'ho spiegato il nostro itinerario: andremo ad Aosta e poi a Courmayeur, passeremo la frontiera al traforo del Bianco, ci fermeremo per uno spuntino in Francia, a Chamonix, e di qui fileremo diritti verso Ginevra, ho già prenotato l'hotel. Posso guidare io la Mercedes?» concluse Wanda. «Prego, signora: l'idea di scappare è stata tutta sua», le concesse Giulio, nervoso.

Poco prima di Courmayeur, all'improvviso Wanda annunciò: «Ho cambiato programma: ci andrò da sola a Ginevra, devo risolvere una faccenda nella quale non voglio immischiarti». «E io, allora?» la interrogò Giulio, col tono del bambino escluso di colpo da un gioco. «Tu mi aspetterai qui, andremo al Grand Hotel Royal, al centro del paese, uno dei migliori, troveremo posto di certo perché la stagione estiva è finita».

L'hotel era quasi vuoto e la direzione gli assegnò una suite con una piccola terrazza che si affacciava sulla catena del Bianco e sul Dente del Gigante. Le montagne, però, mica si vedevano. Dopo Aosta, avevano incontrato una foschia sempre più grigia che, all'altezza di Courmayeur, si era trasformata in una schiera di nuvoloni gonfi di pioggia. Pranzarono in hotel, dentro un salone tutto per loro e per altre due coppie, di inglesi e di tedeschi, mariti e mogli taciturni che si scrutavano quasi in cagnesco. Mentre erano al dessert, cominciò a piovere fitto. Dalle vetrate videro raffiche d'acqua mitragliare rabbiose il verde del prato e la piscina vuota. Le montagne sembravano più nere, un gigantesco muro di roccia che incombeva ostile sulla fragilità del paese deserto.

«Devi proprio andare a Ginevra con questo tempo?» s'inquietò Giulio. Lei gli accarezzò il viso: «Sì, mio piccolo bambino, non avere paura, la tua tata conosce la strada, farà in un lampo e senza problemi». «Non posso accompagnarti? Mi sentirei più tranquillo», provò a insistere lui. Wanda rise: «No, tu starai al riparo della tua bella suite al Royal».

«Mi metti in ansia. E mi fai pure incazzare», ringhiò Giulio. «Non piantarmi la noiosa!» lo sgridò lei, allegra. «Tra un'ora e mezzo sarò a Ginevra, andrò all'hotel che avevo prenotato, domattina farò quel che devo e per il primo pomeriggio sarò di ritorno». A quel punto si alzò di scatto come a precludere altre richieste, uscì dalla sala e scomparve verso il garage del Royal.

Nel pomeriggio Giulio vagò per strade vuote, proteggendosi con un ombrellone giallo dalla vistosa scritta rossa: «Grand Hotel Royal e Golf - Courmayeur Mont Blanc». I negozi erano chiusi, così prese un caffè al bar Posta e dopo mise la testa dentro una tabaccheria che vendeva anche i giornali. Una ragazza lo salutò con un sorriso premuroso, lui ricambiò e si mise a guardare la rastrelliera dei quotidiani stranieri. «Quale desidera, signore?». «Uno di Ginevra, ne avete?». «Certamente», disse lei e gli offrì 'La Tribune de Genève': «È arrivato poco fa». Giulio tornò al Posta, sfogliò il giornale, lesse un articolo molto preciso, ma freddo, sull'attività della procura di Milano e sul giudice Di Paolo. Poi andò alle pagine di cronaca cittadina e si rese conto che a Ginevra, il giorno prima, non era accaduto un fischio di niente.

Lasciò il giornale al bar e riprese a gironzolare per Courmayeur. Si sentiva assediato da troppe domande e non voleva lasciarsi afferrare da nessuna di loro. In via Roma si fermò dinanzi a un negozio di articoli da montagna, dall'insegna curiosa: «4810», che era l'altezza del Monte Bianco. Una delle due vetrine era dominata da un vecchio manifesto di Boccasile, stampato nel 1950, «l'anno di nascita di Wanda», non poté impedirsi di pensare. Lo slogan incitava: «Visitez la Vallée d'Aoste» e le parole sostenevano una ragazzona dalle gambe lunghe e robuste, in bella vista sotto una cortissima gonna sportiva, e con il seno generoso che esplodeva dentro una camicetta gialla maliziosamente slacciata. Accanto a lei c'era un tizio dall'aria fessa, un presunto alpinista, con pantaloni di velluto alla zuava, corda e piccozza. «Lei potrebbe essere Wanda», si disse Giulio, «ma l'altro non sono certo io: la montagna non mi è mai piaciuta, è troppo faticosa e poi fa sempre freddo».

Giulio fu scosso da un brivido. E si congratulò per la preveggenza che, appena prima di uscire da via Emilia, gli aveva fatto pescare nell'armadio una vecchia giacca a vento. Così rimase a osservare le vetrine del «4810», affascinato dall'incredibile varietà degli oggetti messi in mostra, tutti fabbricati dalla Grivel, un'azienda del posto famosa per i suoi attrezzi da montagna. Con lo sguardo passò in rassegna le piccozze, i ramponi, i martelli e i chiodi da roccia, i bastoni telescopici, i caschi per l'arrampicata, le corde, gli zaini. E di nuovo i pensieri deviarono verso la sua storia con Wanda. Un amore impervio, il loro, una scalata continua e a mani nude. Neppure la Grivel, infatti, aveva previsto dei marchingegni per le passioni difficili che si tramutavano in un'arrampicata ininterrotta, verso una cima che mutava di continuo e forse non esisteva.

«Sei un pipparolo, Guala!» imprecò contro se stesso. «Non rompermi le scatole con le tue paturnie da innamorato quarantenne».

Wanda ritornò da Ginevra nel primo pomeriggio di lunedì. Sfiancato dal malumore, Giulio aveva deciso di saltare il pranzo e se ne stava sul letto a sfogliare distratto i giornali. Lei entrò nella stanza come una furia allegra, si tuffò sopra di lui e cominciò a baciarlo sulla bocca, sugli occhi, sul collo, poi gli aprì la camicia e andò giù pesante, con dei morsi ai capezzoli che lo obbligarono a divincolarsi protestando. Anche lei si mise a sedere sul letto: era il ritratto del trionfo, aveva uno sguardo da manigolda felice, le labbra semiaperte, il respiro un po' ansante, le guance rosse come se avesse appena conquistato la vittoria in una gara sportiva.

«Ecco fatta la barba al gatto!» gridò Wanda. «Questa volta la caccia al tesoro l'ho vinta io e non il tuo famoso giudice Di Paolo, e nemmeno quel gran bastardo del Corvo». «Sei impazzita!, che cosa stai dicendo?» annaspò Giulio. Lei lo scaraventò giù dal letto e cominciò a ballare per la stanza, cantando: «Ho smentito il proverbio che dice: i bocconi buoni cascano sempre in bocca al lupo. Oggi non è andata così, eh no!, dottor Di Paolo, stavolta non è andata per niente così! Oggi mi sento come una che dispone del paradiso in terra...».

«Stai dando i numeri?, calmati!» le gridò Giulio, afferrandola per un polso. Wanda si liberò dalla stretta, poi, da buffona, con voce bassa e fonda gli intimò: «Non mi metta le mani addosso, Guala! Perché io sarò una poco di buono, una scarusa dalle mani sporche, però sono diventata ricca. Sì, ricca e straricca! Ti informo, mio bellissimo amore, che da oggi i miliardi di Cucchi, il bottino, la provvista come la chiama il tuo Di Paolo, è roba mia, soldi miei, soltanto miei. E sono uno sproposito: quaranta miliardi!, hai capito bene?, qua-ran-ta-mi-liar-di! Stavano in due banche di Ginevra, Cucchi mi aveva spiegato che cosa dovevo fare e stamattina l'ho fatto. Una formalità, niente di più. Adesso questi miei soldini li metterò al sicuro. Mi aiuteranno gli svizzerotti: li manderò in pista su due o tre giostre diverse, domani andrò a Londra per questo, li lascerò riposare per un po' di tempo e poi comincerò a spenderli. Con te! Tu, in cambio, dovrai soltanto volermi bene e aiutarmi a risolvere una questione che ti spiegherò».

Giulio era rimasto lì, come un becco sul mercato, sopraffatto da ciò che stava ascoltando e dall'immensità del malloppo afferrato da Wanda. Farfugliò: «Allora era questo il problema che Cucchi ti raccomandava nel biglietto scritto prima di uccidersi. È una cifra assurda, non riesco neppure a concepirla», confessò stordito.

Wanda lo contraddisse subito: «Assurda per te che fai il giornalista. E per me che ho sempre lavorato da segretaria. Ma non per loro, parlo di quelli come Cucchi e dei tanti ancora più forti di lui. In questi anni gli sono passati tra le mani centinaia di miliardi. La gente non lo immagina, e non lo saprà mai. Anche Di Paolo non toccherà il fondo del pozzo. Se pensi che l'uomo dell'ospizio, il primo che hanno impacchettato, come si chiamava, il Santo?, si è fatto pescare nei conti quindici miliardi... Fai le proporzioni e non ti stupirai di niente. Ehi, mi ascolti?».

Ma Giulio non la stava ascoltando, sembrava più di là che di qua. Poi si riscosse di colpo ed esplose in un urlo di rabbia angosciata: «Tu, tu, sì, proprio tu, Wanda, avevi giurato e spergiurato di non sapere niente degli affari di Cucchi. Me l'hai ripetuto mille volte, in mille salse diverse. E adesso mi volti la frittata! Sei una contacucche, lo capisci che cosa significa? Te lo diceva da piccola mia nonna: Wandina, fabbrichi troppe bugie, una cucca dopo l'altra, sei una bugiardella nata. Sei rimasta così, una volgare bugiarda. Balle, balle, tutti i giorni balle, un miliardo, anzi, quaranta miliardi di balle! Adesso capisco la paura di essere interrogata da Di Paolo, i tuoi pianti, i tormenti, l'assalto del Corvo, oggi comprendo tutto! Ti davano il vomito i sospetti del giudice, vero? Ti dicevi schifata, ma lo schifo eri tu! E la convinzione di essere perseguitata, l'incubo della casacca a righe e della stella gialla da ebrea? Che invenzioni per tenere buono uno stupido come me! Mi hai mentito anche su te stessa, perché ti scopro fangosa, coperta di cracia, di sporco. E io dovrei accettare tutto questo, sì, questa merdosa presa in giro? Ma forse non c'è neppure una presa in giro: tu sei soltanto pazza, una povera matta!».

Spaventata, lei tentò di fermarlo: «Ora calmati tu, parli da squinternato, stai facendo un risotto di cose che non c'entrano». Ma lui seguitò a criassare: «Anche tu hai rubato, stai rubando. Rubi a un ladrone, il tuo ministro, ma rubi! Sei uguale a Cucchi e a tutti gli altri. Quello che hai fatto è immorale, persino più della montagna di bugie che hai tirato su per riempirmi di fumo gli occhi. Io non te lo perdonerò mai. Ti lascio qui e non mi vedrai più».

Wanda, allora, reagì con freddezza irata: «Ma che ne sai tu della morale? Chi ti ha fatto professore di moralità? Questo è immorale, signora, questo invece no! E quante morali ci sono? Una o due, o cento, o diecimila? Tu sapresti spiegarmela la tua morale, ne sono sicura. Io posso fare lo stesso con la mia».

«E allora spiegamela», le ordinò lui, stravolto. «Te la spiego subito. Primo: questi sono soldi di farabutti, di aziende pronte a corrompere i politici, offerti a Cucchi per averne dei vantaggi. Secondo: Cucchi li ha presi perché intendeva fare una cosa che, secondo me, non valeva la pena di spenderci né un giorno né una lira, il famoso cambio dentro il suo partito. Terzo: i miliardi sono rimasti dov'erano e adesso io li ho ereditati da Cucchi, un uomo che ho servito, aiutato e anche amato per anni, è stato lui a destinarli a me perché li usassi meglio di come s'era messo in testa di adoperarli lui».

«E tu come li userai? Dimmelo», berciò Giulio, che era quasi senza voce e sudava per l'ira. Lei alzò le spalle: «Oggi no, è ancora presto. Lo deciderò io il momento delle spiegazioni, se mai verrà».

«Abbassa le arie, adesso sei tu che parli inverso!» ringhiò lui. «E tu non mettere su un can-can per niente», gli ribatté Wanda. «Mordi come un asino rosso, mi dai della bugiarda e della ladra. Stai attento a non fare lo smorfioso, perché se mi monta la senape al naso si mette male tra noi due. Non riempirmi le tasche con le tue sentenze, altrimenti mi costringi a mandarti nel limbo, te e le tue fisse sull'onestà!».

Lui non rispose, si era preso la testa tra le mani e fissava con odio il parquet della stanza, quasi vi fossero incise le infinite parole ascoltate da Wanda dopo la morte di Cucchi. Allora lei, con improvvisa dolcezza, gli chiese: «Dai, molla sul prezzo: dimmi che cosa devo fare perché tu resti insieme a me».

Giulio levò lo sguardo: «Devi fare una sola cosa: consegnare i quaranta miliardi alla procura di Milano, nient'altro». Wanda divenne paonazza: «Ehi, che prezzo!, cala, cala. Hai fatto la scoperta del mago: vada dal giudice col salvadanaio, signora Wanda! Sì, ci andrò il giorno che nevicherà rosso. La tua è la solita zuppa. Sei sempre furbo come Garibuja, che nascondeva il suo denaro nelle tasche degli altri...».

«Ma quel denaro non è tuo», scattò Giulio. Però Wanda gli andò contro con fastidio e asprezza: «Certo che è mio. Io l'ho avuto da Cucchi quasi per testamento. E come l'abbia raccolto lui non mi riguarda. Se un tuo zio d'America ti lasciasse un patrimonio, pagheresti dei detective per sapere in quale modo lo ha messo insieme? Invece, con me tu insisti! Se fossi ancora il bambino che eri, ti darei del balengo presuntuoso, che fa bif e baf e decide lui come gira il mondo. Ma io non voglio fare la parte dell'asso di picche. Ho lasciato l'Italia e tu pretendi che giri il mondo con l'asciutto in tasca? Dappertutto un sacco di gente ruba, si fa corrompere e vive grazie ai soldi sporchi. In qualunque orto, pianti dei fagioli e nascono dei ladri. E soltanto io dovrei morire di fame in un forno pieno di pane? L'ultima cosa che mi passa per la testa è di arrabattarmi a fare dei mestieri qualunque, e poi non debbo pensare soltanto a Wanda Rosso. Non mi sento neppure bene, te ne sei accorto o no? Dunque, sto facendo una cosa giusta, giusta come l'oro! Vieni via con me, Giulio, ti garantisco che non avrai freddo ai piedi».

Ma lui ringhiò, incagnito: «Non mi va di attaccare il

cappello al chiodo. Soprattutto al chiodo delle tangenti arraffate dal tuo maledetto Cucchi!».

Wanda si gettò sul letto, stremata. Sussurrò a Giulio: «Ti prego, non parliamo per quindici minuti». Chiuse gli occhi e sembrò concentrarsi per riprendere forza. Li riaprì dopo un po' e si alzò con una mossa stanca, borbottando: «Devo fare una doccia, altrimenti non connetto più».

Quando uscì dal bagno, aveva ritrovato la grinta e difatti disse a Giulio: «D'accordo, fai come vuoi. Io domani tornerò a Ginevra, poi andrò a Londra. Di lì ti chiamerò tra una settimana per sapere se continui a intestardirti. Intanto prendi questi documenti. Sono di una banca svizzera, c'è un numero di conto, è il tuo, l'ho aperto io per te e ci ho depositato quattro miliardi. Puoi farteli trasferire in Italia, in quella banca c'è un funzionario, ecco il suo biglietto da visita, che ti spiegherà come fare, per loro è un'operazione come un'altra. Se invece desideri tenerli lì, sono al sicuro».

Giulio la squadrò sbalordito: «Che cos'è? La mia liquidazione di moroso che viene lasciato? Mi stai dando la buonuscita?». Wanda fu presa da una collera gelida: «Perché mi disprezzi così tanto? Che cosa ti ho fatto? Potrei risponderti: è un regalo della bambina con le mani sporche, per questi mesi di felicità che le hai offerto. Ma non voglio dirtelo, ho paura di essere patetica. Allora la metto così: io sono diventata ricca, tu prenditi questi soldi e fanne quello che vuoi, portali anche al giudice Di Paolo, se lo ritieni giusto. Diciamo che io te li do per una ragione pratica».

«E quale sarebbe?» domandò lui, brusco. Lei si sforzò di sorridere: «Tu e io non abbiamo mai nuotato nell'olio di oliva. E anch'io come te non ho mai visto che faccia ha un miliardo, figurati quattro, poi! Potremmo farne a meno di questi soldi, sia tu che io. Però a me sono piovuti addosso e qualche goccia è rimbalzata anche su di te. Tienili: essere dei poveri con quattro miliardi in tasca non è male, no?».

«Va bene, dammi queste carte», disse lui calmo. Wanda gliele tese con la mano che tremava. Giulio le afferrò, le piegò in due, poi in quattro, poi in otto, quindi cominciò a strapparle con furia. E una nevicata di coriandoli bianchi venne lanciata al centro della stanza.

Livida, Wanda sospirò: «Ho capito. Posso almeno invitarti a cena?». «Non so se devo accettare», borbottò lui. «Insomma, non fare il duro, e proprio con me!» sbuffò lei. Lo scrutò angosciata, ma poi, come aveva fatto sempre, decise di tirarsi su le calze. Lo incitò: «Mettiamoci eleganti, questa è una serata speciale: Wanda Rosso, diventata miliardaria, festeggia l'evento con il suo fidanzato Giulio Guala, che ha deciso di restare povero e onesto!».

Uscirono dal Royal che non pioveva più. Un vento dalla Francia aveva spazzato il cielo, e nell'ombra del tramonto cominciava a risplendere una luna torbida, con i capelli sugli occhi. «Dove ha deciso di portarmi, signora miliardaria?» chiese Giulio, beffardo. Immagonata, lei sospirò: «Ti prego, non farmi sagrinare, lo sai che poi ci sto male. E non tenermi il muso, per me è più difficile partire se tu ce l'hai amara con la bambina della ringhiera. Mi sento già tutta farraginata e ho la testa che scoppia». Lui replicò con freddezza: «Allora torniamo in albergo». Ma Wanda tenne duro: «No, voglio andare a Entrèves. Appena prima del traforo c'è un ristorante che si chiama la Maison de Filippo, ne ho sentito parlare tanto».

La Maison non era zeppa come succedeva quasi sempre. Un cameriere li esaminò con gentilezza e, dopo aver deciso che si trattava di due amanti in piena lite, li condusse a un tavolo tranquillo. Rimase sorpreso soltanto quando Wanda disse: «Mi dia la lista degli champagne», e ordinò quello più caro.

Mentre cenavano, Giulio si mise di nuovo a rognare: «Tu non mi hai ancora spiegato tutto. Questa è la tua ultima occasione per farlo». Wanda chiuse gli occhi per non vedere la parete che doveva scalare, poi raccontò: «Quando non è più stato rieletto, Cucchi mi ha chiesto di portarlo a Siena, voleva fare una scarpinata sulle Crete, lontano da Roma, dalle sue microspie, dagli spioni in carne e ossa, dalle miserie della politica. Mentre stavamo camminando sopra Asciano, mi ha rivelato tutto: i soldi che aveva accumulato negli anni, in quali banche svizzere li avrei trovati, i numeri dei conti, i nomi di due funzionari che lui aveva già allertato. Poi ha concluso: se il giudice Di Paolo mi arresta, come comincio a sentire in giro, io non dirò nulla, mai!, però tu devi andare via dall'Italia, prelevare quei soldi e trasferirli dove preferisci, le banche ti aiuteranno a farlo, e non tornare più in questo paese».

Giulio domandò, aspro: «Perché ha lasciato proprio a te i suoi miliardi? Che cosa rappresentavi per lui? In fondo non eri che la sua prima segretaria, anche se per qualche tempo tra voi due...». Wanda lo zittì: «Cucchi era solo al mondo, l'hai visto al funerale. Aveva un unico amico: Wanda Rosso. Per questo ha passato tutto a me. Lui voleva che partissi subito, senza aspettare che lo arrestassero. Viveva nell'ansia che Di Paolo prima o poi si rifacesse su di me per il suo silenzio, o che potesse ricattarlo: la confessione in cambio della mia libertà».

«Non mi convinci», borbottò Giulio, «c'è qualcos'altro che lo obbligava al gesto che ha fatto». Lei sorrise con la pazienza che si deve a un bambino cocciuto: «Vedo che ritorni sempre a questo rebus inesistente. E io non dirò una parola per tranquillizzarti, così impari a non essere il mulo che sei».

«Ma perché Cucchi non se n'è andato via dall'Italia?» domandò ancora Giulio, imbruschito. «Dopo la batosta elettorale, ha avuto tutto il tempo di tabaccare all'estero. Poteva sparire. Da solo o con te, se tu avessi deciso di lasciarmi. La politica lo aveva espulso, il suo vecchio partito lo rifiutava, il seggio in Parlamento non c'era più. Non esisteva nulla che lo trattenesse qui, e lui era un naufrago senza più legami con la terraferma, lo hai detto tu. E invece è rimasto, per fare quella morte orribile a San Vittore. Se penso a quanti accusati da Mani Pulite hanno tagliato la corda e sono scomparsi! Cucchi sarebbe stato uno dei tanti».

Wanda lo scrutò con lo sguardo di chi sente il bisogno di rivelare un segreto e nello stesso tempo se lo vieta. Poi alzò le spalle. «E che ne so, io, del mulino che girava dentro la testa di Cucchi? Potrei risponderti che forse aveva deciso di punirsi, di espiare i suoi peccati di politico. Ma la mia sarebbe acqua fresca, un'ipotesi fragile quanto qualsiasi altra. Però adesso la stiamo facendo troppo lunga», esclamò lei con un moto d'insofferenza. «È una messa cantata, questa! Per quel che riguarda me, devo solo dirti che sono stanca di tutto: dei partiti, dei giudici, di voi giornalisti, dell'Italia. Pensavo di vivere in un paese decente e invece sto in un baraccone pieno di guitti che mi danno il vomito, questa volta sì che è la verità. Io ho deciso che non faccio più parte dello spettacolo. Da oggi non voglio più obbedire a nessuno. Rispondo soltanto alla mia coscienza. E la coscienza mi dice che la mia scelta è giusta: d'ora in poi non dovrò pensare che a me stessa e alle persone che amo. Una di queste sei tu».

«Chi ami oltre a me?» la inquisì Giulio. Wanda si concentrò e riuscì a sorridere: «Smettila di fare il tontolini, ho detto così per dire, potrei risponderti: Gloria, per esempio, a lei voglio bene, qualche amica che mi è rimasta a Bologna... Dio mio!, facciamola corta: io ti chiedo di venire con me perché ti amo e perché avrò bisogno di te per risolvere l'ultimo problema che mi è rimasto, il più importante».

Giulio la osservò in silenzio, senza nessuna curiosità. Però il suo sguardo era divenuto meno aspro, adesso ricordava quello candido del ragazzino sulla ringhiera. Alla fine disse a Wanda: «No, io non verrò con te. Dovrai andartene da sola».

Tornarono al Royal. La Mercedes, nel partire, si mosse a scatti, dato che Wanda ci aveva dato dentro con lo champagne. In hotel, lei ordinò a Giulio di giocare. Lui rifiutò, poi cedette. Giocarono a lungo, con un desiderio che si rinnovava sempre. Alla fine si addormentarono abbracciati l'uno all'altra, avevano sempre fatto così fin dalla prima volta.

Giulio si svegliò tardi, verso le dieci. Allungò un braccio e si accorse che Wanda non c'era. La cercò nel bagno, poi telefonò al portiere. Il giovanotto gli disse: «La signora è partita molto presto. Le ha lasciato la

Mercedes per il ritorno a Torino, una lettera e una chiave. Ha anche pagato il conto», concluse con un tono che obbligò Giulio a mandarlo al diavolo.

Il biglietto di Wanda, scritto sulla carta del Royal, diceva: «Carissimo Giulio, mi ha ferito la tua decisione di non venire con me. Questo mi rende infelice e cambia tutti i miei programmi per l'avvenire. Temo che non ci vedremo più. Grazie per la gioia che mi hai dato. Ti amo, Wanda». C'era un post-scriptum: «Qui acclusi troverai un bigliettino sigillato e la chiave della casa di Siena: sono per Gloria, ti prego di consegnarli quando la rivedrai a Roma».

«Com'è partita la signora?» domandò al portiere. «A piedi, visto che non pioveva più. Mi ha detto che avrebbe fatto due passi sino al piazzale Monte Bianco e lì avrebbe preso un taxi per Ginevra, è un servizio che i tassisti di qui fanno sempre». «E in che modo era vestita?». Il giovanotto lo fissò sorpreso: «Beh, normalmente, con una giacca a vento gialla e lo zainetto».

Giulio risalì in camera e scoprì che la valigiona di Wanda era lì, chiusa. Allarmato, corse al piazzale e trovò due tassisti malmostosi perché senza clienti. Domandò di una signora partita per Ginevra con un'auto pubblica, ma loro negarono di averla vista: «Siamo qui dalle sei, e non abbiamo ancora battuto chiodo».

La mattinata era serena, faceva un bel freddo, Giulio ritornò in centro e si fermò al Posta per un caffè. Mentre trafficava con la macchina degli espressi, il barista gli disse: «Ha sentito, dottore? Pare che stamattina una donna si sia gettata nella Dora dal ponte che porta a Dolonne. L'ha detto un ragazzo che lavora alla pensione Stella d'Oro, lì vicino».

Giulio barcollò, un gigante l'aveva colpito alle spalle con una mazza ferrata. «Come si arriva a questo posto?» riuscì a balbettare. Il barista gli spiegò che era un affare di pochi minuti: dal piazzale Monte Bianco doveva prendere la strada per la frazione di Dolonne, superare il cimitero del paese e, dopo qualche centinaio di metri, avrebbe subito visto il fiume e il ponte.

Fu lì in un attimo. Il ponte era un bell'arco robusto, di pietra grigia, alto sopra la Dora gonfia d'acqua grigio-azzurra, un fiumaccio possente, animato da una forza che scaturiva dalle viscere del Bianco. Giulio si chinò a guardare verso il basso, però non scorse nulla. Andò a bussare alla pensione e gli aprì proprio il cameriere che aveva raccontato della donna.

Era un ragazzotto ossuto, l'espressione furbastra in un volto da painacco testaquadra. «Che cosa cerca?» domandò con malagrazia. «Sono un giornalista di passaggio a Courmayeur», disse Giulio. «Ho sentito che hai visto una donna gettarsi dal ponte». E mentre parlava gli allungò un biglietto da cinquantamila.

Il cameriere cambiò subito registro: «Erano le sette e stavo arrivando alla pensione, quando ho incontrato sul ponte della Dora una signora. Aveva una giacca a vento gialla, uno zainetto in spalla, e si sporgeva molto dalla spalletta, come per misurare il salto. L'ho avvertita: è pericoloso spenzolarsi così! Lei si è voltata a guardarmi e mi ha detto, secca: fatti i cavoli tuoi! Io sono entrato nella pensione. Dopo dieci minuti mi sono affacciato e la donna non c'era più».

«Quindi tu non l'hai vista gettarsi in acqua», concluse Giulio. «No, io no», ammise il ragazzotto. «Sai se qualcuno l'ha scorta cadere nella Dora?». «Credo di no, altrimenti l'allarme sarebbe stato già dato». «Ti ricordi qualcosa di quella donna?». «Mi è sembrata sui quarant'anni, un bel tipo, con i capelli rossi, non era di queste parti, giurerei che si trattava di una turista.

Quando ci siamo parlati stava fumando. Guardava verso il basso e fumava». «Va bene, grazie», borbottò Giulio, per niente sollevato.

Tornò al centro del ponte e scrutò la spalletta dove quattro ore prima stava Wanda, perché non poteva essere che lei la donna sorpresa dal cameriere nell'atto di decidere se buttarsi nella Dora o no. «Che assurdità, sembra tutto un sogno», pensò Giulio, oppresso dall'angoscia. Si chinò a esaminare il bordo interno del parapetto. E scoprì subito tre sigarette consumate a metà: erano Merit Uno, quelle che fumava lei. Poi scese sulla sponda, ma lì non trovò niente che si potesse ricondurre a un corpo precipitato nell'acqua che correva, vorticosa, verso la bassa valle.

Da quel momento l'assurdità del sogno si tramutò in un incubo con troppe facce che si contraddicevano, e una negava l'altra, in un labirinto senza vie d'uscita.

Il biglietto di Wanda non lasciava pensare al proposito di uccidersi. Lei aveva detto al portiere del Royal che sarebbe partita per Ginevra con un taxi, però avrebbe potuto allontanarsi da Courmayeur in qualunque altro modo. Certo, la donna vista sul ponte della Dora era Wanda, tuttavia non esisteva nessuna prova che si fosse gettata nel fiume. Forse aveva meditato di togliersi la vita, immaginò Giulio, ma alla fine doveva aver rinunciato a quell'idea folle.

Infine si chiese: una donna giovane, forte, con quel carattere, che ha appena ereditato quaranta miliardi, una fortuna capace di cambiare non una, ma tre, quattro vite, può decidere di morire soltanto perché il suo uomo rifiuta di seguirla? Ma anche per questa domanda non scovò nessuna risposta sicura.

Giulio rimase al Royal in attesa di qualcosa che potesse accadere. Però non accadde niente. A cercarlo non venne nessuno, né i carabinieri, né la polizia di frontiera; nemmeno la procura di Aosta si fece viva. Ma perché, poi, avrebbero dovuto chiedere del famoso dottor Guala, si disse da solo, lasciato lì come un piffero da una donna che lui, proprio lui, aveva respinto?

In paese le voci si spensero subito. Il direttore del Royal rassicurò Giulio: «Si metta tranquillo, dottore, la signora è certamente partita per Ginevra. Io lo conosco il ragazzo della Stella d'Oro: è un tipo drolo, abituato a sballarle grosse. Pur di stupire la gente, potrebbe anche raccontare che una mandria di vacche è volata sul Bianco».

Alla fine del terzo giorno, era la mattina di venerdì 2 ottobre, Giulio andò di nuovo a cercare il cameriere. Ma il padrone della Stella d'Oro gli disse che aveva cominciato le ferie proprio la sera prima ed era tornato al paese, una frazione sperduta della val d'Ayas, dalle parti di Chamois, a casa del diavolo. Anche l'albergatore volle tranquillizzarlo: «Guardi che Attilio, si chiama Attilio Bondaz il soggetto, vede fantasmi dappertutto. Questo ponte sulla Dora gli eccita la fantasia balzana. Infatti non è la prima volta che giura di aver visto delle persone sulla spalletta, pronte a gettarsi nel fiume. Rientri a Roma senza patemi d'animo, e mi lasci il suo indirizzo. Se verrà fuori qualche novità, la cercherò io, stia pur sicuro».

Qualche minuto prima di lasciare il Royal, Giulio si ricordò del bigliettino che Wanda gli aveva affidato per Gloria. Non stette lì a pensarci su e aprì la busta: conteneva soltanto un foglietto con un numero telefonico, il prefisso era di Bologna. Chiamò la Sip e gli dissero che il numero corrispondeva all'abbonata Buttazzoni Ines, via Goito 16: la via e la casa delle strane visite di Wanda.

Dal telefono della suite Giulio compose il numero. Dopo un paio di squilli gli rispose una voce di donna, dal timbro abbastanza giovane, educata, l'accento bolognese. Lui si presentò: «Sono Giulio Guala, il numero mi è stato dato dalla dottoressa Wanda Rosso, posso parlare con la signora Buttazzoni?». «Certo, sono io Ines Buttazzoni, ma non conosco nessuna signora Rosso». «Ne è sicura?». La donna rise cordiale: «Ne sono sicurissima, perché dovrei raccontarle una bugia? Mi faccia capire: chi è questa Rosso?».

Giulio si rese conto che, nella sua semplicità, la domanda esigeva da lui una risposta assai complicata. Si limitò a dire: «È una signora sui quarant'anni, alta, con i capelli rossi e le lentiggini, lavora a Roma».

La Buttazzoni restò in silenzio per lunghi istanti, come se frugasse nella memoria, quindi replicò: «Mi dispiace, ma non conosco nessuna signora così».

«Posso disturbarla con un'altra domanda?» chiese Giulio, tignoso. «Faccia pure, sono a sua disposizione», lo invitò la Buttazzoni. «Ha sentito parlare di una signorina toscana, una donna giovane, Gloria Guerrini? È un'amica di Wanda Rosso». La donna rise piano: «Lei mi propone dei quiz troppo difficili...».

«Ci pensi bene», la incoraggiò Giulio. «È una ragazza fra i trenta e i trentacinque, sempre elegante, un po' vistosa». La Buttazzoni sospirò: «Le donne fra i trenta e i quaranta oggi sono quasi tutte eleganti e vistose».

Giulio si scusò e chiuse la telefonata. Poi lasciò l'hotel, salì sulla Mercedes e si avviò lentamente verso Torino. Un bel sole autunnale, ardimentoso dopo tanta pioggia, accendeva tutti i colori della valle, e lui vedeva davanti a sé soltanto un muro di nebbia.

Parte quarta

Il mistero

Roma sembrò a Giulio un luogo senza scopo, però in grado di snervarti, quasi che dalla città scaturisse un'energia malefica capace di pesare, con cattiveria, sugli esseri umani che l'abitavano.

Trascorse giorni di grande spossatezza. Neppure il lavoro riuscì a difenderlo dalla malavoglia di fare qualsiasi cosa, anche soltanto di pensare. E invece furono proprio i pensieri a presentarsi per primi, bussando con violenza alla sua porta. E al seguito dei pensieri vennero i rimorsi.

Forse era stato troppo cattivo con Wanda, cominciò col dirsi. L'aveva insultata, scaraventandole in faccia un'accusa che non meritava quanto quella, meritatissima, di essere stata bugiarda: sei una ladra!, rubi anche tu come ha rubato il tuo ministro, come i politici disonesti che fino a un'ora prima disprezzavi... In realtà lei non aveva torto quando si giustificava affermando d'aver soltanto ricevuto un'eredità. Ma poi c'erano davvero i quaranta miliardi? Quali prove possedeva che quella montagna di denaro esistesse e che fosse finita nelle mani di Wanda? Si rammaricò di aver distrutto i documenti del conto aperto per lui nella banca di Ginevra.

E il rammarico non era per i soldi che non avrebbe mai incassato, bensì per il non poter più disporre di un filo in grado di orientarlo nel maledetto labirinto progettato da Cucchi.

Le domande senza risposta lo conducevano a un ultimo pensiero, un vicolo pietroso e senza vie d'uscita: l'immagine di Wanda sulla spalletta del ponte a Courmayeur, in quella posizione terribile e grottesca, a penzoloni sopra la Dora, e, subito dopo, la sua scomparsa nel nulla. Giulio cercò di convincersi per l'ennesima volta che lei non poteva essersi uccisa: chi eredita così tanti miliardi non si scaraventa dentro un fiume, soprattutto se ha ancora un problema da risolvere, come di continuo gli aveva ricordato Wanda, la famosa questione misteriosa che le stava molto a cuore.

Questa convinzione, abbastanza salda, veniva però incrinata da altre domande che Giulio non poteva evitare di farsi e rifarsi di continuo: e se lei avesse bluffato?, e se i miliardi fossero stati soltanto una stupida finzione per convincerlo a seguirla?, e se Wanda avesse deciso di uccidersi dopo aver visto tramontare la speranza alla base del suo castello di bugie? Troppi se, anche per Giulio, abituato a spaccare un capello in quattro, il vizio che gli rimproverava sempre lei, la signora dalle mani sporche.

Un giorno di fine ottobre si ricordò di avere ancora le chiavi della casa al Governo Vecchio. Spinto dalla nostalgia, volle andare a rivederla. Erano le due del pomeriggio e lui ebbe la sorpresa di trovare spalancata la porta. Nelle stanze si aggirava una giovane coppia con un signore di mezza età dall'aria svelta. Costui gli andò incontro con un sorrisone cordiale: «Sono Massimo Patrizi, della Navona Immobiliare, lei è il dottor Guala, vero?, l'ho vista qualche volta alle tribune politiche in tivù e sono fisionomista». Poi gli presentò la coppia: «I signori Montichiari, vorrebbero prendere in affitto la casa della signora Rosso. Se lei ha pazienza, finisco la visita e poi mi metto a sua disposizione».

Gli sposi se ne andarono e allora Patrizi spiegò a Giulio che la dottoressa gli aveva dato l'incarico di affittare l'appartamento con i mobili, gli arredi, la biancheria e tutto il resto. «Quando vi siete parlati?» domandò Giulio, sorpreso. «Qualche mese fa, alla fine di giugno. Però la signora mi aveva chiesto di non procedere prima della metà di ottobre. Intendeva trasferirsi all'estero per molto tempo e sarebbe partita proprio in questo periodo».

Alla fine di giugno, subito dopo il suicidio di Cucchi! Sbalordito, Giulio si disse: dunque Wanda aveva deciso di andarsene sin da allora dall'Italia, e aveva anche stabilito la data della partenza. Domandò all'agente immobiliare: «In che modo le ha fatto avere le chiavi?». «Me le ha portate lei stessa in agenzia, gli ultimi di settembre, pochissimi giorni prima di lasciare Roma». «E l'importo dell'affitto? Che cosa le ha detto di farne?». «La signora è stata molto corretta: mi ha proposto di trattenerlo, in seguito mi avrebbe fatto sapere dove inviarlo o a chi destinarlo. Naturalmente, mi ha firmato una procura per tutte le incombenze relative al contratto».

Giulio si aggirò per l'appartamento, e ogni passo gli regalava una fitta al cuore. La casa, stavolta, era in ordine perfetto: Wanda aveva portato con sé, o spedito da qualche parte, i propri abiti e i piccoli oggetti personali, tutto il resto lo aveva lasciato lì, compresi i libri, i dischi, i CD, le videocassette. Nel soggiorno vide anche le due sedie d'ulivo acquistate sulla strada per San Martino in Grania. Si ricordò, con un magone!, che

Wanda non le voleva, o fingeva di non volerle, e lui quasi gliele aveva imposte. Adesso stavano lì, una di fronte all'altra, intristite da una scomparsa che in quel giorno di gennaio nessuno avrebbe saputo prevedere.

Giulio si rese conto di avere un po' di acqua negli occhi, e allora, dalla porta-finestra, si mise a sbirciare sul terrazzino, però non ebbe l'animo di andarci. Domandò all'agente: «Ha già concluso con i signori di prima?». «Non ancora, però penso che concluderò: la casa è bella, poi c'è il terrazzo che dà su Sant'Agnese in Agone, l'ha visto? Comunque, qui intorno si stanno liberando tante case, e lei dovrebbe sapere il perché!» esclamò Patrizi con un'occhiata d'intesa.

«Perché dovrei saperlo?» chiese Giulio, distratto. «Ma che domanda, dottor Guala! Io li leggo i suoi articoli, lei è uno dei giornalisti che in tempi non sospetti, come si usa dire, quando la bufera non era ancora scoppiata, hanno pestato duro sui tangentari, su questi ladroni che ci hanno succhiato il sangue. Adesso che la pacchia è finita, le loro carovane si stanno ritirando da Roma. Qui avevano un'infinità di uffici, di recapiti, di appartamenti di rappresentanza. Non ha notato quanti cartelli 'Affittasi' fioriscono sui muri del centro? Anche i prezzi stanno scendendo. Io penso che sia un bene: riusciremo a piazzare con più facilità tutte queste case rimaste vuote. La mia agenzia sta lavorando molto, era da tempo che non si vedeva un movimento così», garantì l'agente con la faccia di chi se la gode.

Giulio azzardò un altro giro per le stanze, poi annunciò: «L'appartamento della signora Rosso lo prendo io». «Lei?» si stupì Patrizi. «Sì, io. Abito in un alloggio piccolo e ho bisogno di uno studio in un luogo tranquillo. Lo collocherò qui». «Bene, del resto lei ha già le chiavi, immagino», osservò l'agente. Giulio arrossì:

«Ero un buon amico della signora Rosso e lei si fidava di me». «Questo l'avevo capito, ma la ringrazio per avermelo detto», sorrise Patrizi. «Posso cominciare con l'affittarla per due anni. Le sta bene?» propose Giulio. «Mi va benissimo. Venga oggi pomeriggio in ufficio, ecco il mio biglietto da visita, e faremo il contratto», concluse l'agente.

Nell'uscire dal Governo Vecchio, Giulio si sentì pervaso da un'improvvisa felicità. Era la prima volta che gli accadeva, dalla scomparsa di Wanda. Attraversò piazza Navona correndo e saltando, come non faceva da quando era ragazzo. Mio Dio!, che strana, meravigliosa esultanza. Nessun estraneo avrebbe messo piede in quella casa. Adesso era sua, almeno per due anni: ecco una parte della loro storia che Wanda non aveva potuto sottrargli.

Si sentì più tranquillo e meglio difeso dalla solitudine disperata che, contro ogni previsione spavalda, cominciava a soffocarlo. E decise che quella sera stessa sarebbe andato a dormire lì, nel letto che aveva diviso tante volte con lei. Davanti all'oblò ovale che, al risveglio, conduceva in casa uno spicchio dei vecchi tetti di Roma, ornati da un volo di gabbiani.

Qualche sera dopo, verso le otto, mentre stava chiudendo il suo articolo, Giulio venne cercato da una delle segretarie del giornale: «Ho in linea una certa Gloria Guerrini. Che devo fare?». «Passamela», disse Giulio. «Sono Gloria, posso disturbarti? È da parecchio tempo che non ti sento». «Ma certo che puoi!» esclamò lui, e si accorse con sorpresa di quanto gli fosse familiare quella voce, e subito dopo si rese conto di ascoltarla con uno strano batticuore. «Quando finisci il tuo lavoro?» domandò lei. «Tra mezz'ora». «E se ti venissi a prendere al giornale?». «Sì, vieni», rispose lui, e non fu una concessione, ma una preghiera.

Andarono alla solita caffetteria di piazza Indipendenza, a quell'ora quasi deserta. «Sediamoci e beviamo qualcosa», propose Giulio. Lei bevve in silenzio, quindi prese a osservarlo con occhi intristiti. Tossicchiò, si schiarì la voce e bisbigliò: «Guarda, Giulio, che so tutto, anche dell'eredità ricevuta da Wanda. Lei mi aveva avvisato della sua partenza con te, e immaginava già che tu l'avresti accompagnata soltanto alla frontiera, a Courmayeur, e che poi non l'avresti seguita. Però non poteva fare a meno di lasciare l'Italia: meglio avere paura dell'ignoto che buscarle dove stai. Ha tribolato molto e alla fine, dopo la morte di Cucchi, in tanti le hanno fatto provare il morso del lupo. Non ha sbagliato ad andarsene, e spero che di quattrini ne abbia intascati per campare da regina fino ai cent'anni. Io non credo che ritornerà. È innamorata pazza di te, però questo non basterà per obbligarla a cambiare programma. So anche la storia del ponte su quel fiume, che nome ha?, la Dora, e mi sembra tutta un'invenzione».

«Come fai a conoscerla?» domandò Giulio, allibito. Gloria arrossì: «Wanda mi aveva detto in quale albergo vi sareste fermati a Courmayeur. Qualche giorno dopo la vostra partenza, siccome non avevo più notizie di te, ho chiamato l'hotel. Il portiere mi ha chiesto chi fossi, gli ho spiegato che ero la tua segretaria e che avevo urgenza di parlarti. Tu lo sai che io al telefono ci so fare, specialmente con voi maschi», sorrise Gloria, «e il portiere del Royal, dopo avermi detto che ti eri appena messo in viaggio per Torino, mi ha raccontato la storia della donna vista sul ponte. Ha aggiunto che bisognava darci poco credito, perché l'unico testimone era uno stronzetto abituato a spacciare balle per far colpo sul prossimo. Del resto, perché Wanda avrebbe dovuto ammazzarsi? Ha più di una ragione per seguitare a vivere, e adesso ci sono anche i soldi di Cucchi, che Dio l'abbia in gloria, almeno una cosa giusta la buonanima l'ha fatta! Avessi avuto io un sedici così, tutto mi sarebbe venuto in mente tranne che un bagno in una pozza di acqua gelida».

Giulio indagò: «Quanto credi che le abbia lasciato quel matto?». «Non so dirtelo», sbuffò Gloria. «Lui di soldi ne aveva raccolti davvero tanti, nel partito lo sapevamo bene. Ma era stato costretto a spenderne una barcata per quel suo progetto balordo e poi per la campagna elettorale. Comunque, credo che una decina di miliardi li abbia conservati».

«Soltanto dieci?» domandò Giulio. «Perché, ti sembrano pochi?» esclamò lei, scandalizzata. «A me sembrano una quantità immensa. Tu pensi che siano di più?» chiese Gloria sgranando gli occhioni. Ma Giulio decise di tacere e buttò lì: «Non lo so. E comunque non m'importa».

Si guardarono. Gloria brontolò: «Mi sono stancata di parlare di Wanda e dei suoi quattrini. E ho una fame che mi sento andare via. Vieni, ti porto a cenare da me, in piazza Rondanini».

L'appartamento di Gloria stava all'ultimo piano di palazzo Mazzetti, in un alloggio piccolo, due camere più i servizi, ordinatissimo, tirato a lucido, con la cera dappertutto. Giulio sorrise: «Sembra il posto delle bambole. Ci mancano soltanto i pattini di stoffa per non imbrattare il pavimento, mia madre li teneva sempre all'ingresso del salotto». «Non sfottere, sennò ti graffio!» lo ammonì Gloria, mentre trafficava in cucina. Lui la raggiunse e posò sul tavolo una chiave e un biglietto: «Me li ha dati Wanda per te. La chiave è della sua casa di Siena. Il numero è di un telefono di Bologna, corrisponde a una certa signora Buttazzoni, di via Goito».

Gloria si voltò a guardarlo: «Scommetto che l'hai già chiamata, questa donna». «Sì, però senza risultato», confessò subito lui. «Ha detto di non conoscere nessuna Wanda Rosso e neppure una Gloria Guerrini. Mi gioco la testa che ha raccontato una bugia, ma al telefono non potevo che incassare e dire grazie». Lei alzò le spalle. «Prima o poi proverò a cercarla, per capire di che si tratta».

Giulio rimase in silenzio a osservare Gloria che, con grande rapidità e precisione, stava cucinando due piatti. Poi annunciò: «Voglio andarci io a Bologna e vederla in faccia, questa contaballe della Buttazzoni». Lei si girò di scatto. «Lascia perdere, non è affar tuo, ma caso mai mio, il biglietto di Wanda era destinato a me, non a te!».

«Per quale motivo dovrei lasciar perdere? Non capisco la tua irritazione», fece Giulio, meravigliato. «Io non sono irritata!» protestò Gloria, con tono stridulo. «Ti prego soltanto di non infilarti in un sentiero che non ti riguarda. E poi Wanda non lo gradirebbe per niente. Altrimenti quel numero di telefono l'avrebbe lasciato a te, non ti sembra? E allora datti una calmata, ispettore Derrick!».

Cenarono senza molta voglia. Gloria si stava intristendo, la compagnia di Giulio la intrigava e nello stesso tempo le metteva addosso un gran magone. E come le capitava sempre in quello stato d'animo, veniva fuori la cantilena della sua bella parlata senese. «Da quando Wanda è partita, non sono più me stessa», confessò. «Un tempo facevo delle ghirate e adesso, di notte, mi sveglio all'improvviso con degli scrulli come se fosse una scossa elettrica a tirarmi fuori dal sonno. E di giorno mi scopro sempre tòrta, di cattivo umore, tribolicchio qua e là con l'impressione di perdere il mio tempo. A volte mi girano le tasche, altre volte mi sento di dentro un secco da non dire. Insomma, è inutile che tu e io giochiamo a richiappino: mi dispiace che Wanda sia partita, ma la verità è che mi sono presa una sbornia di te, Giulio, e credo che mi durerà».

«E quando ti è cominciata la sbronza?» domandò lui, neanche tanto stupito. «Da un pezzo, ma allora c'era Wanda sulla piazza e io mi obbligavo a non capire che cosa mi bolliva per la testa. Voi due vi eravate ribattezzati da poco, dopo tanti anni di lontananza. E io ti ho conosciuto quasi subito, te la rammenti quella mattina a Montecitorio? All'inizio mi facevi venire gli stomacucci, proprio non ti soffrivo. E sai perché? Perché comparivi sulla scena a portarmi via Wanda, che era la mia amica del cuore e anche qualcosa di più».

«Che cosa significa qualcosa di più?» s'incuriosì Giulio. Gloria rise: «Non farti delle idee strambe. Io sono una donna che ama i maschi, ne ho avuti parecchi, di qualcuno mi sono pentita, di altri no, e ne avrei potuti avere ben di più, perché sono in tanti che vorrebbero frullare con me. Ma poco prima che spuntassi tu, mi ero stufata di questo va e vieni di uomini. Mi sentivo sola. E anche Wanda lo era. Abbiamo cominciato a frequentarci molto, ci vedevamo tutti i giorni, la sera facevamo cena insieme, così abbiamo scoperto di essere legate da un vincolo protettivo, un po' ansioso l'una dell'altra...».

Gloria s'interruppe e arrossì. «Mi sento imbarazzata

a continuare, però voglio farti comprendere bene questa faccenda. Una notte ho sognato che lei e io facevamo l'amore, qui, in questa casa, Wanda era il maschio e io la femmina, anzi, quando lei è entrata io l'ho presa per il ragazzo che avevo in quel periodo, era lui tale e quale, l'ho portato nella camera da letto, gli ho ordinato: spogliati che mi spoglio anch'io, poi mi sono girata e lì c'era Wanda nuda che mi ha domandato: ti dispiace se questa volta scopi con me?, a quel punto mi è venuta una voglia fortissima e le ho risposto: certo che non mi dispiace, non avevo il coraggio di proportelo, fai quello che hai deciso... È stato un sogno furibondo, però bellissimo, che come vedi non mi è ancora scappato dalla testa. Non avevo mai avuto una fantasia del genere, e quando mi sono svegliata ho dato di fuori accanto al letto. Quel sogno mi ha turbata molto. Non ho osato raccontarlo a lei, però mi sono scoperta ingazzurrita di Wanda, anche fisicamente, al punto che, quando le stavo vicina, sbrodavo, capisci che cosa voglio dire? Ho passato dei momenti terribili, vivevo con la paura che intuisse che cosa avevo nella pancia e mi dicesse: perché non proviamo? Poi, per fortuna, sei arrivato tu e dopo un poco mi è passata la malattia».

«E così, siccome adesso Wanda non c'è più, ti sei innamorata di me. Il guaio è che io sono sempre innamorato di lei», osservò Giulio, tanto gelido da sembrare scortese. Gloria non ci badò, aveva già riconquistato una sicurezza sfacciata: «È un guaio di cui m'importa poco. La lontananza sana tutte le piaghe. Wanda se n'è andata per i suoi venti e non ritornerà più, ma noi due restiamo qui, siamo come i superstiti di un ciclone. Guardiamoci: non siamo sposati, viviamo senza nessuno, abbiamo l'età giusta, perché non dovremmo accompagnarci prima di diventare vecchietti con la faccia vizza? La mia vita da bischera l'ho bell'e avuta, facevo la chiassona e ogni festa era la mia. Mi sembrava di essere l'aia di Ghiandone dove tutti i bisboccioni pretendevano di ballare. Ancora adesso mi vedo intorno dei rondoni che passano e ripassano, e me la tirano di lusso. Ma io mi sono incucchita di te. E di qui non mi schiodi!».

«Perché proprio di me?» indagò Giulio, sempre sul freddo. Lei sospirò: «Questa sì che è una domanda facile. Perché sei un uomo normale, e chi cerca le robe speciali finisce nell'ortica. Perché credevo di avere il cuore rinseccolito e tu me lo fai battere che mi sento tutta rincretinita. E poi tu non sei un cazzaccio che si dà delle arie. Con Wanda io ti ho visto come fai: sei buono, caschi sempre di gentilezza. A me mi garbi da morì. E io, te lo ripeto, mi sono presa un'imbarcata per te. Mi fai sentire acerba in fatto d'amore, come se avessi ancora quindici anni».

Imprevedibilmente, Gloria si commosse, le scesero due lacrimoni, lei li contrastò mettendosi a ridere: «Non badarci, mia mamma mi diceva sempre: Pentolin delle lasagne, ora ride, ora piagne. E non prendermi per una sguenghera, non sono una facile. È che con te mi sento arrivata al momento decisivo. Nella mia vita non ero mai riuscita a far pari, non giungevo alla fine di un amore serio. Voglio arrivarci con Giulio Guala. E tu non fissarmi con questi occhi allumacati, privi di espressione! Lo vedi in che modo spudorato ti sto facendo il filo? Non essere un cincischino, più gelato di gennaio. Che cosa ti costa dire di sì?».

Giulio le diede una carezza sul viso e si alzò. «Non mi va. Grazie per la cena, adesso è tardi, sono stanco e me ne debbo andare».

Gloria gli aprì la porta e lo guardò scendere la prima

rampa di scale, senza offrirgli una parola di saluto, ma con due occhioni grandi così.

Trascorsero dieci giorni e Gloria telefonò di nuovo. «Sei ancora vivo, signor giornalista?». «Sì, che cosa vuoi?». «Voglio che tu venga a cena da me stasera». «Perché dovrei?». La voce di lei s'incrinò: «Perché i miei illustrissimi superiori della Rosa mi stanno fabbricando un furfantino e io sono ridotta a un calzinotto, con il morale sotto i tacchi. Non puoi rifiutarti, tu sei l'unico volontariato di cui dispongo».

Il furfantino, ossia il brutto tiro, era che il partito, messo come gli altri in braghe di tela dalla scomparsa di tanti pozzi di San Tangente, aveva deciso di ridurre al minimo il personale e di mandare a casa la gran parte degli impiegati. «Ecco perché mi vedi stranita», spiegò Gloria. «Tra qualche giorno non avrò più il lavoro. Dio, che imbroglimento è venuto fuori da Mani Pulite! In questa faccenda io non ci sbroccolo più. Mi sento buggerata dai miei capi, trattata come una fregafumo, una buonannulla perditempo».

«Non c'è nessuno che ti aiuti, dei tuoi compagni?» domandò Giulio. Lei sogghignò: «Sai come diceva Wanda? Tanti bacini, pochi quattrini. I compagni sono svaporati tutti, puf!, scomparsi nell'aria. Non proprio tutti, per la verità, ma quei pochi che ancora mi chiamano non hanno nessun potere di aiutarmi».

Gloria portò la cena in tavola, poi chiese: «Posso continuare a lamentarmi? È un contentino, ti prego! Vedi, il guaio di perdere il lavoro è che ti fa sentire uno scarciume, che è il peggio dello scarto, quello di cui nessuno avrà mai bisogno. Io non sono una lingua bianca, voglia di faticare ne ho, sono persino capace di friggere con l'acqua. Ma che lavoro posso trovare adesso? Ho un bollo in fronte: quella lì ha fatto l'impiegata in un partito, e siccome tutti i partiti sono la fabbrica dei ladri, anche lei sarà una zoccolona dalle mani lunghe. Ecco a che punto mi scopro, al caro babbo. Prenderò l'ultimo stipendio venerdì, poi rimarrò a casa. Da quel giorno i miei risparmi cominceranno ad appocarsi e non mi resterà che scegliere tra il canchero e la rabbia. Dovrò anche andarmene di qui perché non potrò più pagare l'affitto. Ma di quest'ultima rogna non m'importa molto, mi ero stufata di stare in piazza Rondanini. Alzati, guarda dalla finestra e capirai il motivo».

Giulio diede una sbirciata alla piazza: una lastricata di auto in sosta vietata, un passaggio continuo di motorette contro ogni divieto, gli stereo a tutto volume da far tremare i vetri delle case, vapori all'ossido di carbonio impastati con le zaffate di fritto che venivano da piazza del Pantheon. E infine il vociare di una folla di giovani tiratardi che si aggrumava attorno a un pub alla moda, i Corvacci: dapprima un brusio stridulo, poi un rombo basso e feroce, infine un ruggito al rallentatore che raggiungeva il culmine verso le due di notte.

«Hai visto?» domandò Gloria. Lui fece una smorfia: «Questa città potrebbe essere il paradiso del mondo e sta diventando l'inferno per chi ci vive. E non esiste autorità a cui ricorrere. A Roma non comanda nessuno. Anzi, comanda chi è prepotente, arrogante e ha un po' di soldi in tasca».

Gloria riprese a mangiucchiare: «Hai compreso per quanti motivi mi sento così male? Ero convinta di essere forte, e invece mi scopro fatta di corna di chiocciolala, molle, troppo delicata. E per di più dovrò tornarmene a Siena, dopo tanti anni che ci manco. Non posso andare che lì: c'è la casa di Wanda, almeno non avrò l'affitto da pagare».

«Non sembri molto contenta di ritornarci», osservò Giulio, «e invece mi pare una buona soluzione per te». Gloria lo squadrò nervosa: «Ma che ne sai tu di quello che va bene per me? Certo, sarà una soluzione buona se tu verrai a trovarmi nei week-end». «E perché dovrei venirci?» la provocò Giulio. Lei arrossì: «Perché mi piacerebbe che tu diventassi il mio fidanzato. Ti farei passare dei fine settimana indimenticabili. Sono brava per certe faccende domestiche, sai? Forse non come Wanda, però me la cavo. Vuoi una prova?». «Adesso?» indagò Giulio. «Sì, adesso. Io sarei pronta. È da quel giorno che lo sono! Si può fare del sesso anche senza sentimento: l'ho letto da qualche parte. Che cosa aspettiamo?».

«Già, che cosa aspettiamo?» ripeté Giulio, sovrappensiero. Ma siccome non si decideva, Gloria si mosse per l'ultima carica: «Lo vedi come mi abbasso a pittolarti, a mendicare? È segno che ti voglio per davvero. E la mia non è una vogliafredda, che passa subito. Mi sono presa un bruciaculo e adesso mi sento cotta e biscotta di te. Bada che c'impiego poco a spogliarmi, mi hai messo certe pruzze addosso!». Lui scosse la testa: «Scusami, ma non posso. Lasciami andare via».

Gloria era davvero una santa, almeno per la pazienza. Sospirò: «A Montalcino si dice: non andà a mangià con chi non ha fame. Comunque, è più caro un no grazioso che un sì dispettoso. Però non credere che io mi arrenda».

Giulio stava già sulla porta quando disse: «Per la casa non preoccuparti, puoi trasferirti subito in via del Governo Vecchio, nell'appartamento di Wanda». Gloria lo ascoltò sorpresa: «Ma a quest'ora sarà già affittato. Wanda aveva dato l'incarico a un'agenzia, poco prima di partire». «L'ho preso in affitto io, qualche giorno fa».

«Tu? E perché?» domandò Gloria, meravigliata. Lui alzò le spalle: «Ci sono le sue cose, i mobili, gli arredi, i libri, i dischi, persino la biancheria della casa e le coperte sul letto. È come se lei fosse andata via per una piccola vacanza. Mi ripugnava che venissero usate da qualche estraneo. Ma tu sei quasi come Wanda. Io sarei felice se andassi a stare lì. Oltretutto, non ti costerebbe una lira, ragazza in bolletta».

Gloria scoppiò a piangere, si aggrappò al collo di Giulio e, quando ebbe finito di lacrimare, lo baciò sugli occhi. Quindi lo spinse verso le scale, soffiandogli: «Sarei una pazza se non ti falcassi, bocconsanto!».

L'ultimo giorno di novembre, Giulio trovò nella segreteria telefonica di via Emilia un messaggio che lo sorprese: «Sono il notaio Marescotti, di Torino. Ho urgenza di parlare con lei, dottor Guala. Per cortesia, mi richiami a questo numero: 011/8367118. Le sono grato».

La mattina successiva Giulio chiamò. Erano le otto, ma il notaio stava già in ufficio. Fu molto felice di sentirlo, lo si capiva dai continui «ah, bene bene!» che rovesciava dentro la cornetta, con una voce dolciastra, quasi effeminata, che rendeva lezioso il suo accento torinese. «Prima di tutto devo presentarmi: sono Clemente Marescotti e ho lo studio in via Pomba al 9, accanto a piazza Bodoni, la conoscerà, credo, è uno dei luoghi più armonici del centro di Torino. La ragione della mia chiamata è semplice: ho ricevuto l'incarico di comunicarle delle notizie urgenti che riguardano la signora Wanda Rosso. Lei, dottor Guala, dovrebbe essere così cortese da prendere subito un aereo per trovarsi nel mio studio oggi stesso».

Giulio rimase di stucco. «Oggi?, nel suo studio?». «Sì, proprio oggi». «E non può darmele al telefono, queste notizie?». Il dottor Marescotti si esibì in una risatina chioccia: «Al telefono vengono proposti soltanto gli inviti. I colloqui si fanno di persona, vis-à-vis, nella quiete di uno studio».

Poi lo incitò con una cortesia che non ammetteva repliche: «Su, su, dottor Guala, non stia lì a cincischiare. L'aspetto nel mio ufficio per le ore 18. D'accordo? Ah, bene bene!».

Malvolentieri, imprecando contro se stesso per aver ceduto a quella voce molliccia e cerimoniosa, Giulio prese il primo volo del pomeriggio e verso le quattro, con il solito ritardo, atterrò a Caselle. Dal taxi si fece portare in piazza Castello, gli restava un po' di tempo e aveva deciso di fare a piedi il tragitto verso via Pomba.

Era un pomeriggio freddo, dicembre cominciava sotto un cielo color del peltro che prometteva neve, nelle strade camminava poca gente, in fretta e a testa bassa per difendersi da certi colpi di vento! Torino gli apparve ancora un luogo magico, sensuale, fitto di misteri. L'aveva percepita in questo modo molto tempo prima, quando aveva diciannove anni e ci era arrivato dalla provincia per iniziare l'università. Allora gli era piaciuto scoprirla ogni sera, al calar delle ombre, e così aveva continuato a fare negli anni, tutte le volte che vi era stato condotto da qualche evento in grado di interessare il suo giornale.

Dopo aver trasmesso l'articolo, usciva dall'hotel e vagava quasi stordito per quei portici e quelle piazze dove aveva già camminato ore e ore, si affacciava dai ponti sul Po tanto familiari, sfiorava certi palazzi che gli sembrava di conoscere persino troppo bene. E sempre si aspettava qualche incontro capace di affascinarlo e anche di regalargli del batticuore: un vecchio amico che riteneva scomparso, una bella signora sconosciuta che dichiarava di desiderarlo, un fantasma emerso da un passato che era pure il suo passato.

Anche questa volta la sua percezione di Torino fu la stessa, ma più malinconica. Ecco che cosa avvertiva di speciale, Giulio, in quel pomeriggio: un magone senza perché, una tristezza persino più forte della curiosità per l'imprevisto messaggero di Wanda.

E i due nuovi compagni di viaggio si tenevano ben stretti a lui, quasi avessero paura di perderne le tracce mentre procedeva sotto i portici che la penombra si preparava a invadere, alzando lo sguardo alle mansarde segrete, sbirciando negli androni che introducevano in tetri cortili, sorvegliati da ringhiere uguali a balconate di un carcere.

Arrivato in via Carlo Alberto passò di fronte a palazzo Campana, che era stata la sede della sua facoltà. Dall'esterno, gli sembrò un rudere grigiastro, con gli intonaci che si staccavano, travolti dalla decrepitezza. Ma quando, con più di una titubanza, si decise a varcarne l'ingresso, il suo passato gli venne incontro con una precisione di ricordi che lo sbalordì.

Ecco l'inizio dello scalone, un salto di cinque gradini, poi un tratto di quattro, quindi la prima rampa di diciannove scalini e la seconda, in parallelo, anch'essa di diciannove. E alla fine del doppio scalone, la balaustra dove tante volte si era seduto a leggere, senza mai rendersi conto del pericolo di cascare di sotto. Erano sempre le stesse le lampade in ferro battuto e anche la grande bacheca rettangolare in legno e vetro, sagomata con eleganza, che dominava la parete tra la prima e la seconda rampa. Ai suoi tempi, la gremivano gli elenchi degli esami, ma adesso era vuota, non un avviso, non un'ordinanza accademica. E quel deserto gli sembrò un'intimazione ad andarsene: sì, vattene via, antico studente Guala Giulio, in questo palazzo non esiste più nulla che riguardi te.

Anche piazza Bodoni la conosceva bene: un rettangolo perfetto, sullo sfondo il conservatorio musicale, al centro un arrogante La Marmora a cavallo, in alta uniforme, feluca e sciabola sguainata. Lo effigiava una statua in bronzo, maschia e orgogliosa, opera del conte Stanislao Grimaldi del Poggetto, collocata in quel luogo il 25 ottobre 1891, e ora ricoperta di un'orrenda lebbra verdastra generata dall'inquinamento. Persino le iscrizioni sul basamento ne erano state intaccate. Apparivano corrose e mancavano di parecchie lettere, cosicché la descrizione della vita e delle opere di quel signore a cavallo, per citarlo con il nome intero: il signor Alfonso Ferrero marchese della Marmora eroe della Crimea, risultava di non semplice comprensione a causa dei tanti caratteri scomparsi.

Dalla piazza, Giulio passò in via Pomba, su quel lato corta e stretta tra due file di portici alquanto bui, con un fregio continuo di medaglioni dedicati a personaggi della storia subalpina. Costoro si guardavano a coppie, viso contro viso, nella fissità della vita eterna, pronti, forse, a riscuotersi nel cuore della notte per deambulare attorno a La Marmora, in un quieto carosello di fantasmi.

Mentre stava osservando il medaglione del santo Giuseppe Cottolengo, Giulio si sentì toccare su una spalla. Nel voltarsi ebbe di fronte un uomo anziano, alto, secco, con un viso scarno che terminava in un bianco pizzetto autoritario. Come un tempo aveva notato nella buonanima di Cucchi, soltanto gli occhi contrastavano con l'aspetto da bel vecchio vigoroso e prepotente. Lo sguardo, infatti, era di un tenero velluto, zuccheroso, persino un po' lascivo. Quasi che lo sconosciuto celasse dentro il corpo, racchiuso in un elegante cappotto scuro, un'altra persona, tutta diversa dal suo aspetto esteriore e rivelata soltanto dalle occhiate arrendevoli e un po' umide del signore ancora senza nome.

«Sono il notaio Marescotti, dottor Guala!». Giulio restò lì, incapace di spiccicar parola. Il notaio sorrise: «Non pensi che io la stessi pedinando, la prego! Ogni giorno, a quest'ora, ritorno nel mio studio a piedi, per fare un po' di moto, e seguo sempre lo stesso itinerario. Dunque è lei che si è inserito nel mio percorso», precisò il notaio, «e il perché è chiaro: noi due eravamo destinati a incontrarci, al di là del motivo, pur molto importante, che mi ha costretto a farla venire a Torino...».

Il Marescotti s'interruppe per consultare, con attenzione esagerata, un orologio da tasca: «È ancora prestino per il nostro colloquio ufficiale, chiamiamolo così. Posso proporle un tè? Qui c'è un posto che ne offre un'ampia scelta, venga con me».

Il posto stava all'inizio dei portici di via Pomba e si chiamava Café Kipling: un locale di legni chiari e dall'aria elegante e razionale. «Questo è l'unico caffè d'Italia, io credo, che stampi sul menù anche una poesia», spiegò il notaio. «Posso consigliarle un tè, dottor Guala? Ecco, prenda questo: è il Flowery Pekoe, un tè cinese bianco, raro, ha un bel colore giallo brillante con riflessi d'argento e un gusto molto delicato, però va bevuto puro, senza zucchero, né latte o limone. E mentre aspettiamo il nostro Flowery Pekoe, io le leggerò la poesia del menù, vediamo questa settimana di quale autore è», si domandò l'inarrestabile Marescotti. I versi erano di Rainer Maria Rilke, e il notaio li declamò con un'intonazione non male, sul confidenziale commosso: «Al cielo che attento aspetta / la terra si racconta; / il ricordo la sormonta / nella sua nobile vetta...».

Nel bere il tè, Marescotti scrutò Giulio a lungo, con uno sguardo morbido, poi annunciò: «Anch'io devo raccontarle qualcosa, dottor Guala. No, non mi riferisco a ciò che le dirò in ufficio tra poco, qui siamo sul privato, sul mio privato. E un po' anche sul suo, caro Giulio, mi permetta di chiamarla così, perché io la conosco da molto tempo, da quando lei era bambino».

«Com'è possibile?» domandò Giulio, sorpreso. Il notaio si produsse di nuovo nella sua risatina chioccia, quindi spiegò: «Vede, io sono stato un buon amico della signora Giusy Rosso, la madre di Wanda. Per essere preciso dovrei dire, lei mi comprenderà, vero?, uno degli amici di Giusy, ma certamente il più assiduo, il più fedele, il più appassionato. Al punto che, quando avevo all'incirca la sua età, caro Giulio, e Giusy era una giovane e splendida donna sui trentacinque anni, le ho proposto di sposarmi. Giusy ha tentennato molto e la sua incertezza ha fatto nascere dentro di me più di una speranza. Avevo già il mio studio e una forte solidità economica, potevo offrire a lei e a Wanda un futuro pieno di agi. Ma Giusy, alla fine, non ne volle sapere», sospirò il notaio, tormentandosi il pizzetto. «Mi spiegò che non intendeva legarsi a nessuno, e che avremmo potuto continuare la nostra relazione, però senza vincoli matrimoniali. Il che è avvenuto, sempre con la medesima intensità, soprattutto quando Giusy si stabilì a Torino, e sino alla sua morte, molto, troppo prematura! In quegli anni, naturalmente, Giusy mi ha parlato anche di lei, di un bambino che era diventato un fratello per Wanda, e anche di sua madre, la signora Luisa, vede che ne ricordo il nome?, una donna così generosa verso la piccola Wandina. E adesso eccoci qua: Giusy non c'è più, io sono uno scapolo rugginoso che ha appena varcato i settant'anni, lei è un giornalista affermato, e Wanda... Beh, andiamo nel mio studio, lì parleremo di lei».

Lasciarono il Café Kipling e il notaio guidò Giulio verso l'ufficio senza più dir parole. Ma quando stavano per varcare il portone del numero 9, Marescotti indicò lo stabile accanto: «Lei forse non può ricordarselo, caro Guala, però qui un tempo c'era la Sala Gay, un locale da ballo famoso a Torino, ci suonava l'orchestra del maestro Cinico Angelini. Il posto piaceva molto a Giusy. Ogni volta che veniva a trovarmi, pretendeva sempre che la portassi a ballare lì, e del resto era una ballerina formidabile, con quel suo corpo sinuoso...».

Giulio borbottò tra sé: «Non ne posso più di questa Giusy e dei suoi amanti!». Poi, nel salire le scale, immaginò il notaio in quegli anni: assai più giovane, col pizzetto nero da legionario, lo sguardo mansueto e un po' losco, che ghermiva la madre di Wanda, la spogliava e le montava addosso, nel suo alloggio di Torino o in qualche albergo per ricchi sulla collina.

La fantasia gli destò un'improvvisa ostilità nei confronti di Marescotti e, insieme, il rammarico di aver ceduto alle sue insistenze e di essere andato all'incontro con lui.

«Avrei dovuto farmi spiegare tutto al telefono, ma ormai siamo al dunque», si giustificò con se stesso, «adesso sentirò che cos'ha da raccontarmi e poi ripartirò subito per Roma».

Una volta arrivati dentro lo studio, invaso da una luce grigia e sotto la sorveglianza di un'impiegata arcigna, Marescotti se la prese comoda: «Ho una pratica urgente da sbrigare, dottor Guala. Vuole aspettarmi in questo salottino?».

Giulio venne introdotto in una stanza arredata in stile Impero, illuminata da due piccole lampade e da quel poco di chiarore che filtrava da via Pomba. Era lì da qualche minuto, già innervosito per l'attesa, quando udì venire dal corridoio un suono che gli schiantò il cuore: era uno stacchettare che lui conosceva più di chiunque altro, annunciante l'arrivo di una donna dal passo veloce e deciso.

La porta del salottino venne spalancata di colpo e Giulio ebbe di fronte Wanda. O una persona che ricordava Wanda. E che lui esaminò incredulo, con il bruciacuore e la gola secca. Lei rise: «Sono un po' cambiata, vero? Ma è tutto finto, un trucco per questo viaggio a Torino. Meglio essere prudenti perché leggo sui giornali che il giudice Di Paolo imperversa, ormai è il padrone d'Italia».

Wanda passeggiò davanti a Giulio per farsi ammirare. I capelli erano corti, a caschetto, e biondissimi. Uno strato di fondotinta nascondeva le lentiggini. In più, lei sfoggiava degli occhiali di forma stramba, che ben si addicevano alla sua nuova eleganza, vistosa, da americana ricca in vacanza.

Si sedettero l'uno di fronte all'altra. Wanda tremava, ma trovò la forza di mangiarselo con gli occhi, questo suo Giulio sconvolto dall'apparizione e sulla via d'incupirsi. Gli accarezzò una mano e tentò di sorridere: «Hai già messo su una piva! Non sei felice di rivedermi? Che cosa stai meditando, di farmi una scenata, come quel pomeriggio a Courmayeur? Mi sento il naso smangiare, c'è qualcuno che vuol litigare! Ma non sono io quella del litigio. Io ti amo, tontolini dolcissimo. Ti amo come prima». E nel dir così si alzò, con un gesto di comando obbligò anche Giulio a schiodarsi dal divanetto, e si mise a baciarlo con un impeto che lasciò entrambi senza fiato.

Quando si riebbe dall'assalto, Giulio balbettò: «Perché sei ritornata?». Wanda non ebbe esitazioni nel rispondergli: «Perché voglio portarti via con me. In questi due mesi ho fatto molte cose buone. Ho trasferito la mia fortuna a Londra e di qui la sto portando in Canada. Mi sono decisa a vivere laggiù, a Toronto: mi sembra il posto giusto per dimenticare l'Italia senza soffrire troppo e per farsi dimenticare».

«Io non ho nessuna intenzione di scappare in Canada», l'interruppe Giulio. «Non ho niente da dimenticare e non sento il bisogno di nascondermi». «Ma neppure io mi nascondo», insorse Wanda, «ho soltanto cambiato vita e vorrei affrontare la mia esistenza nuova con te e con un'altra persona, se l'accetterai». «Chi è questa persona? Te lo chiedo per l'ultima volta», rognò lui, brusco. Lei rispose asciutta: «Lo saprai soltanto se decidi di venire anche tu a Toronto».

«È tuo padre Ferruccio?». Wanda lo guardò intimorita e bisbigliò: «Per quanto tempo hai covato questa domanda?». «Da quel pomeriggio del 31 dicembre, quando mi hai portato a vedere il ghetto di Siena e mi hai parlato di lui. Poco per volta, mi sono convinto che Ferruccio si fosse fatto vivo con te e che tu avessi deciso di perdonarlo, al punto di aprirgli la tua vita di oggi. Ho anche immaginato che questo signore tu l'avessi collocato a Bologna, nella casa di via Goito, affidandolo alle cure della misteriosa Buttazzoni, quella che dice di non aver mai conosciuto una Wanda Rosso».

«Hai sempre avuto molta fantasia, ma stavolta ne metti in mostra davvero troppa!» esclamò Wanda. Lo squadrò con un sorriso malizioso, per poi chiedergli: «Cosa ti fa pensare che si tratti di mio padre?». Giulio si scoprì confuso e a corto di argomenti: «Non so spiegartelo. Forse è il sogno che ho fatto a Siena, nei giorni di Capodanno. Ti ricordi che cosa ci siamo detti quando stavamo davanti a quella casa diroccata, sulla strada per San Martino in Grania?». «Me lo ricordo», mormorò Wanda, «ma tu sbagliavi allora e sbagli oggi. No, non si tratta di mio padre. O forse sì, hai visto giusto: si tratta proprio di lui, perché io l'ho cercato, l'ho rivisto, è un uomo anziano, stanco, privo di mezzi e ha scoperto di avere una figlia che è persino diventata ricca. Credilo, se vuoi. Figurati quello che ti pare e piace. Io non ti dirò la verità se non quando avrai scelto di venirtene via con me».

Giulio si sentì sommergere da un'ondata di tristezza. E replicò, nemmeno troppo spazientito: «Lo sai che non verrò. E sai anche che cosa ti chiedo di fare: consegna i miliardi di Cucchi ai giudici e poi ritorna in Italia. Vivremo insieme a Roma, la tua casa del Governo Vecchio è ancora libera, l'ho affittata io, per il momento ci sta Gloria che ha perso il lavoro e non sapeva più dove abitare».

Wanda fu presa da una collera fredda: «Ti ho già spiegato che non andrò mai a inginocchiarmi davanti a Di Paolo! Niente può convincermi a farlo. Nemmeno la condanna di separarmi da Giulio Guala! Eppure non immagini quanto mi pesi il non poter vivere con te. Il giorno che ci siamo lasciati a Courmayeur, per qualche momento ho pensato di uccidermi». «E in che modo?» chiese Giulio, sconcertato. «Con un bel salto dentro la Dora, da quel ponte dopo il cimitero».

«Allora esisteva davvero la donna pronta a gettarsi nella corrente», farfugliò Giulio. «Come fai a saperlo?» si stupì Wanda. «Ti ha notato il cameriere di una pensione e l'ha raccontato in paese. Però non si è trovato traccia di niente, così abbiamo concluso che fosse la balordaggine di uno squinternato, convinto di aver visto un fantasma».

«Ero io il fantasma», confermò lei. «Sono rimasta lì una mezz'ora, ero disperata di averti lasciato, non capivo più nulla, il mondo sembrava scomparso insieme a te. È stato in quel momento che ho deciso di togliermi di mezzo. Mi ero diretta verso Dolonne, perché avevo bisogno di camminare e di riflettere, prima di partire per Ginevra. Ho visto il ponte e mi sono detta: mi getterò di lì. Che formidabile stupida, vero?, anche quello che ti sto raccontando ha l'aria di un fumettone da quattro soldi. Poi l'altra Wanda ha prevalso. Potevo uccidermi dopo aver incassato quaranta miliardi? E potevo farlo quando mi restava da risolvere un ultimo problema, quello che mi sta più a cuore, persino più dell'amore che ho per te? Così sono ritornata sulla statale che porta al tunnel del Bianco, ho aspettato che passasse il pullman giornaliero per Ginevra, ci sono salita e ho dato l'addio a tutti. Tranne a te, come vedi. Anche se ho paura di aver fatto un viaggio inutile: da Toronto in via Pomba a Torino, per sentirmi cantare la litania di sempre».

«E adesso che cosa intendi fare?» le domandò Giulio, immalinconito. Wanda si sforzò di sorridere, era pallidissima sotto il trucco, gli occhi cerchiati dalla stanchezza: «Adesso ti prego di portarmi a cena. Ma prima dobbiamo salutare Marescotti, per me è anche un vecchio amico, te l'avrà spiegato, no?».

Il notaio li stava aspettando nello studio. Si alzò premuroso, li scrutò con quel suo sguardo da mezzana, poi chiese a entrambi: «Allora, vi siete intesi?». Fu Wanda a rispondere: «Ancora no. Ma ci proverò di nuovo stasera, in albergo: il dottor Guala si fermerà a Torino e verrà con me al Sitea».

Cenarono ai Due Lampioni, un buon ristorante un po' démodé che si affacciava su via Carlo Alberto. Ma Wanda non mangiò quasi nulla. «Hai deciso di metterti a dieta?» gli domandò Giulio, stupidamente. «Eppure mi sembri così magra!». «È la tua ostinazione a bloccarmi lo stomaco. Se continui a dirmi di no, mi avrai presto sulla coscienza» lo rimbrottò lei, tentando di ridere. Lui le diede un buffetto: «Ma dai! Tu scamperai mille anni, e quando avrai deciso di morire non ti ricorderai neppure che è esistito un Giulio Guala».

Stizzita, Wanda replicò: «Basta con questa cena. Il conto spetta a te, paga e portami all'hotel, è qui a due passi». «Lo so, è l'albergo dove scendeva Berlinguer quando veniva a Torino», disse Giulio. Lei finse di innervosirsi: «Hai sempre la politica per la testa, non cambierai mai».

Al Sitea, Giulio si accorse che il portiere chiamava Wanda «signora Roncalli». «Fammi vedere il tuo passaporto», le ordinò. «Toh, guarda come sono diversa», ridacchiò lei nel porgergli il documento. Era intestato a Wilma Roncalli, nella foto la nuova Wanda si presentava con il caschetto biondo e gli occhiali. «Viaggi con un passaporto falso», si meravigliò lui. «E a te che cosa importa? Sono io che rischio, mica tu».

Quando furono in camera, Wanda si avvicinò a una finestra e disse: «Ammira lo spettacolo che ti ho preparato». Scostò di colpo la tenda e Giulio si trovò di fronte a un grande cortile con ben tre ringhiere sovrapposte. «Ti piace la scena?» lo interrogò lei, quasi spavalda. Lui non volle impegnarsi: «Hum, ci devo pensare». Allora Wanda tagliò corto: «Ho capito, non vuoi lasciarti catturare con i ricordi. Comunque, a me piace poco: il nostro cortile era più semplice, con due ringhiere soltanto, questo è un fricandò di sbarre, sbarrette, cancelletti, sgabuzzini vetrati, insomma un misupisto alla torinese».

Dopo aver richiuso il sipario, Wanda andò a sedersi di schianto sul letto: «Mi sento a pezzi. Ho più magagne del cavallo di Gonnella. E stasera sono strafugnata peggio del solito». Poi ordinò a se stessa: «Forza, Wanda, alzati e spogliati». Andò a guardarsi allo specchio, con una smorfia di disgusto: «Mi sono davvero conciata da miliardaria in vacanza. Sembro una gelatara o una scimmia in parata. Via tutta questa roba, subito!».

Nuda, tornò ad esaminarsi: «Mi vedi, Giulio? Sono diventata ricca, ma ho una faccia da meschina patita, un mezzo cadavere in corda, tenuto su da una fune. Se deperisco ancora, sarò madama La Morte in permesso». Giulio tentò di rassicurarla: «Sei dimagrita, però mi sembri più bella di prima». Lei replicò, ironica: «Sì, la mia bellezza cresce come gli zoccoli piantati sull'aia». Cominciò a struccarsi: «Dio mio, guarda che smorta! Mi pare di essere frusta, e di dentro anche marcia come un fungo. È colpa tua, Giulio. Non è vero, ma lo dico lo stesso. Tu non vuoi seguirmi in Canada e allora la nostra storia non sa più né di me né di te».

Quando ebbe finito, saltò dentro il letto dove lui l'aspettava. Lo afferrò per la vita e gli soffiò: «Fammi sentire se mi desideri sempre». Cominciò a baciarlo sul collo, sul petto, sul ventre. Poi bisbigliò: «Vedo che mi desidera ancora, dottor Guala. Uh, se mi desidera! Io sono pronta, se n'è accorto? E allora mi faccia andare in gogla e migogla, come ci è capitato tante volte».

Si amarono, però Giulio comprese subito che Wanda era estenuata, e quasi impaurita che il desiderio, e la forza per soddisfarlo, potessero mancarle di colpo. Alla fine la interrogò: «Che ti succede? Non stai bene?». Lei alzò le spalle: «Ma no, che non ho nulla. Mi manchi soltanto tu». Poi scoppiò a piangere: «Domani partirai e anch'io me ne andrò. E forse non mi rivedrai più. Vieni con me, ti prego!».

Giulio la strapazzò con dolcezza: «Io sono certo che ti rivedrò. Tu ritornerai in Italia perché devi risolvere il tuo ultimo problema. E questo problema è a Bologna, nel palazzo di via Goito. Forse non si tratta di tuo padre, ma il problema sta lì. Io lo scoprirò il mistero di quella casa. Uno di questi giorni andrò a Bologna, busserò alla porta di madama Buttazzoni e capirò tutto».

Lei si rizzò a sedere sul letto, quindi, con un balzo, si mise a cavalcioni di Giulio e lo costrinse supino, afferrandogli i polsi con una presa ferrea. Lo baciò, poi gli intimò, dura: «Mi devi giurare che non andrai a Bologna fino a quando non sarò io a ordinartelo. Dimmi giuro!». Lui tentò di liberarsi, ma Wanda, con un secondo balzo, andò a sedersi sul suo viso: «Devi dirmi giuro!, altrimenti ti soffoco con questa roba qui». «Va bene, lo giuro», mugolò Giulio, «ci andrò soltanto quando me lo consentirai tu».

Wanda tornò a respirare con calma: «Bravo, mi sento più tranquilla. Anche perché è possibile che quel problema io non riesca a risolverlo, e allora dovrà pensarci il generoso Giulio Guala». «Perché proprio io?». Lei bisbigliò: «Perché sei l'unico uomo di cui mi fido. E adesso dormiamo, sono spompata, domani mattina il mio aereo partirà prestissimo».

Wanda gli telefonò da Toronto la sera del 15 dicembre. Giulio stava in via Emilia, era appena tornato da una giornata buttata via a Montecitorio e cascava dal sonno. Lei aveva una vocina quasi irriconoscibile, sfibrata, malinconica. Confessò subito: «Ho bisogno di te, Giulio. Prenditi una vacanza e raggiungimi, per favore».

Lui si negò: «Ti ho spiegato che non posso e non voglio. Se venissi da te, non avrei la forza di ripartire, o tu me lo impediresti. E comunque, il giorno che io riprendessi l'aereo per Roma, la tua sofferenza diventerebbe ancora più grande». Wanda lo implorò: «Potrai ripartire quando vuoi, te lo garantisco. Io sto tenendo l'anima coi denti, ma presto sarò tra quattro assi. Che cosa ti costa venire per qualche tempo da me? Se rifiuti, significa che non mi ami, che non mi hai mai amata», concluse con asprezza.

Giulio si allarmò: «Tra quattro assi? Ma che pazzia stai dicendo? Vuoi ucciderti come Cucchi?». Lei gli fece arrivare una risatina gelida: «Non ce ne sarà bisogno, nessuno dovrà portarmi il veleno. Non sto bene di salute e sento che, presto, nella mia vita accadrà qualcosa».

Ma lui, cocciuto, le replicò: «Non ti credo. Stai truccando le carte un'altra volta, come hai fatto per i miliardi di Cucchi. Se davvero stai male, vieni tu a Roma: Gloria e io ti aiuteremo, e non credo che il dottor Di Paolo ti aspetti a Fiumicino per arrestarti».

La linea s'interruppe di colpo, come se Wanda, infuriata, avesse scassato il telefono. Ma non trascorsero dieci minuti che l'apparecchio squillò di nuovo. «Sono ancora io, scusa l'invadenza», disse Wanda, con voce più salda. «Non ti chiederò più nulla. Dimmi soltanto come stai. Sei sempre solo o hai incontrato qualche altra quarantenne con meno problemi di me?». Lui tentò di scherzare: «Sei gelosa? Se lo sei, non ne hai motivo: sono sempre solo». «E come mai?» domandò Wanda, con malizia un po' forzata. Giulio brontolò: «Lo sai, eppure vuoi sentirmelo dire. E allora te lo dirò: sono sempre solo perché ho una grande nostalgia della nostra vita di prima. La bambina dalle mani sporche non vuole andarsene dalla mia testa».

Rimasero in silenzio, quasi avessero esaurito le ragioni per parlarsi. Poi Giulio le propose: «Perché non ci vediamo a Natale? Se hai paura di rientrare in Italia, potremmo incontrarci a Parigi o a Londra. Questo sarei pronto a farlo». Wanda tacque per qualche istante, quindi si mise a piangere, con dei singhiozzoni disperati che non riusciva a soffocare.

«Stai piangendo?». «Macché, sto ridendo. Che scema!, me ne sono fatta accorgere». «E perché piangi?». «Perché non posso accettare il tuo invito. Non sto bene, e non ce la faccio ad arrivare sino a Parigi o a Londra. E poi, se mi sentissi a posto, dovrei riservare il Natale a qualcuno che non sei tu». «Alla stessa persona di un anno fa?» chiese Giulio. «Sì, vedo che hai la memoria lunga».

«Non posso dimenticarlo quel Natale mancato», mormorò lui. «Anche perché, in cambio, tu mi hai portato a Siena». Wanda si abbandonò a un lungo sospiro: «Il nostro Capodanno sulle Crete! Lo ricordo come il periodo più felice della mia vita. Tu devi tornarci, a Siena», aggiunse all'improvviso, con l'impeto di un tempo. «E porta con te Gloria. Anche lei è sola, le farai un regalo grandissimo: non le piacerebbe rivedere la sua città senza nessuno al fianco. La casa ce l'avete, quella di San Martino, usatela come se fosse vostra».

Giulio nicchiò, tentando di spiegare a Wanda che non la giudicava una buona idea. Ma lei tagliò corto e gli strappò una promessa. Soltanto allora disse: «Vi chiamerò a Siena la sera del 31 dicembre. Ci faremo gli auguri. Voi due, soprattutto, li farete a me».

Giulio e Gloria andarono a Siena in macchina, nel primo pomeriggio del 31 dicembre 1992. Gloria era felice e strillava: «Wanda aveva ragione: non ci sarei mai tornata senza di te!». «Per la verità Wanda ha detto: senza qualcuno, uno qualsiasi», la corresse Giulio. Lei gli stampò un bacio sulla guancia: «Wanda mi conosce, il qualcuno sei tu. Per me è così e basta!».

Poco dopo l'uscita dal casello di Valdichiana dell'Autosole, mentre viaggiavano adagio sulla provinciale per Siena, cominciò a nevischiare. A poco a poco, il nevischio divenne una nevicata da film. Gloria batté le mani, eccitata: «Che regalo ci fa San Silvestro! Guarda che biocchi, viene giù che sembra pagata. Quando saremo a Siena, non si potrà più circolare in macchina e allora la città diventerà ancora più chiusa, solitaria, tutta per noi».

Entrati in Siena, lasciarono l'auto al parcheggio della Fortezza, poi, con le sacche a tracolla, si avviarono adagio verso San Martino, seguendo le piste di fanghiglia nevosa tracciate dai passanti. «Da quanto non tornavi qui?» chiese Giulio. «Da un fottìo di tempo. Non ho più nessuno in città, i miei sono sepolti a Montalcino e io ero l'unica figlia. Per me Siena è quasi una città straniera», spiegò lei, con tristezza brusca.

Procedettero ancora per un po' e Gloria disse: «Fammi sostare in piazza del Campo». Si fermò a contemplarla, tutta bianca, con la torre che svettava dentro un cielo color ghiaccio, e pianse di gioia.

La telefonata di Wanda arrivò in anticipo, trenta minuti prima di mezzanotte. Lei aveva una voce sottile, da bambina spaurita. Con Giulio fu di poche parole: «Sono alla fine della candela, mio bel tontolini. Ti amo sempre, ma non ti rivedrò più. Avrai presto mie notizie e ti prego di accettare la proposta che qualcuno ti presenterà a nome mio: riguarda anche quello che tu chiami il mistero di Bologna». Lui tentò di parlare, però lei non gli lasciò chiedere nulla: «Ciao, ti faccio gli auguri per l'anno che arriva. Passami Gloria».

Le due amiche parlottarono per qualche minuto, quindi si scambiarono gli auguri con voci soffocate. Quando ebbero finito, Giulio domandò a Gloria: «Che cos'hai capito della salute di Wanda?». Lei era stravolta: «Che sta malissimo. Penso sia lì per morire». «Morire? E di che cosa?» esclamò lui, stupefatto. «Questo non ha voluto spiegarmelo, però la conosco bene e non credo che stia mentendo».

«E dopo che ti ha detto?». Lei lo guardò imbarazzata, quindi si decise a rispondere: «Mi ha raccomandato due cose. La prima è di accompagnarti, il giorno che andrai a Bologna a conoscere il suo problema. La seconda...». Gloria s'interruppe, andò alla ricerca di un kleenex per asciugarsi gli occhi e borbottò: «La seconda non so come riferirtela». «E su, parla!» la incitò Giulio. Lei arrossì: «Mi ha detto di fare con te, stasera, quello che ha fatto lei l'altro Capodanno».

«Non te lo stai inventando?» ringhiò lui. Gloria s'irritò: «Mi credi stupida a questo punto?». Lui mormorò: «Scusami. Wanda è sempre la stessa: non c'è, ma è come se ci fosse, stabilisce lei che cosa dobbiamo fare o non fare, da piccola era uguale». Gloria gli replicò, beffarda: «Ti farebbe tanto schifo mettere in pratica il suo consiglio? Potresti provare, prima di mostrarti così schizzinoso!».

Lei salì alla cucina e si affacciò dal terrazzino. Aveva smesso di nevicare, sotto la spinta di un vento gelido il cielo imburianato si stava liberando delle nuvole. Gloria esclamò: «Senti che zizzola! Tra poco verrà un freddo buggerone. Mi fa idea che domani vedremo le grondaie ricamate di gocciolotti gelati». Poi si rivolse a Giulio: «Anche in casa fa freddo, sembra una diaccéra, torniamo giù e accendiamo il camino».

In quell'istante scoccò la mezzanotte. Nel cielo di Siena si levò qualche razzo, ma la neve aveva messo a tacere quasi tutte le artiglierie. «Diamoci un bacio, si usa così a Capodanno», ordinò Gloria. Si baciarono sfiorandosi appena le labbra. Lei rognò: «Che bacio stentato, il bacio più impalato della mia carriera di bella donna».

«Non c'è dello champagne in questa casa?» domandò lei. Giulio andò a frugare nella dispensa e scovò due Veuve Clicquot che aveva portato da Roma per l'altro San Silvestro. Era ghiacciato, Giulio ne versò poco in due bicchieri e brindò con Gloria. «Che annaccio abbiamo passato», sospirò lei, «speriamo che il Novantatré non sia così fottuto. Brindiamo soprattutto a Wanda: siamo nella sua casa, scrocchiamo il suo champagne e lei è tanto lontana, forse non la sentiremo più», concluse con le lacrime in gola.

«Parlami di Wanda e di Cucchi», le domandò Giulio all'improvviso. «È proprio necessario? Ormai sai quasi tutto, credo», si schermì Gloria. «Raccontami di quando si sono incontrati e hanno deciso di mettersi insieme», la incalzò lui.

«Allora devo cominciare da Cucchi», borbottò Gloria. «Io l'ho conosciuto prima di Wanda, era il segretario regionale dell'Emilia, veniva sempre dal Cassiere e bussava a quattrini per le spese del partito. All'inizio l'ho creduto uno lesso, in più era introverso, senza garbo né grazia, a Montalcino direbbero un drugo, un selvatico. Giuravano tutti che per la politica ci era nato, ma io lo giudicavo un noioso, aveva pure la fama del disordinato, con l'ufficio e la vita tutti un caos. Per lui incontrare Wanda è stato fare un tredici al Totocalcio. Ha capito subito quanto valeva la ragazza. E anche se con lei a volte era di una rospaggine davvero brusca, ha cominciato a tenerla come la rosa al naso, perché Wanda s'è dimostrata una specie di manager che ha dato una raddrizzata decisiva prima all'ufficio e poi al modo di lavorare di Cucchi».

«E Wanda come lo vedeva?» indagò Giulio. «All'inizio come un datore di lavoro distratto, che le consentiva di sminestrare, di avere il mestolo in mano su tante cose. Poi, un giorno che era venuta a Roma per l'ufficio, nel frattempo eravamo diventate amiche, Wanda mi ha confidato di essersi innamorata di Cucchi. Io ci sono rimasta, e le ho quasi dato una strigliata: come fa a piacerti quello sciattone, impacciato, malvestito? Lei rideva: vedrai che lo cambierò. E in effetti così è stato. Lui prima sapicchiava poco di tutto, a parte la politica, e Wanda si è messa a ordinargli: leggi questo libro, vai a questa mostra, vedi questo film, ascolta questo disco... In cambio Cucchi è diventato il suo padrone, dal punto di vista mentale. Nascosta chissà dove, possedeva una personalità di ferro. E forse senza volerlo ha soggiogato la Wandina che non ha più potuto fare a meno di lui».

«Io l'ho vista tante volte in quel periodo: viveva in una soggezione tranquilla, mai uno sgarbo né un gesto violento di Cucchi, però lui per Wanda era un dio in terra e lei si era data la missione di adorarlo. Non hai idea di quante donne vivano una situazione come questa! Quando si sono trasferiti a Roma, il loro rapporto è cambiato. Il motivo non lo conosco, anche se, con il senno di poi, dovrei dire che un sesto senso la stava avvisando che tu, sì, proprio tu, eri lì per ritornare dentro la sua vita».

«A quel punto lei si è come svegliata da un sonno. Il primo atto di ribellione è stato di rivederti dopo l'incontro di Bari. Wanda non ha mai voluto dirtelo, però

Cucchi all'inizio, quando ha saputo di te, le aveva proibito di incontrarti. Ma Wanda non ha obbedito. Il distacco vero c'è stato quando ti ha portato qui a Siena, l'altro Capodanno. Lo so perché me l'ha raccontato lei. Il colpo finale l'ha dato l'arresto di Cucchi. Credo che Wanda se l'aspettasse, ma ne ha ricevuto uno choc terribile. Nello stesso tempo, non dico che ne fosse contenta, questo no, sarebbe una bestemmia, però mi è sembrato che provasse una specie di sollievo: quello che si avverte quando un colpo di spada taglia una corda sfilacciata tra due persone che non hanno più motivo di fingersi una coppia».

«Ti ricordi quando sono girate le voci sul cianuro che sarebbe stato portato a Cucchi da Wanda?» domandò Gloria, inciampando di colpo sulle parole. «Bene, non so come spiegartelo. E forse faccio male a non tapparmi la bocca, visto che io non ci ho creduto neppure per un istante. Però mi sono detta: ecco una cosa che Wanda forse ha potuto immaginare».

«Ma andiamo!» esclamò Giulio. «Mi sembra una mostruosità, non parliamone mai più. E della storia di Bologna, non sai davvero niente?». «Quale storia?» balbettò lei. «E dai che hai capito!» s'imbruschì lui. Gloria prese tempo, si versò dell'altro champagne, lo bevve di stranguglione, cominciò a tossire. Quando si calmò, fece tanto di occhioni e prese ad annaspare: «Non credo che esista nessun mistero. Ad ogni maniera, io non so nulla e Wanda non mi ha lasciato intuire niente. Non fartene un chiodo dentro la testa. Se ci fosse qualcosa d'importante, tu lo verresti a sapere prima di chiunque altro».

Lui la squadrò ben poco convinto: «Me la stai menando anche tu. E ho paura che tutte le allusioni di Wanda, il suo dire e non dire, e adesso i tuoi non so, non credo, non mi pare, nascondano una verità spiacevole, di quelle che capovolgono l'idea che ti sei fatto di una persona. La faccenda non mi piace. Come mi piace poco quello che stiamo combinando noi due stasera. Wanda sta a migliaia di chilometri, è ammalata, e noi ce la spassiamo a casa sua e strologhiamo su di lei. Tu non provi del rimorso?» domandò a Gloria, incupito.

«Io no. E nemmeno tu devi provarlo», replicò lei, decisa. «Noi vogliamo bene a Wanda, le abbiamo dato la nostra amicizia, e tu parecchio di più. Come si dice?, la vita continua. Lei è contenta che noi due siamo qua, facciamo vivere questa casa e anche Wanda che la possiede».

Gloria si tirò su dal divano, ondeggiando: «Quanto champagne ho bevuto! Mi sento un po' alta di testa. Del resto, non è Wanda che ci ha chiesto di fare le sante funzioni? A Siena, una volta, lo chiamavano giocare a battibellico. E allora che aspetti? Muoviti anche tu!» gli ordinò con la mano tesa.

Giulio si ritrovò in piedi, di fronte a quella ragazza dagli occhi accesi e il bel sorriso brillo. Lei gli posò le mani sui fianchi: «Non star lì come un babbaleo. A questo punto non puoi più sviottolare. Ti vedo con gli occhi incantati, e io mi sento briaca come una tegola: mi pare il momento giusto per sbrigare le faccende che abbiamo sempre rinviato».

Mentre si spogliavano, lei tirò fuori una risatina impacciata: «Non spaventarti di una cosa, ti prego». «Di quale cosa?» domandò Giulio. «Quando arrivo a quel punto, urlo». «Non sei l'unica donna al mondo che urli». «Sì, ma io urlo con tutte le forze, come se mi scannassero». Lui le sorrise: «E tu urla, chi vuoi che ti senta in una notte come questa?».

Sotto le coperte, Gloria si accoccolò contro il suo

corpo, con un sospirone soddisfatto: «Sei sempre rassicurante, ecco perché mi piaci. Ti prego, da stanotte fammi vivere con te. So come si tiene una casa, non ho le mani bucate e non sono mai stata una mangiaguadagni, ti piace la parola?, viene da Montalcino, è molto meglio che risparmiosa...».

Giulio le soffiò in un orecchio: «Taci, adesso! Urla, ma non parlare più».

Rientrato a Roma, Giulio decise di fare una prova: si trasferì al Governo Vecchio, dove Gloria si era già installata. Lei accolse il suo arrivo con una felicità quasi infantile, che lo sorprese. E lui si accorse subito che quella ragazza era tagliata per essere una compagnia perfetta: non soltanto lo amava con un trasporto sensuale ogni volta sorprendente, ma si rivelava una reggiora esperta e puntigliosa come nessuno avrebbe mai immaginato. Giulio scoprì il piacere di ritrovarla ogni sera. E ogni sera entrambi si domandavano: «Wanda ha chiamato?».

Ma Wanda non si era più fatta sentire. Giulio aveva tentato di scoprire il suo indirizzo di Toronto attraverso l'ambasciata italiana, con il risultato di fare un buco nell'acqua: non sapevano nulla di una Wanda Rosso e neppure di una Wilma Roncalli. Un giorno cercò a Torino il notaio Marescotti. Però anche l'antico amante della signora Giusy non fu in grado di aiutarlo, o non volle: «Wanda non mi ha lasciato alcun recapito. Ad ogni modo, l'ho sentita ancora una settimana fa, qualche giorno dopo Capodanno. Mi ha telefonato dal Canada, per questioni, diciamo così, burocratiche e finanziarie. Abbiamo parlato di molti argomenti, però non di lei, dottor Guala».

«E come l'ha trovata?» domandò Giulio, ansioso. Dopo un lunghissimo silenzio, punteggiato da un barbugliamento incomprensibile, una specie di balbettio muto e incapace di scovare un punto fermo, il Marescotti gli regalò una risposta involuta e circospetta: «Non benissimo, però, direi, questa è la mia impressione, m'intenda, neh!, dottor Guala!, mi è sembrata come il suo solito, precisa, scrupolosa, attenta anche ai dettagli più insignificanti. Se mi richiama, dirò a Wanda che lei la sta cercando, mi stia bene, dottor Guala, a presto risentirla, io sono sempre qua, in via Pomba, nel mio studio, non si faccia scrupolo di telefonarmi, se crede».

All'inizio di febbraio, il direttore del giornale propose a Giulio: «Perché non vai a intervistare il Segretario della Rosa?». Lui si mise a ridere: «Sarebbe più facile ottenere un colloquio con il capo dei marziani. Il Segretario non vuole più parlare con noi, ci ha messo nella lista dei responsabili della sua rovina». «Provaci. Che cosa ti costa? Tutt'al più, ti sentirai dire di no», tagliò corto il direttore.

Scettico, Giulio chiamò Baraldini. Il Corvo cominciò a ghignare: «Se io fossi al posto del Segretario, vi offrirei un caffè avvelenato, non un'intervista. Ad ogni modo, visto che insisti, lo informerò e poi ti farò sapere. Ma non contateci, facce di palta!».

Il Corvo si fece vivo dopo dieci minuti e la sua voce era impastoiata dalla meraviglia: «Mi sono sbagliato. Il

Gran Capo è più generoso di quanto immaginassi. Vieni oggi alle quattro, al St. George, farai subito l'intervista».

L'hotel St. George era un piccolo albergo situato tra la piazza dei Caprettari e la chiesa di Sant'Eustachio, a un passo dal Pantheon. La facciata ricoperta di vite americana, arredato con eleganza, le camere piccole, ma molto confortevoli, era stato la casa del Segretario sin dal suo arrivo a Roma, come giovanissimo parlamentare eletto a Milano. Per molto tempo aveva vissuto in due stanze dell'ultimo piano, ingombre di giornali, di libri, di documenti, in un caos che le cameriere avevano l'ordine di rispettare. In seguito si era trasferito in un comodo sottotetto, sgomberato per intero affinché potesse servirsene come abitazione, ufficio, luogo per riunioni ristrette e per incontri politici riservati. E in effetti il Segretario trascorreva lì gran parte della giornata, dando mostra di sopportare sempre di meno la permanenza nella sede del partito in corso Vittorio, troppo esposta alle incursioni dei militanti che venivano a trovarlo da lontano, dei clienti in cerca di un favore, dei giornalisti e del loro seguito fastidioso di fotografi e operatori della tivù.

Insomma, l'hotel gli sembrava il domicilio più sicuro e tranquillo che potesse desiderare, al centro di quella Roma che aveva sempre considerato una città forestiera, un postaccio di lavoro e nient'altro. Dal balconcino del suo studio, ne vedeva soltanto un piccolo dettaglio: la testa di cervo che sovrastava la chiesa bianca e azzurra di Sant'Eustachio. Anzi, l'osservazione del cervo era divenuta il primo atto della giornata per il Segretario. Lo rassicurava il fatto di scoprirlo ogni mattina al proprio posto, inerpicato sul cielo, con gli occhi mansueti rivolti al nulla e le corna svettanti che sorreggevano una croce. E non aveva smesso di ammirarlo neppure quando gli era stata raccontata la leggenda della chiesa, che si diceva costruita sulla casa del centurione romano Placido.

Nell'andare a caccia fra i boschi dell'alto Lazio, questo centurione si era imbattuto in un cervo con una croce tra le corna che lo aveva esortato a lasciare il paganesimo e a diventare cristiano. Placido si era fatto battezzare come Eustachio, ma poco dopo le autorità di Roma l'avevano incarcerato e condannato a morire in qualche arena, divorato dai leoni. Le fiere si erano rifiutate di sbranarlo, e allora Eustachio, e con lui la moglie Livia, la figlia Teopiste e il figlio Agapito, erano stati obbligati al martirio dentro una statua di toro arroventata da quattro grandi bracieri.

Così, rammentando la leggenda, ogni volta che osservava il cervo bianco il Segretario si sentiva assalire da presagi tristissimi. Ma siccome possedeva un'indole ottimista e volitiva, riusciva a scacciare ogni ombra e a cominciare nel modo giusto la giornata.

Il Segretario ricevette Giulio nel bar del St. George, affondato in una poltrona riservata a lui e collocata sotto un famoso quadro di Rosai, che i visitatori ammiravano sempre un po' dubbiosi, domandandosi se lì, appeso alla parete, a disposizione di tutti, fosse esposto l'originale o soltanto una copia del dipinto.

Con un gesto distratto, poiché aveva gli occhi schiacciati su un documento fitto di parole, il Gran Capo gli porse una mano sudaticcia. Anche il volto era imperlato di sudore, e per di più gonfio e invaso da macchie rossastre. Le labbra erano violacee, il respiro faticoso, le mani nervose, con le dita che avevano bisogno d'essere stirate di continuo, come ad attenuare un fuoco interno impossibile da spegnere o un'ira che non si lasciava calmare. Anche i paramenti del Segretario erano stropicciati quanto il suo aspetto. La giacca blu del tutto spiegazzata. La camicia bianca che tirava sulla pancia. La cravatta rossa allentata e ridotta a poco più di una corda. La famosa canottiera che faceva capolino.

Giulio rimirò l'insieme con un sospiro di malinconia. Raccontava la politica da molto tempo e gli era capitato d'assistere al crollo di più d'un leader. Ma prima di allora non aveva mai pensato che le tragedie partitiche si potessero leggere sulle facce e sul corpo dei potenti con questa malvagia nitidezza.

Accanto al Segretario stava Lorenzo il Monaco, il più fedele tra i suoi marescialli. Alto, asciutto, un viso liscio da ragazzino ancora imberbe, i capelli sempre neri, l'abito modesto, ma in ordine perfetto, era rimasto giovane in virtù di qualche sortilegio, forse della passione per il Capo, un ardore che gli bruciava dentro, intatto, da tanti e tanti anni. Lo sguardo era quello del piccolo milite fedele sino alla morte, condannato a fissare, esterrefatto, lo spettacolo che un destino feroce gli aveva riservato: il crollo del tempio e il suo dio contestato, deriso, ingiuriato. Anche in quel pomeriggio il Monaco sembrava rapito dalla tragedia che, giorno dopo giorno, si svolgeva e s'aggravava davanti ai suoi occhi. E si riscosse soltanto quando Giulio lo salutò con l'affetto che non rifiutava mai agli amici travolti dalla sfortuna.

Lui e il Monaco si conoscevano da molto tempo, da quando si erano incontrati a Milano, entrambi giornalisti principianti. Per questo, in attesa che il Segretario si dichiarasse pronto all'intervista, Lorenzo lo trascinò verso il lato opposto della hall, poiché intendeva ragguagliarlo sull'andamento delle cose tra le file della Rosa.

«Io ti parlo a cuore aperto, e mi rivolgo all'amico, non al cronista fazioso che ci è così contrario», esordì a voce bassa. «Questo hotel è diventato il nostro bunker, le riunioni ormai si fanno qui, nella sala sotterranea del ristorante. Di compagni dirigenti ne vediamo comparire ogni giorno di meno. Si presentano al Segretario sfuggenti, esitanti, pronti a compiacerlo a parole. Però io gli leggo in faccia la voglia di tagliare la corda, di sparire o di passare in qualche altra squadra politica...».

«Succede sempre così quando le faccende vanno male», tentò di consolarlo Giulio. Ma il Monaco scosse il capo con un fastidio irato: «Ti sbagli, come al solito: non è che le cose vanno male per noi, vanno male per questo paese. Tu e tanti altri come te non volete accorgervi che stiamo vivendo la nascita di un nuovo fascismo. Voi non lo vedete, anche perché vi girate dall'altra parte, tutti presi come siete dal piacere sadico di assistere alla nostra fine. Ma presto l'Italia si scoprirà sotto il tallone di un regime autoritario, diretto con il pugno di ferro dai magistrati e dai padroni dei vostri giornali. Siamo ritornati al 1921, all'epoca dello squadrismo mussoliniano trionfante. Dappertutto i nostri militanti vivono nella paura: non osano più parlare in pubblico, le sezioni sono un deserto, il partito muore poco alla volta. Questo è il grande crimine che viene consumato nell'indifferenza degli italiani e tra la derisione e la voglia di linciaggio dei nostri avversari politici e di tutti i media!».

«Mi ascolti?» domandò il Monaco a Giulio. Poi concluse, sconsolato: «Vedo che mi stai a sentire soltanto per cortesia. Allora vai dal Segretario e fatti illuminare da lui».

Il Segretario esordì subito con una tirata ringhiosa: per gli articoli che Giulio andava scrivendo da tempo, per la campagna contro la Rosa condotta dal suo giornale, per l'appoggio, «totale, acritico e fideistico» lamentò lui, offerto ai giudici di Mani Pulite, per questo e per quest'altro ancora. Giulio lo ascoltò senza interromperlo. Un giornalista politico che era stato il suo maestro gli aveva spiegato che, all'inizio di un colloquio, non bisognava mai contrastare l'intervistato. Anzi, era doveroso lasciarlo sfogare, poiché anche il piagnisteo più logorroico rappresentava un suo diritto. E fu di questa regola che il Gran Capo della Rosa approfittò, com'era giusto che avvenisse.

«Lo devo a voi, anche a te, se mi vedi ridotto così», spiegò il Segretario con l'accento malinconico e risentito dell'uomo potente che scopra di essere alle corde. «Sono costretto a vivere barricato in questo hotel perché fuori mi aspettano squadroni di violenti pronti ad aggredirmi, a insultarmi, a investirmi con una pioggia di monete. Mi sento come un leone in gabbia. La voglia di combattere non si è spenta, però la salute peggiora: sto diventando grasso, il diabete mi perseguita, adesso ho anche scoperto di avere dei problemi cardiaci. Tu, Guala, mi conosci da molti anni e con te voglio essere sincero. Scrivilo pure, su quel tuo giornale: la mia avventura politica è alla fine. Volevo sottrarre l'Italia al dominio dei preti e farne una democrazia moderna, come la Germania, come la Francia o l'Inghilterra. Me l'hanno impedito i comunisti. Loro e i preti s'intendono a meraviglia. Entrambi vengono da una storia di fanatismi e insieme hanno costruito la tenaglia adatta a stritolarmi».

«Un giorno qualcuno dovrà raccontarla questa falsa rivoluzione», ruggì il Segretario. «Chi l'ha ispirata? Da dove sono partiti gli impulsi? In quale luogo è situata, in Italia, ma anche altrove!, la cabina di regia? Il famoso Di Paolo, che voi incensate, è soltanto il braccio armato, lo squadrista, il mazziere numero uno dell'aggressione contro di noi. Sopra di lui c'è qualcuno, o qualcosa, che voi non vi curate di scoprire, e non parlo dei capi giudiziari di Milano. Tutto l'apparato si è mosso con velenosa perizia. E il loro progetto si sta attuando. Tu mi vedi, Guala: sono disarmato e del tutto impotente, un generale senza esercito, perché l'assalto è stato esteso all'intero partito e il partito si è dissolto al primo urto. C'è stato un fuggi fuggi dei compagni, in parte comprensibile. E all'improvviso io non mi sono trovato attorno quasi più nessuno. Ben pochi dei dirigenti hanno fatto quadrato. Alcuni, poi, si sono comportati come degli avversari. Ti faccio un nome solo: il Delfino. La sua condotta nei miei confronti è stata una vera e propria infamia! E così eccomi a fare da unico bersaglio in un'operazione di caccia grossa. Dagli altri partiti, prima ho avuto una solidarietà a parole, poi neppure più quella: soltanto bugie e lacrime di coccodrillo. Ho anche scritto più di una lettera al capo dello Stato, però lui non mi ha mai risposto!».

Il Segretario si passò un fazzoletto sul viso fradicio di sudore, quindi seguitò con voce spessa: «Ma nonostante tutto, io non mi darò per vinto, anche perché ho un'ultima battaglia da combattere. Tu lo sai, Guala, e l'hai anche scritto prima di lasciarti accecare dalla faziosità contro di noi, che tutti i partiti si sono finanziati in modo illecito, nessuno escluso, a parte qualche gruppetto di disperati. Le leggi c'erano, però sono state violate sempre, ricordalo: sempre! Per anni i magistrati hanno fatto finta di non vedere. E adesso che qualcuno, un giorno si scoprirà chi, li ha costretti ad aprire gli occhi, hanno deciso che soltanto alcuni partiti sono responsabili, e che io sono il più responsabile di tutti!».

«Tu lo sai come si chiama questo, caro Guala?» domandò il Segretario, con un tono insolito per il suo carattere collerico, il tono di un maestro stanco di ripetere una verità storica lampante. «Questo si chiama colpo di Stato. Proprio così: un golpe post-moderno, attuato contro un partito democratico, con gli ordini di arresto e gli articoli di giornale invece che con i carri armati. Sai come mi sento io, in questo hotel? Mi sento come Salvador Allende nel palazzo presidenziale della Moneda, a Santiago, nel Cile del settembre 1973. Ti sembra un paragone eccessivo? Riflettici e scoprirai che non è così. Ma io il golpe non lo accetto. Mi ribello alla gogna dei giudici, a questa giustizia che ha indossato le vesti della discriminazione! Non voglio che sulla mia tomba un giorno ci sia scritto: qui giace l'unico ladro d'Italia. Ho fatto molte cose buone per il paese, e adesso tutto scompare, a causa di quei pochi finanziamenti ricevuti per pagare i costi della politica...».

«Non mi pare che le cose stiano esattamente così», osò interromperlo Giulio. Ma il Segretario non lo udì e continuò imperterrito, a voce molto bassa, poco più che un bisbiglio, come se stesse parlando in un confessionale: «Sono perseguitato da un numero abnorme di avvisi di reato e di richieste di processarmi. Tutte le procure d'Italia vorrebbero il mio scalpo. Arrestano l'ultimo del ladruncoli e gli chiedono: quanti soldi hai dato al Capo della Rosa? Se non scrivono il mio nome in un verbale d'interrogatorio, gli sembra di aver speso male la loro giornata. Ebbene, io non sono disposto a offrire il collo a questi boia da strapazzo!».

Finalmente, il Segretario si voltò a scrutare Giulio, quasi sorpreso di vederlo seduto davanti a sé: «Scrivi che chiederò un'inchiesta parlamentare su come si è finanziato l'intero arco politico negli ultimi trent'anni. Andiamo!, nessuno di noi è nato ieri: delle tangenti ero al corrente sin da quando portavo i pantaloni alla zuava e studiavo al liceo. La Repubblica italiana non sarebbe neanche nata senza i finanziamenti in nero ai partiti. Anche l'opposizione comunista ha vissuto con i dollari che le venivano dai compagni sovietici, ma questa è una storia così risaputa che non voglio spenderci una parola di più. Mi pare che basti per il tuo articolo, no? E non scriverlo da scoppiato», lo ammonì il Segretario, con un lamento dove non c'era nulla dell'antica burbanza. «Negli ultimi tempi non riconosco più il tuo stile. Ci metti troppo colore intinto nell'astio, contro di noi, verso di me. Eppure dovresti conoscermi bene, dopo tanti anni!».

Giulio si fece coraggio e chiese, all'improvviso: «E della tragedia di Cucchi, che cosa mi dici?». Ma il Segretario non sembrò né stupito né turbato dalla domanda. Emise un sospiro affaticato, come se quel nome gli raspasse dentro il cuore, poi esclamò: «Povero compagno Cucchi! Io lo considero una vittima dei magistrati. La procura di Milano, a cominciare dal mastino Di Paolo, non sa o non vuole spiegarsi chi gli abbia portato il veleno in carcere. E prima ancora da quale manona, o manina, sia stato scritto l'esposto che lo ha condotto a San Vittore. Ti dico come la vedo io: il mio vecchio amico Cucchi si è perduto quando ha deciso di assalirmi per prendere il mio posto nel partito...».

«È stato in quel momento che si è messo a raccattare denaro da tutte le parti, senza un minimo di cautela, immaginando, non a torto, che per organizzare qualsiasi pronunciamento politico occorrano molti, ma molti quattrini. Non so chi sia stato il pazzo, o la pazza, a suggerirgli quel piano presuntuoso. Comunque, onore a lui!» biascicò il Segretario, quasi commuovendosi. «Meglio un assalto onesto e stupido che tanti inchini falsi e astuti».

Giulio lo scrutò indeciso, poi raccolse le forze e domandò: «Della segretaria di Cucchi, che cosa sai?». Il Capo della Rosa lo scrutò sorpreso. Poi cominciò a ridacchiare, e il corpaccione sussultava sulla poltrona, tanto che, in pochi istanti, il viso s'imperlò di sudore. Quando gli riuscì di calmarsi, esclamò con intonazione quasi teatrale: «Oh, che interrogativo bizzarro, che quesito stravagante per un'intervista politica! Eppure di questa signora dovresti saperne più tu di me, visto che in tanti mi dicono che era diventata la tua amica. Credo che lei sia una donna molto più furba del suo vecchio Cucchi, se è vero che qualche mese fa si è trasferita all'estero con tutti i miliardi che il nostro povero compagno non era riuscito a sciupare in quell'impresa folle».

«Non so nulla di questa fuga», si affrettò a dire Giulio. Il Segretario lo scrutò con affetto severo: «Non raccontarmi frottole, su! Guarda che nel nostro ambiente, prima o poi, si viene a conoscere tutto. Per esempio io so che tu l'hai accompagnata a Ginevra: avete fatto tappa a Courmayeur, poi siete passati per Chamonix e di qui in Svizzera. A quel punto, mi hanno detto, le vostre strade si sono divise. Vedi quanti segreti catturo ancora, pur passando le mie giornate rinchiuso in questa tomba? Sei tu, piuttosto, che ignori molte cose sul conto di quella donna, mi pare si chiami Wanda Rosso, no? La sua storia con Cucchi è stata molto complicata e tu non l'hai mica scoperta sino in fondo».

Innervosito, Giulio domandò: «Che cosa devo ancora scoprire?». Ma il Segretario stavolta lo aggredì con l'asprezza dei tempi andati: «E tu vieni a chiederlo a me? Dopo tutto il fango che mi hai scaraventato addosso con i tuoi articoli? Arrangiati da solo, io non ti aiuterò di sicuro».

Giulio rientrò al giornale per scrivere l'intervista e qui trovò una telefonata urgente di Marescotti. Lo richiamò a Torino, di malavoglia. E il notaio, con voce molle e incatarrata, per di più rotta di continuo da un ansare affannoso, gli barbugliò: «Devo conferire con lei, subito. Domani mattina vengo a Roma appositamente. Possiamo trovarci a mezzogiorno, nella hall dell'Ambasciatori, in via Veneto?».

«Sì, ci sarò. Ma perché ha tanta fretta di parlarmi?» chiese Giulio, di colpo inquieto. Il notaio lo liquidò con un ennesimo sospiro da Cristo in croce: «A domani, dottor Guala, a domani».

Giulio conosceva bene l'Ambasciatori per esserci stato più di una volta, a intervistare politici di passaggio a Roma. Di quell'albergo ricordava soprattutto gli affreschi della hall. Erano di un bravo pittore veneziano, Guido Cadorin, affermatosi all'inizio degli anni Venti, che aveva lavorato in molte città d'Italia, dipingendo anche la Stanza del Lebbroso al Vittoriale di D'Annunzio.

Sulle pareti del vastissimo salone, Cadorin aveva effigiato i clienti più noti dell'hotel radunati per una festa. Le donne erano tutte belle e di una sensualità invogliante, abbigliate secondo la moda dell'epoca, con le gonne corte, le scollature generose e i capelli alla maschietta. Gli uomini, in smoking, erano ritratti con maggior realismo, in una commistione di vecchi e di giovani, di belli e di brutti, di buoni e di cattivi, e a quest'ultima classificazione Giulio arrivava con l'esame attento delle espressioni di ciascuno. Insieme, tutte quelle figure, ripartite in grandi scene, davano vita a una sfilata che Cadorin aveva fermato per l'eternità, fissando ogni personaggio in un gesto, in un movimento del viso, in uno scatto del corpo che non sarebbero mutati più.

Sembrava di trovarsi al cospetto di un film che il proiezionista distratto avesse bloccato su di un fotogramma. E questa magia originava in Giulio un disagio che lo costringeva a osservare di continuo le pareti del salone e, al tempo stesso, lo distoglieva dal contemplarle troppo a lungo. La ragione del disagio era che l'immobilità di quei volti, i gesti paralizzati, gli abiti irrigiditi in ogni piega, gli ricordavano una cosa sola: la morte.

Fu la parola che udì pronunciare dal notaio Marescotti, affondato in una poltrona della hall, proprio sotto un paio di personaggi maschili dell'affresco entrambi dotati di pizzetto, che gli assomigliavano con una perfezione conturbante. «Devo annunciarle la morte di Wanda», ripeté il notaio. Ma Giulio continuò a non capire. «Che cosa mi sta dicendo?» si spazientì, imbruschito. Il Marescotti, con l'occhio lacrimante, il respiro colmo d'affanno e una cravatta nera punteggiata di forfora, barbugliò paziente: «Le ho detto che, purtroppo, la signora Wanda Rosso è deceduta due giorni fa nella sua casa di Toronto, in Canada».

Subito, senza esitare un istante, Giulio cominciò a proporsi con furia una quantità di obiezioni al farfugliamento del notaio: prima di tutto che la notizia non poteva essere vera, poi che quel lombricone di Marescotti, ormai rincitrullito dall'età e dagli stravizi con la signora Giusy, doveva aver compreso male un'informazione arrivatagli dal Canada, forse Wanda era stata soltanto ricoverata perché si trovava in pericolo di vita, e quel porcone a riposo aveva deciso di seppellire anzitempo la figlia della sua amante, dopo aver sepolto la madre...

Infine, nell'osservare il Marescotti che ormai piangeva senza più freni, e si era come spezzato in due, la testa quasi a toccare le ginocchia, Giulio cominciò a capire, lentamente, che la morte di Wanda era un fatto accaduto per davvero. Lei non esisteva più. E lui, che aveva osato abbandonarla, non l'avrebbe mai più ascoltata al telefono, né rivista, né baciata, né amata.

Fu a quel punto che Giulio si sentì scaraventato dentro un abisso popolato di bestie immonde. Erano gli errori che aveva compiuto contro Wanda, le prediche pedanti perché si presentasse al giudice Di Paolo, le asprezze inutili di Courmayeur, il rifiuto di seguirla all'estero almeno per qualche tempo, la freddezza con cui l'aveva accolta a Torino, nell'ultimo incontro, quando non era stato capace di intuire che la bambina della ringhiera, la sua bambina dalle mani sporche, stava combattendo con un male in grado di ucciderla.

Adesso la bambina dai capelli rossi e dal viso pieno di lentiggini se n'era andata per sempre. E Giulio si sentì pervaso dall'orrore, e anche da una paura disperata, come se una parte di se stesso si fosse dissolta insieme alla vita di Wanda.

Riuscì a chiedere al notaio: «Come è morta?». Il Marescotti, che si era un po' ripreso, gli spiegò: «Aveva una malattia incurabile, un tumore che si era manifestato poco prima della partenza dall'Italia, verso la fine dell'estate. Lei si era curata con impegno, illudendosi di domarlo. E sulle prime sembrava esserci riuscita. Poi il male si è ripresentato all'arrivo in Canada. Quando ci siamo visti a Torino, Wanda era molto impaurita. Mi aveva raccontato queste poche cose, e io ero stato obbligato a giurarle che non avrei rivelato assolutamente nulla a lei, dottor Guala. Dopo il vostro ultimo colloquio all'hotel Sitea, lei è tornata a Toronto. L'ho condotta io all'aeroporto, prendeva il volo per Londra: l'ho vista molto depressa, piangeva, ripeteva di continuo che il suo rifiuto di seguirla le toglieva ogni ragione di vita. Ho tentato di ricordarle che non era così, che possedeva un ben altro motivo per resistere, per combattere il male, per guardare con fiducia al futuro... Parole, le mie, del tutto vane, anche se ben fondate come lei, dottor Guala, un giorno comprenderà. Prima di varcare il cancello degli imbarchi, Wanda mi ha abbracciato singhiozzando e mi ha detto: si ricordi, caro Clemente, delle disposizioni che le ho impartito! Prima di allora non mi aveva mai chiamato per nome», rantolò il Marescotti.

«E c'è dell'altro», seguitò il notaio, con qualche esitazione nella voce. «Secondo il funzionario dell'ambasciata che mi ha telefonato, la signora Rosso avrebbe affrettato la propria fine ingerendo un veleno, pare del cianuro. Forse non intendeva lasciarsi devastare dal male, in Canada era sola, non aveva nessun parente e nemmeno qualche amico che potesse assisterla in un'agonia che immaginava lunga e dolorosa. Certo, avrebbe potuto pagarsi più di un'infermiera, però non ha voluto. Ha scelto lei il momento di andarsene. E anche il luogo dove essere cremata e sepolta: Toronto».

«Con il cianuro!» esclamò Giulio, attonito. «Ma ne è sicuro, Marescotti?». Il notaio si strinse nelle spalle: «Così mi hanno detto. Sapremo qualcosa di più dopo l'autopsia. Ho pregato l'ambasciata di tenermi al corrente».

«Anche il ministro Cucchi si era ucciso con il cianuro», balbettò Giulio. «Lo so, ricordo bene la vicenda. E questa coincidenza mi rende ancora più terribile la scomparsa di Wanda», ansimò il notaio. «Ha voluto morire come il suo vecchio compagno, quasi a pareggiare un conto».

«Che cosa intende dire?» insorse Giulio. «Anche lei pensa che sia stata Wanda a portare il cianuro a Cucchi quando stava in carcere?». Marescotti evitò lo sguardo di Giulio, cominciò a tossire nel fazzoletto e gorgogliò: «Ma no!, ma andiamo, dottor Guala!, non mi crederà prigioniero di certe fantasie. Wanda voleva bene a Cucchi, tra i due esisteva un legame più profondo di quanto lei immagini. E quella meravigliosa ragazza non avrebbe mai, ripeto mai!, potuto compiere un gesto simile».

«Adesso devo rimettermi il mantello a ruota del notaio e fare il mio mestiere», seguitò Marescotti, un po' più formale. «Ho il compito di comunicarle che Wanda Rosso ha nominato lei, caro Guala, tra i suoi eredi. A lei andrà una parte dei beni della signora: la casa di Roma al Governo Vecchio e la metà del denaro che aveva depositato in tre banche canadesi, si tratta di quaranta miliardi di lire italiane, lei ne avrà venti. È una somma molto grande, come lei capisce, che io avevo aiutato Wanda a trasferire prima a Londra e poi in Canada. Non ci sarà alcun problema per farla rientrare in Italia, naturalmente seguendo un percorso non ufficiale, diciamo così, altrimenti sorgerebbero mille questioni, e non parlo soltanto dell'imposta di successione...».

Giulio ascoltò sbalordito, poi disse: «Un momento. Lei sa qual è l'origine di questa fortuna, vero?». «Io non so nulla», replicò Marescotti. «I notai non debbono indagare sulle origini delle donazioni testamentarie, ci mancherebbe altro! Io so soltanto che questi beni mobili e immobili erano della signora Rosso e che adesso possono diventare suoi. A una condizione».

«C'è una condizione?» domandò Giulio, sempre più stupefatto. «Sì, è che lei garantisca di prendersi cura di una persona alla quale Wanda ha lasciato l'altra metà del suo patrimonio: la casa di Siena e venti miliardi di lire. Questa persona vive a Bologna, affidata alla signora Ines Buttazzoni, credo che lei si sia imbattuto una volta al telefono in questa donna, una santa!, che definire governante è poco. Wanda ha lasciato scritto che lei, dottor Guala, deve impegnarsi ad assistere quella persona, ad aiutarla in tutte le sue necessità, ad averne cura senza limiti di tempo. Soltanto a queste condizioni potrà entrare in possesso dei beni che la signora Rosso le ha destinato. Se lei rifiuta, bah!, vedremo, sono impreparato a questa eventualità, dovrò ristudiare la questione», sospirò Marescotti.

Giulio si scoprì stramortito. Chiuse gli occhi, si prese la testa fra le mani, ma il cervello non lo aiutò a riflettere. Fu soltanto capace di domandare: «Chi è questa persona? È un anziano, un uomo, una donna? Più di una volta ho pensato che fosse il padre di Wanda, un ragazzo scampato ad Auschwitz, un certo Ferruccio.

Lui e la signora Giusy avevano avuto una relazione da giovanissimi, poi Ferruccio era scomparso prima che Wanda nascesse...».

Il notaio sorrise con indulgenza: «Conosco la storia, dottor Guala, la signora Giusy mi aveva raccontato tutto. Certamente, potrebbe essere il signor Ferruccio, perché no? Ma per ora non posso soddisfare la sua legittima curiosità, anche se una risposta chiara ce l'avrei. Wanda mi aveva vincolato al segreto. Sarà lei stesso a rendersi conto della natura del problema, definiamolo così. E quando saprà tutto, potrà decidere. Non le si chiede di fare una scelta al buio, per dirla in modo assai poco formale. Però deve darmi la sua parola che non muoverà un dito per risolvere questo enigma. La conoscono tutti per un giornalista molto curioso, ma stavolta dovrà tenere a freno il desiderio di sapere».

«E che cosa mi resta da fare, allora?» indagò Giulio, sempre più stordito. Il notaio fu categorico: «Gliel'ho già detto: nulla. Tranne che riflettere con calma sulla decisione di Wanda, a cominciare, naturalmente, dalle origini del patrimonio che le è stato lasciato. Non faccia altro, le raccomando. Eviti anche di telefonare una seconda volta alla signora Buttazzoni: la costringerebbe di nuovo a sostenere che non conosce nessuna Wanda Rosso. Se posso offrirle un consiglio, superi lo choc di questa orribile notizia e poi si limiti a ragionare sulle cose che le ho detto. Oggi stesso io mi recherò dalla Buttazzoni: devo informarla della scomparsa di Wanda, insieme daremo la notizia a quella persona e prepareremo il terreno per la sua visita. Torno a dirle: non si muova, aspetti il mio via, vedrà che la chiamerò presto. Adesso mi permetta di lasciarla, il treno per Bologna parte tra mezz'ora».

Giulio si sentiva soffocare e così decise di tornare a piedi in via del Governo Vecchio. Attraversò il centro di Roma da ubriaco. Camminava ondeggiando, ai semafori non distingueva il verde dal rosso. In piazza Colonna rischiò di farsi investire da un'auto ministeriale.

«Che ti succede, Giulio?» gli domandò una collega del quotidiano concorrente, che stava chiacchierando con un parlamentare sul portone di Montecitorio. «Niente, sta' tranquilla», borbottò lui. Lei mollò su due piedi il deputato, afferrò Giulio per un braccio e lo trascinò verso l'angolo della piazza che dava su via della Missione. La ragazza lo scrutò allarmata: «Non ti succede niente? Ma se hai una faccia che mette paura alle streghe! Sembri drogato».

Lui non osò guardarla, si concentrò sulle proprie scarpe e scoppiò a piangere: «Ho appena avuto una notizia orrenda. È morta una donna che mi era molto cara».

«Wanda Rosso?» domandò la giornalista. «Come fai a sapere questo nome?» farfugliò Giulio. Lei gli diede una carezza: «Ti conosco da tanto di quel tempo. E non sono cieca».

Lui fuggì per non crollare davanti a quel palazzo dove non bisognava mai farsi vedere deboli. Corse verso piazza del Pantheon, e di qui al Senato, poi attraversò piazza Navona e alla fine si ritrovò accanto alla statua di Pasquino, il segnale che il piccolo paradiso del Governo Vecchio lo attendeva, lì, a pochi passi.

Gloria s'impaurì nel vederlo irrompere in casa con il

viso da sparato e il respiro corto. Comprese subito: «È successo qualcosa a Wanda». «È morta». «Quando?». «Non lo so, due, tre giorni fa, in Canada». Gloria si abbandonò a un pianto disperato. Non era una giornalista conosciuta, ma una casalinga qualsiasi, e poi stava in cucina e non di fronte a Montecitorio, e a lei, dunque, era lecito tutto, anche urlare per il dolore.

Quando riconquistarono un po' di calma, Giulio le domandò: «Tu sapevi che era malata?». «Sì». «E perché non mi hai detto niente?». «Sapevo delle cose vaghe. Wanda si era limitata a spiegarmi di avere una ciste. Poco prima che partisse, mi era sembrata loffia, cerea, con meno energia di sempre, un pulcino col pastrano. Le ho chiesto: che cos'hai? Lei aveva sbuffato, ridendo: il mal d'amore! L'unica a conoscere che la malattia l'avrebbe spellata era lei, però non ha voluto rivelare niente. Non so neppure a quale medico si fosse rivolta».

Giulio allora le raccontò che Wanda gli aveva lasciato la metà dei suoi beni, a condizione di prendersi cura di una persona che stava a Bologna. Lei sbarrò gli occhi: «La metà? Compresa una parte dei soldi di Cucchi?». «Sì, a me toccherebbero venti miliardi, così dice il notaio Marescotti». Gloria impallidì. «Non riesco neppure a immaginarla, una somma del genere». «Nemmeno io», tagliò corto Giulio, per poi aggiungere, brusco: «Di quei miliardi non m'importa niente, e non credo che li accetterò. Però voglio incontrare questa persona misteriosa, che mi ossessiona dal giorno che ho rivisto Wanda a Bari. Davvero tu non ne sai nulla? Da un certo momento in poi, ho cominciato a pensare che si trattasse del padre di Wanda».

«Chi?, quello scomparso un secolo fa?» domandò Gloria. «L'ho sentita da Wanda la faccenda del grande amore di sua madre, roba vecchia come il cucco, e non credo proprio che si tratti di lui, chissà dove sarà finito!». «E allora dimmi la verità». Lì per lì, Gloria non gli rispose, si era messa a spostare degli oggetti a caso, per non guardarlo in faccia. Poi replicò, un po' tesa: «Ti ho già spiegato che io non so niente di niente».

Vissero giorni con la testa altrove, impigliandosi in mosse sbagliate. Giulio si sforzò di lavorare, ma scrisse pezzi strambi, non gli sembravano neanche suoi. Neppure l'amore era capace di restituire a entrambi qualche momento di pace, perché subito si ritrovavano di fronte alla nera caverna che aveva inghiottito Wanda per sempre.

Impaurita, Gloria si stringeva a lui e lo supplicava: «Non lasciarmi, ti prego! La morte di Wanda mi fa sentire ancora più sola. Del mio mondo di una volta ci sei rimasto soltanto tu. E io mi sto attaccando a te, stai attento! Prima che io diventi vecchiornina, come certe piante che si seccano, mi piacerebbe acchiocciarmi...». «Ma che lingua parli?» domandava lui. E lei, con un brivido di magone: «Vuol dire diventare una chioccia, farmi una famiglia, avere dei figli, naturalmente con te».

Una sera, sfidando il freddo di un marzo percorso da venti ancora invernali, rimasero qualche tempo sul terrazzino. La purezza del cielo era macchiata da un carosello di gabbiani, attorno alla cupola di Sant'Agnese. Stridevano da far male al cuore, sembravano cani che guaissero sotto le percosse di un padrone cattivo. Anche le anime di Giulio e di Gloria erano tormentate e piangevano, e tuttavia dovevano dare udienza a un problema che reclamava di essere affrontato e risolto. E fu Gloria a essere capace di compiere il primo passo.

«Che cosa intendi fare a proposito dell'eredità di Wanda?» domandò. «Non lo so. È una questione che allontano sempre». «Eppure, quando sarai stato a Bologna, dovrai decidere. Io penso che faresti bene ad accettarla. Qualunque uso tu ne faccia, i miliardi di Wanda li saprai adoperare certamente meglio di quello scornato di Cucchi».

Giulio sembrava attento soltanto ai lamenti dei gabbiani, poi borbottò: «Sì, dovrei accettarli e, subito dopo, andare alla procura di Milano e dire: questo è mezzo malloppo del ministro Cucchi, prendetelo. Ecco l'uso più giusto per quei miliardi».

Gloria alzò le spalle sbuffando: «Non riusciresti neppure a farti ricevere. O dovresti metterti in fila. Stanno andando al tappeto tutti i pezzi da novanta della politica, forse toccherà anche a quelli della Quercia, i virginoni, gli illibati, pure loro adesso stringono per la paura che qualche scheletro gli spunti dagli armadi. Persino gli industriali, e parlo di quelli più importanti, sono alle corde. L'Italia è un serraglio impazzito. Hai sentito quel procuratore che lavora con Di Paolo? Ha detto: dare la caccia ai tangentisti è come correre dietro agli scarafaggi con la pala, se ne prendono tanti, ma altrettanti riescono sempre a scappare! E tu, in questo caos, vorresti presentarti a Milano col tuo sacchetto di monete d'oro e spiegare: signori giudici, eccovi il bottino di un tizio che è morto in carcere e del quale non ricordate più neanche il nome?».

«È proprio quello che ho il dovere di fare», le obiettò Giulio. «E poi venti miliardi non sono un sacchetto di monete d'oro. È una montagna di denaro che mi mette paura. È troppa. È pericolosa, può farci del male. Ho sempre pensato che i soldi, quando te ne piovono addosso molti, cambiano le persone in peggio. Non vorrei ritrovarmi ad avere dei sensi di colpa per questa ricchezza che non c'entra niente con la mia vita e che viene da un giro sporco. Wanda poteva lasciarla in beneficenza, agli ebrei, ai valdesi, ai frati, alla fame nel mondo... Invece ha deciso di mettere nei guai me».

Gloria gli afferrò una mano: «Se l'ha lasciata a te, una ragione ci sarà. Aspetta di andare a Bologna e la scoprirai». Lui ebbe uno scatto d'insofferenza: «Ma io non sono in grado di prendermi cura di una persona che non ho mai conosciuto, qualche vecchia zia rimasta al mondo, un parente menomato, o uno degli amanti della signora Giusy, un concorrente sfortunato di Marescotti! E meno che mai di quel Ferruccio come si chiama, di cui non avrei voluto sapere niente».

Lei sospirò: «Quanta pazienza! Ogni volta che parli di quei soldi hai un viso storcignato, gonfio per il malcontento. Sembri uno toccato dalla sfortuna e invece è tutto il contrario. Lasciatelo dire da una donna pratica della vita. Non fare il bambacione, dimentica la procura di Milano. Guarda che la tua Mani Pulite si perderà per strada, e andrà tutta in pappa e uva asciutta. La gente si stuferà, continuerà a disprezzare i politici, ma comincerà a sospettare dei giudici che, nel frattempo, saranno diventati troppo forti. Se ci pensi bene», seguitò Gloria, «Wanda lo ha capito prima di tutti. Ha preso i soldi e se n'è andata via, dando ascolto soltanto alla sua coscienza e al proprio interesse pulito».

«Lo credi tu che fosse pulito il suo interesse, io non la penso così», la contrastò Giulio. Ma Gloria s'incollerì: «Era pulito, te lo garantisco!, e presto te ne renderai conto. Quanto al resto, tra un po' di tempo ci accorgeremo che non è cambiato niente. Tutto continuerà come prima. Alcuni partiti finiranno al cimitero, però quelli che verranno dopo non risulteranno migliori. Ammesso che non riprendano a rubare, saranno degli incapaci tali da farci quasi rimpiangere la gentaglia che abbiamo seppellito. Anche i giudici si scanneranno tra di loro. E la politica cercherà di dargli il colpo di grazia: chi inventò la forca, finì impiccato!, questo sentivo dire da bambina. Persino i giornalisti come te se la vedranno brutta».

«Questo me l'aveva già spiegato Wanda a Courmayeur», osservò Giulio, acido. Ma figuriamoci se Gloria era disposta a lasciarsi fermare, e difatti replicò, pronta: «E io te lo rispiego ancora meglio. Oggi i partiti fingono di sopportare i colpi di testa dei giornali, ma domani vi sputeranno in faccia. Anche il giovane padrone della Quercia, quell'arrogante che ti piace tanto, come l'hai chiamato?, Faccetta d'Acciaio, vi verrà addosso con la scure. L'altra sera, al ristorante del Ciuti, ti ho sentito discutere con quel tuo amico deputato querciaiolo, il perticone di Cuneo, lungo e scheletrico che sembra lo stendardo della morte secca. Che cosa ti diceva, molto sul nervoso? Che voi giornalisti avete distrutto l'onore di decine di persone, violato tutti i possibili segreti giudiziari e drogato il narcisismo dei giudici, insomma che avete una responsabilità enorme. Cose da manicomio!» esclamò Gloria, esasperata. «Io me ne imbuggero di questa politica, di questo Stato, di questo paese. Tu restituisci pure i soldi di Wanda e qualcuno li butterà, insieme a degli altri, dentro uno dei tanti pozzi senza fondo. Se io fossi te, mi terrei i miliardi, poi andrei all'estero o seguiterei a vivere qui, ma da straniero in patria, come se mi trovassi in Italia per turismo».

Un'ora dopo, arrivò la telefonata del notaio Marescotti: Giulio poteva andare a Bologna, la signora Buttazzoni lo aspettava per il primo pomeriggio dell'indomani.

«Mi porti con te?» domandò Gloria. «Devo raccontarti delle cose e lo farò durante il viaggio». «Va bene», acconsentì Giulio. «Allora partiamo con un buon anticipo», propose lei, «così potremo andare adagio e non rischierai di finire fuori strada ascoltando quello che ho da dirti», concluse con un sorriso.

«Mi accorgo che sei allegra. Non ti vedevo così da molti giorni. Sei felice per questo incontro a Bologna?» indagò lui. «Sì, sono felice perché stiamo per concludere una storia. E la conclusione renderà felice anche te, lo spero», si augurò Gloria, con un sospirone.

Nella prima parte del tragitto lei non volle raccontare niente. «Fammi guardare il paesaggio», ordinò, «qui c'è un'aria più limpida e pulita che in quella camera a gas di Roma, la primavera sta per arrivare e tra poco passeremo dalle mie parti».

Quando ebbero superato il casello di Chiusi, mentre la Golf di Giulio filava verso Firenze, d'un tratto Gloria disse: «La persona che ci aspetta a Bologna è una bambina».

«Una bambina?» ripeté Giulio, con la voce strozzata. «Sì, una bambina, la figlia di Wanda e di Cucchi». Lui divenne terreo: «Wanda aveva fatto una figlia con

Cucchi? Ma ne sei sicura?». Gloria annuì: «Certo, questa bambina l'ho vista soltanto in fasce, quand'era appena nata. Però conosco tutta la storia. Adesso devo spiegarla a te».

«Tu sai della relazione tra Cucchi e Wanda. L'aveva decisa lei, il perché lo immagino, e in parte me l'ha confessato Wanda: aveva trovato in Cucchi il padre che non era riuscita a conoscere. In quel periodo, undici, dodici anni fa, attorno al 1980, lei lo ha amato molto. E lui, a suo modo, la ricambiava. Poi un giorno, era l'inizio dell'estate 1982 e abitavano ancora a Bologna, Wanda si è accorta di aspettare un figlio. Invece di accoglierlo con gioia, l'ha presa come una tragedia: la ricordo angosciata, si faceva una colpa di non essere stata attenta. Cucchi le ha suggerito di abortire, Wanda è stata sul punto di farlo, poi, all'ultimo, ha deciso di tenersi quel figlio non voluto».

«Così lei ha cominciato a soffrire prima ancora di farla, questa bambina. Anche il parto ha rischiato di diventare un dramma. Wanda ha avuto un'emorragia terribile, siamo andate in diverse a darle il sangue. La cittina stava bene, sembrava bellissima, ma lei pareva condannata a morire. Ce l'ha fatta; però, quando è tornata a casa, era depressa, piangeva, s'infuriava per cose da niente. Il momento più tragico è venuto quando ha rifiutato la piccola. È stata una crisi durissima da superare. A differenza di Cucchi, quel disgraziato!, Wanda aveva riconosciuto la figlia, che è stata iscritta all'anagrafe con il suo cognome, Rosso. Ma poi non ha voluto allattarla, e non intendeva neppure vederla. Voi maschi non potete rendervene conto, sapete tutto di cose da niente, e ignorate che tante donne sono passate per il dramma di Wanda. Alla fine è stata convinta da me e da qualche altra amica, e ha cominciato a prendersi cura della bambina. Però ha stabilito di non tenerla con sé: l'ha affidata a una tata formidabile, la famosa Buttazzoni, che se l'è pigliata in casa, nell'appartamento di via Goito. Poi, con il passare del tempo, Wanda si è attaccata alla piccola, andava a trovarla tutti i giorni, trascorreva con lei le ore di libertà. Così, quando Cucchi è stato chiamato a Roma dal partito, Wanda si è preparata a condurre la figlia con loro. Lui si è impuntato: la bimba doveva rimanere a Bologna. Ha accampato mille pretesti, e non c'è stato verso di smuoverlo. Continuava a ripetere come una macchinetta: cara Wanda, a Roma faremo una vita affaticata, la politica non ammette distrazioni, tu non potresti avere cura della bambina, dunque è meglio che resti con la Buttazzoni... Secondo me, Cucchi era già entrato nella fase che non aveva le rotelle a posto».

In quel momento Giulio rallentò e andò a fermarsi nel parcheggio di un autogrill. Aveva una faccia da morto. Sbanfò: «Ho bisogno di un caffè. Scusami, non ero preparato a questa storia». Si sedettero in un angolo del bar, e lui osservò: «Mi sembra impossibile che Wanda non si sia opposta al divieto di Cucchi. Poteva anche restarsene a Bologna con la figlia, un lavoro l'avrebbe certo trovato. E lui, con tutte le mazzette che incassava, avrebbe provveduto, no?».

Gloria tossicchiò: «Nelle parole di chi non c'è passato, ogni cosa appare facile. Non tieni conto dell'ascendente di Cucchi su di lei. Sei dovuto arrivare tu perché questa soggezione finisse. Wanda ti ha anche usato, in senso buono, per provare a se stessa che poteva essere più forte di Cucchi».

Lui picchiò un pugno sul tavolo: «Non sta in piedi questa parte del tuo racconto! Proprio Wanda, che non aveva conosciuto suo padre, ha scelto di privare la bambina di una famiglia, della presenza continua della mamma? Ma dai!, che storia mi vuoi rifilare?».

Gloria sbuffò: «Io ti ho detto la verità. Il resto è troppo complicato per una donna semplice come me. Comunque, Wanda la sua bambina non l'ha mai lasciata: non ci viveva insieme, però se ne occupava moltissimo, correva a Bologna quasi ogni settimana, si sentivano al telefono di continuo. Dopo averti rivisto a Bari, e quando ha capito che cosa significavi per lei, ha cominciato a pensare che tu eri l'unico che poteva accettare la bambina. Lasciamela dire tutta: Wanda ha immaginato di abbandonare al suo destino Cucchi e di sposarsi con te, anche per dare una famiglia normale alla piccola. Poi è successo il disastro, l'arresto di Cucchi, il suicidio, la paura di finire in carcere, la malattia. Una tronata di disgrazie dopo l'altra, e alla fine Wanda ha provato il morso del ciuco».

«Perché non me l'hai raccontata subito questa storia?» domandò lui, angustiato. «Subito quando?» tergiversò Gloria. «A Siena, la sera di San Silvestro, quando mi hai parlato di Wanda e di Cucchi». Lei si cautelò: «Perché dovevo? Quella era la vita di Wanda, non la mia. E poi non sapevo come l'avresti presa. Soprattutto non sapevo quale sarebbe stata la reazione di Wanda. Alla telefonata successiva, tu glielo avresti detto di certo, e allora...». «Ma non ci sono state altre telefonate», balbettò lui, «Wanda non l'abbiamo sentita più».

Risalirono in auto e, percorsi un po' di chilometri, Giulio borbottò: «Mi domando perché Wanda mi abbia nascosto tutto, sempre! Penso a quanto sarebbe stata felice di parlarmi di questa figlia. Come mai non l'ha fatto?».

Gloria provò a difendere l'amica: «Dopo la vostra

vacanza sulle Crete, le ho osservato: tu ami Giulio e hai deciso di prendertelo; adesso, però, devi dirgli della cittina. Ma lei era incerta se farlo. Aveva paura che tu la lasciassi. Poi ti ha portato a Bologna, in una delle tante visite alla figlia, voleva svelarti il suo segreto in quel momento. Ha anche sperato, non capisco come mai, che tu scoprissi tutto da solo. Mi ha raccontato che l'hai seguita fino al portone di via Goito, ma che lì ti sei fermato. Lei l'ha preso come un segno del destino e ha deciso di aspettare».

Giulio guidava molto teso, e senza guardare Gloria mormorò: «Ecco qual era il mistero di Wanda». Passò dell'altro tempo e lui chiese: «E dopo? Che cosa è successo dopo il suicidio di Cucchi a San Vittore?».

Wanda sospirò: «Questo è più facile da spiegare. Ti ricordi come finiva il biglietto scritto da Cucchi prima di uccidersi? Cara Wanda, ti raccomando di avere cura del nostro problema. Ma lei non aveva bisogno di incitamenti. C'era un chiodo nella sua testa: prendere il denaro, metterlo al sicuro da qualche parte e andarsene all'estero con la figlia. Al termine della trafila sperava di convincere te a seguirla e di farti conoscere la piccola. Era il suo progetto, me l'aveva confidato. Poi sai com'è finita. Tu non hai voluto partire con Wanda, e nel frattempo lei si è resa conto che della sua malattia rischiava di morire. A quel punto, ha rinunciato a portare con sé la bambina: temeva che potesse trovarsi senza la madre, da sola, in un paese straniero, dove lei non aveva rapporti con nessuno. Per questo ha deciso di lasciarla a Bologna. Ma così, per Wanda, si presentava un ennesimo problema: in che modo essere certa che i soldi di Cucchi andassero dove Cucchi aveva stabilito, ossia a garantire il futuro della figlia. Ha pensato subito a te: eri la persona giusta per ricevere la metà di quel denaro e per sentirti impegnato a usarlo soltanto per la bambina. Wanda ti amava, ma soprattutto ti conosceva bene: sapeva che sei un uomo limpido e che non avresti mai giocato un brutto tiro a nessuno. Credo che si spieghi così il testamento lasciato a Marescotti. In quella carta, mi ha designata tutrice della piccola, nella speranza che io me ne occupi insieme a te. Ti sembra convincente tutta questa spiegazione?» domandò Gloria, con una voce rancicosa.

Giulio respirò a lungo, quasi a liberarsi di un affanno, poi bofonchiò: «Non so che cosa dirti. Però non me ne importa niente. Convincenti o no, sono stanco di spiegazioni». Rimase a lungo in silenzio, quindi chiese: «E come si chiama questa bambina?».

Gloria sorrise: «Ti stupirà: si chiama come sua madre, Wanda. Proprio così: Wanda Rosso. E ha dieci anni appena compiuti».

La signora Buttazzoni li fece entrare con un piccolo inchino. Era una donnina sui sessanta, rotondetta, i capelli corti sale e pepe, truccata con parsimonia e di un'eleganza semplice: «Lei è il dottor Guala, vero? E lei la signorina Guerrini. Mi sembra di conoscerli da tanto tempo, la signora Wanda mi aveva parlato molto di loro. Si mettano comodi, prego!».

Sedettero in un soggiorno arredato con un gusto un po' antico, pochi mobili, qualche vecchia foto alle pareti e un gran vaso di fiori al centro del tavolo. Per dir qualcosa, Gloria esclamò: «Che splendore questi fiori, portano la primavera in casa». La Buttazzoni annuì, soddisfatta: «Tengo sempre dei fiori freschi nel salotto, è il mio unico lusso. E poi piacciono molto alla bambina: ama i colori e li dispone lei nel vaso, cercando ogni volta combinazioni diverse. Da piccola faceva così anche sua madre?» domandò a Giulio. Sorpreso, lui balbettò: «Questo non me lo ricordo».

Erano le due del pomeriggio, un bel sole di marzo entrava da via Goito, l'appartamento stava all'ultimo piano ed era inondato di luce. La Buttazzoni si rivolse ancora a Giulio: «Devo scusarmi per la risposta alla sua telefonata dalla montagna. Non me l'aspettavo e la signora Wanda non mi aveva lasciato disposizioni. Così me la sono cavata negando tutto. Ho messo i panni della falsona, ma non ne avevo altri, in quel momento».

«Quando ha conosciuto Wanda?» le domandò Giulio. La Buttazzoni sorrise: «Ah, tanto tempo fa. Io ero buona amica di sua madre, la Giusy, ci eravamo incontrate qui a Bologna, a una piccola festa, lei era arrivata da Torino con un signore che voleva sposarla, il notaio Marescotti. Ci siamo frequentate più di una volta, sono venuta anche a Casale, nel palazzo dove abitava lei, dottor Guala», rivelò con un sorriso, «Giusy aveva appena traslocato da Asti e la signora Wanda doveva avere dieci anni o poco più. Molto tempo dopo, quando si è trasferita a Bologna per occuparsi dell'ufficio del signor Cucchi, mi ha telefonato, per cortesia. Sul momento non ci siamo riviste. Io lavoravo come puericultrice, sono stata nelle migliori case di Bologna, mi occupavo dei bambini appena nati, per due, tre mesi. Il giorno che è venuta al mondo la figlia della signora, voi conoscete quello che è accaduto. Il signor Cucchi mi ha pregato di occuparmi della piccola, e io ho accettato, lasciando tutti i miei impegni. Così ho fatto da madre alla bambina, ma con l'aiuto della vera mamma, che ogni settimana era qui, per un giorno o due, e ha sempre passato con la figlia le feste più importanti, a cominciare dal Natale, e anche le vacanze estive, tranne quelle dell'anno scorso, ma era fatale con la disgrazia accaduta al signor Cucchi. Naturalmente», e la Buttazzoni arrossì, «la signora Wanda mi aveva raccontato di loro due, dottor Guala. Sperava con tutto il cuore di rifarsi una famiglia altrove, con lei e con la piccola. Poi il destino ha deciso il contrario».

«Adesso la Wandina, io la chiamo così, è sola al mondo», seguitò la signora. «In questi dieci anni è stata la mia compagnia. Potrei continuare a tenerla con me, di energia ne ho ancora da vendere. Ma la bambina ha bisogno di una famiglia vera, e soprattutto di vivere con persone più giovani. Soltanto lei può occuparsene, dottor Guala, con l'aiuto della signorina Gloria. Del resto, era questo il desiderio della signora Wanda».

«Il desiderio di Wanda?» domandò Giulio, un po' intontito. «Sì, me lo ha ripetuto più volte, e poi lo ha scritto in un biglietto destinato a lei, che ho l'obbligo di consegnarle prima dell'incontro con Wandina», spiegò la Buttazzoni.

Aprì un cassetto del comò, chiuso a chiave, e ne trasse una busta azzurra. La porse a Giulio: «La signora Wanda è stata qui per l'ultima volta la fine dello scorso novembre, il giorno prima d'incontrare lei a Torino. Ricordo che si sforzava di essere allegra con la bambina. Scherzavano sui capelli che si era fatta tingere, e Wandina le strillava: come sei brutta, mamma!, ti preferivo rossa! Wandina è speciale, vedrà. È sveglissima, nota tutto, ha la battuta pronta: un vero maschiaccio».

«Come sua madre da piccola e anche da grande», osservò Giulio, soprappensiero. Poi aprì la busta e lesse la lettera: «Bologna, 30 novembre 1992. Carissimo Giulio, tra qualche istante conoscerai mia figlia. Purtroppo io non riuscirò più a occuparmi di lei, così ha voluto la sorte. La bambina potrebbe restare con la signora Buttazzoni, però avrebbe una vita più normale e felice se si affezionasse a un papà e a una mamma, per esempio a te e a Gloria. Decidi tu che cosa fare. Se non intendi prenderti cura di lei, e io capirei anche questa scelta, cercale almeno una nuova madre che l'aiuti a crescere. Sono convinta che Gloria sarebbe la persona giusta, è una ragazza forte e generosa. Ma non aggiungo di più, perché già ti sento replicare: vuoi essere sempre tu a stabilire ciò che debbono fare gli altri. Ricordati che ti ho amato fin dal primo giorno, mio tontolini. Non dimenticarmi. Wanda».

Giulio porse il foglio a Gloria che, nel leggerlo, si mise a singhiozzare. «Legga anche lei», disse Giulio alla Buttazzoni. La signora scosse la testa: «Conosco che cosa dice la lettera. Prima di chiudere la busta, Wanda aveva voluto che sapessi tutto».

La donna si alzò: «Io spero che la bambina provi simpatia per lei e per la signorina Guerrini. Lo scopriremo tra un istante, perché certi sentimenti s'intuiscono subito. Ma non si sa mai. I bambini sono imprevedibili, delle creature molto delicate. Comunque, basta con le parole, ne ho già dette troppe. Adesso lei farà questa conoscenza...».

La Buttazzoni lasciò il soggiorno per tornare dopo tre, quattro minuti, che a Giulio parvero non passare mai. «Ecco, questa è Wanda», annunciò la signora, con la voce che tremava. Giulio guardò la bambina e si sentì trafiggere da un brivido di paura. Poi la paura si tramutò in un'allegria pazza che non provava più da un'infinità di anni.

Wandina era la madre da piccola. Una copia perfetta, in tutto. L'altezza. La corporatura. I movimenti. La faccia da mocciosa. Il sorriso. I capelli rossi dello stesso rosso. Le lentiggini disposte nel medesimo modo sulla pelle bianca dell'identico bianco. Proprio così, pensò Giulio: il rosso e le lentiggini di sua madre Wanda. E del padre di sua madre, Ferruccio, il ragazzo scampato al camino di Auschwitz e poi fuggito dalla vita per allontanarsi in un altro buio: un essere umano al quale, adesso, Giulio sentiva di poter perdonare tutto.

«Non l'avevo mai vista questa Wanda bambina», mormorò Gloria, «però mi era capitato di guardare una foto di sua madre a dieci anni: è uguale a lei, nata e sputata».

Giulio dischiuse le labbra, ma l'emozione gli seccò la gola. Fu la bambina a parlare. E la voce e le parole che lui udì furono le stesse di quella mattina sulla ringhiera. Una mattina sperduta in un tempo disperatamente lontano, ma che, all'improvviso, ricominciava.

«Io mi chiamo Wanda. E tu?» domandò la bambina, in piedi, accanto alla signora Buttazzoni. Lui riuscì a sussurrare: «Io mi chiamo Giulio». «Sono contenta di conoscerti, Giulio», sospirò lei. E gli tese la mano con un gesto da adulta: una manotta paffuta e un po' sporca, come le aveva sempre sporche quella birba di sua madre.

Giulio si alzò con una fatica immensa, strinse la piccola mano, poi tornò a sedersi sulla poltrona e si abbandonò allo schienale, con gli occhi serrati. Fu in quel momento che sentì chiudersi un cerchio che neppure l'incontro con Wanda a Bari aveva completato. E questo cerchio, saldo, ma non opprimente, lo trasportò d'un tratto, per virtù magica, dentro la sua infanzia.

Il viaggio non lo stupì. Quante volte si era rivolto una domanda, sempre la stessa: è possibile ritornare bambini? Si ritrovò sulla ringhiera, piccolo, sorpreso, che osservava la mocciosa sconosciuta, rossa di capelli e col viso punteggiato di lentiggini.

E mentre il viaggio si compiva in un lampo, percepì un'altra voce che aveva ascoltato una volta sola, ma che non poteva non riconoscere. Era la voce della zingara che, una sera, nel caos allegro di piazza dell'Orologio, si era rivolta a Wanda. La voce ripeteva: «Mia bella signora, tu morirai giovane, però tornerai a vivere sotto un'altra forma». E subito dopo, parlando di lui, aggiungeva: «Questo signore diventerà ricco e vivrà con te, anche se tu non ci sarai più».

Riaprì gli occhi e si guardò intorno. Gloria e la Buttazzoni erano due ombre confuse, intente a scrutarlo in silenzio. La bambina, invece, era una piccola figura nitida, i capelli che risplendevano nel sole, le tante macchiettine ben incise sulla pelle candida.

Offrendogli un sorriso malandrino, Wanda chiese: «Tu stai a Roma, con la signorina Gloria, vero? Mi porti a vedere la tua casa?». Lui balbettò, confuso: «Casa mia?». «Sì», confermò lei, tranquilla. Quindi, con una vocina un po' rauca, lo interrogò di nuovo: «Vuoi che venga a vedere casa tua con te, con voi due? La mia mamma sarebbe contenta».

Giulio tentò di rispondere. Ma le parole che intendeva pronunciare chissà dove si erano nascoste. Forse stavano ancora sulla ringhiera, dentro il cuore del tontolini che, finalmente, si decideva ad aprire il cancello per far passare la bambina mai vista.

Fu soltanto capace, con un cenno del capo, di dire sì.